道了，只見的是武器的張牙舞爪。現在能夠唬人的文學批評，往往就是那類武器的較量，而我更親近的卻是那些批評者能用自身的獨立見解和人格魅力去影響別人的文字。大約從那時起，我就放棄了苦啃理論專著或者學術專著的計劃，而醉心於閱讀二周（魯迅與周作人）的議論文字和編年體文集，也喜歡讀五四一代學者的「文存」類著作，這些書既沒有思想體系也沒有理論框架，卻在自由自在的文體中顯示了現代中國知識者的實力。大約也是從那時起，我自己的研究文字也開始散漫起來，在《筆走龍蛇》裡，既有學術論文，也有對話和通信，形成了我的編年體文集的散漫特色。

轉眼五、六年過去了，我仍然在寫著散漫的文字。這些年大陸的經濟狀況發生很大的變化，文化狀況也發生了相應的變化，有些現象，在臺灣七十年代末經濟起飛時期也曾出現過，現在輪到大陸的知識分子來經受考驗。本書的第一輯就是我對這一社會轉型時期中知識分子如何重新認識自己的社會地位及價值取向，如何在邊緣化的過程中堅守自己的工作崗位和民間立場，以及如何在大眾消費型的現代商業社會形態被確定以前，建立起知識分子承擔社會責任的新方式和新渠道。這些話題是近年來大陸知識界的熱門話題，我不過是貢獻了一些自己的看法。第二輯所收的幾篇文章是我近年裡主要研究的一個專業課題。我的研究專業是二十世紀中國文學史，這門學科在大陸的大學中文系裡是必修課程，並設有博士點，招收博士研究生。但說來也慚愧，到現在為止我們還沒有一部像樣的二十世紀

自序

我的第一本文學評論集《筆走龍蛇》是臺灣業強出版社出版的。那時是一九九〇年底，收了我在八十年代發表的主要文學評論。那時我雖然在大陸和臺灣已經出版了幾本學術研究專著，但我更喜歡的是自由自在、隨心所欲的文學批評文章，而且正是為了不再寫那種一本正經戴帽穿靴似的所謂「論文」，我開始改變了寫批評文章的方法，盡可能地用書信、隨筆、序跋、對話、演講、討論等各種方式來表達我的文學觀點和對文學的批評意見。但在八十年代，大陸的文學批評還充滿了方巾氣，似乎文學批評關聯了國家的命運和民族的危亡似的。我的那些不入流的批評文字，曾有些好朋友為之擔心，以為這正是「海派」缺少學術的熱忱和堅定所致。但我至今還固執地認為，在中國大陸的理論界，一向是理論專著不如論文，論文不如隨筆。如果我們把理論當做一樣武器吧，過去的人拿一把八十二斤重的大刀舞舞是挺威風的；後來的人手裡握一支毛瑟槍，雖然神氣不如當年，還到底是人佩著槍，主次沒有顛倒；可是當戰爭進入了航空母艦火箭導彈的時代，人已經變得微不足

國家圖書館出版品預行編目資料

還原民間：文學的省思／陳思和著.
－－初版. －－臺北市：東大發行：三民總經銷，民86
面； 公分. －－（滄海叢刊）

ISBN 957-19-2108-4（精裝）
ISBN 957-19-2109-2（平裝）

1. 中國文學－評論

820.7 86005711

國際網路位址 http://sanmin.com.tw

── 文 學 的 省 思

著作人 陳思和
發行人 劉仲文
著作財產權人 東大圖書股份有限公司
臺北市復興北路三八六號
發行所 東大圖書股份有限公司
地 址／臺北市復興北路三八六號
電 話／五〇〇六六〇〇
郵 撥／〇一〇七一七五──〇號
印刷所 東大圖書股份有限公司
總經銷 三民書局股份有限公司
門市部 復北店／臺北市復興北路三八六號
重南店／臺北市重慶南路一段六十一號
初 版 中華民國八十六年六月
編 號 E 81080
基本定價 肆元肆角
行政院新聞局登記證局版臺業字第〇一九七號

ISBN 957-19-2109-2（平裝）

滄海叢刊

還原民間

陳思和 著

東大圖書公司 印行

中國文學史，這當然是有許多原因，其中最令專業研究人員切膚之感的，就是我們沒有一套自己的研究話語系統來取代原來的一套權力意識形態話語系統，沒有辦法使文學史還原為真正意義上的「文學史」，許多逸出權力意識形態話語網絡的文學作品和文學現象，無法通過正常方式進入我們的研究視線。這些年來我一直在為突破舊的話語系統網絡而工作，本書中收入的幾篇關於「民間」概念的文章，就是想在權力意識形態話語之外找到一個對文學史的新的切入點。《民間的浮沉》是鈎沈從抗戰開始的「民間」話語如何在以後的幾十年裡承擔了消解權力意識形態的作用；《民間的還原》是敘述「文革」結束以後「民間」話語如何從知識分子精英的高亢聲音裡分化出來。這項研究還沒有做完，我想把研究的觸角慢慢伸向本世紀初到「五四」的一段，將整個二十世紀的文學史的研究視角更換過來。另外兩篇對九十年代小說的掃描式的評論，也可以說是我在實踐關於「民間」的批評理論。第三輯我所收的是關於中國作家和作品的研究批評，我不清楚像周作人、巴金等五四一輩作家，像王蒙這樣的五十年代作家和像張煒、莫言、余華這樣的當代作家在臺灣是否有影響？臺灣的讀者能否接受？但這裡所論的，除了一般的作家作品的意義外，還有些超乎具體評論對象的意思，我想一般的文學工作者和愛好者都會理解的。

如果說，《筆走龍蛇》是我在八十年代的研究成果的結集，那麼這一本則是我在九十年代的工作成果結集。如將這兩本書放在一起讀，可以看出我近十年來所從事的研究工作的軌跡。為此，我特別感謝旅美作家嚴歌苓，是她向三民書局推荐了這本書稿，而且也是她細心閱讀了我的一大堆舊稿，並從中選出了她認為適合向臺灣讀者推荐的文章，編成了這部書稿。嚴歌苓是在臺灣讀書界有著廣泛影響的作家，有朋友開玩笑說，她是個幸運的「獲獎專業戶」，幾乎獲得過臺灣各類文學獎，我相信她的眼力，希望這部經過她那雙略帶著憂鬱的眼睛挑剔過的書稿，真的能得到臺灣讀者的喜歡。

一九九六年十一月十二日於上海黑水齋

還原民間——文學的省思

目次

自序

第一輯

我往何處去——新文化傳統與當代知識分子的文化認同……3
知識分子轉型期的三種價值取向……23
關於人文精神的獨白……41
關於「人文精神」討論的通信——致日本學者坂井洋史……49

第二輯

民間的浮沉——從抗戰到文革文學史的一個嘗試性解釋 …… 75
民間的還原——文革後文學史某種走向的解釋 …… 111
逼近世紀末的小說世界——一九九〇—一九九四年大陸小說創作一瞥 …… 133
碎片中的世界和碎片中的歷史——一九九五年大陸小說創作一瞥 …… 149

第三輯

苦風苦雨說知堂 …… 177
結束與開端——巴金研究的跨世紀意義 …… 197
關於烏托邦語言的一點隨想 …… 215
歷史與現實的二元對話 …… 239
余華小說與世紀末意識 …… 249
還原民間——談張煒《九月寓言》 …… 259
良知催逼下的聲音——關於張煒的兩部長篇小說 …… 271

奧斯維辛之後的詩——看《辛德勒的名單》有感……291

附錄：

民間的天地與文學的流變……（張新穎）……299
一個當代知識者的文化承擔……（張新穎）……307

第一輯

我往何處去

——新文化傳統與當代知識分子的文化認同

寫下這個題目，我首先想起了波蘭作家顯克微支(Henryk Sienkiewicz 1846~1916)的一部小說，中文譯名為《你往何處去》。說的是古代羅馬暴君尼祿屠城迫害基督徒，使徒彼得惶惶走在逃亡路上，遇到基督迎面而來，對他說：「你把我的人民丟在羅馬城裡不管，我只好自己去羅馬，讓他們再把我釘上十字架一回。」彼得大悟，於是返回羅馬，為受難的基督徒祈禱，最後也被釘上了十字架[1]。我想彼得在基督門徒中算是一個比較軟弱的人，這在《聖經》裡也有透露。所謂「基督君臨」的幻覺，正表現了他在亡命期間的內心鬥爭，是救世責任要緊還是個人生存要緊？這個問題困擾了彼得。不過彼得到底是基督的高足，他終於重進羅馬，用自己的血殉了自己的信仰，基督教不但沒有被消滅，反而更加興盛，甚至統治了一部分人類的精神王國。所以，「你往何處去」與「重進羅馬」精神聯繫在一起，成了一句激勵人們勇敢地走向絕境，走向十字架殉道的名言。但是在今天，這個口號可能很不受歡迎，雖然它來自宗教，卻更像啟蒙主義者的口氣，有人會提出質問：現在誰能擔當基督的角色？誰能指點別人「往何處去」？知識分子的啟蒙時代已經過去，還有什麼資格來說三道四？所以，我只能取這句話的反意而用之，講講「我往何處去」，就像中國舊戲裡一句流行唱詞：自己的命自己算。由自己的處境，來談談知識分子在當代的文化認同。

我之所以有認同的自覺，是鑒於中國國內知識分子面臨的困境，其歸納起來大致有這樣幾個層面：九十年代以來，中國社會發生一場較為深刻的轉型，由社會主義計劃經濟體制向社會主義市場經濟體制過渡，原來設置在計劃經濟體制下的人文社會學科發生了相應的分化[2]。有些學科迅速靠攏市場需要，其研究人員大抵能在商品實現過程中直接分得一部分剩餘價值，如經濟學、法學、社會學等，以及與決策部門相關的一些學科；也有些學科（主要是人文方面的學科）因為在市場經濟運轉中沒有直接的可用性，頓時失落了其原有的社會價值，從事這些學科研究教學的人員無法在目前還不完善的市場經濟體制中找到自己的位置，經濟上相對貧困化。這種分化發生以後，人文學科的內在價值受到懷疑。其原因來自兩方面：一是原來在計劃經濟體制下的人文學科是權力意識形態的一部分，它在社會轉型中已經漸漸變得不合時宜，趨於淘汰；二是人文學科自身的社會價值在一個急功近利的時代裡得不到承認，新的「讀書無用論」、輕視文化的粗鄙化思潮重新泛濫起來，並得到社會輿論的推波助瀾。許多從事人文學科工作的知識分子對專業的前景失去信心。更有甚者，是一部分知識分子為了適應這樣的社會轉型，用虛無的態度來破壞本專業的內在道德規範，進而也破壞（用時髦的說法是解構）知識分子自身的道德理想和社會使命。

這在一部分社會學科內部，表現為為了獲得剩餘價值的分配，用專業知識去維護社會改革過程中出現的種種腐敗、黑暗現象和不義行為，而不是依據專業知識勇敢地與之作鬥爭；在一部分人文學科內部則表現為不斷貶低、嘲笑知識分子的精英傳統和對社會的責任感，提倡知識分子應該「集體自焚，認同市場，隨波逐流，全面抹平」的十六字訣❸。表面上看，這是一部分知識分子向市場經濟的世俗文化認同，其更隱蔽的動機，則反映了人文社會學科正在向新的主流意識形態演變。更為發人深省的是，當一部分人文學科的知識分子面臨這樣的文化困境企圖自救，呼籲「人文精神尋思」的時候，竟發現自己的聲音那麼微弱，理由那麼不充足，幾乎沒有人能把這個可以意會卻難以言狀的「人文精神」解釋清楚❹。知識分子應該成為社會良知，這種說法雖嫌陳舊，仍不失為一種激勵，但問題是知識分子憑什麼才能成為「良知」，光憑大膽與口才，能否成為被社會承認的「良知」，或者說，知識分子依據怎樣一種知識背景在社會上發言？這就涉及到知識分子擁有怎樣的知識結構，認同怎樣的知識傳統，進而與當代社會轉型構成怎樣一種關係。

在目前中國學術界，構成知識分子梯隊的大致有三個年齡層：七十—八十歲一代，六十歲左右一代，四十歲左右一代，每代之間的年齡相隔二十歲左右，二十—三十歲一代年輕學者在學術上尚在生長，暫且不論。已經定型的三代學人之間，各有不同的知識結構和傳統。若以十五—三十歲為人生求知階段，那麼現在七十—八十歲一代人的受教育期，基本上是在三十年代以後完成的，也就是說，他們是「五四」新文化運動改變了傳統知識結構以後的第一代接受教育者。他們的知識結構帶有鮮明的時代特徵：一是學術專業化，無論是傳統學術還是西方新學科，都建立起具體的學術專業，而不像傳統士大夫那樣，將治學與經國濟世的大業聯繫在一起，學術與廟堂文化渾然不分；二是這一代學人大都進過新型學校，或者留學外國，接受了世界文化的營養，即使是從事中國傳統文化的研究，其學術視野和研究方法也都是世界化的，擺脫了傳統治經學的狹隘民族主義立場。應該說這些特徵在本世紀初中國士大夫向現代知識分子轉化的過程中已經一步步地確立，在這一代學人的治學中表現得最為完整。而後兩代學人，是目前中國知識界的主體力量，但他們的知識傳統背景並不一樣。現在六十歲左右的一代學人，其求知階段是五十—六十年代，當時共產黨政權剛剛建立，主流意識形態通過對人文學科的改造，建構起一個革命烏托邦的理想圖景，並借助教育和學術領域灌輸給青年一代。從世界觀而言，這一代人對烏托邦理想的認同取代了對前一代治學傳統的繼承，由五十年代共產風——六十年代反修防修解放全人類——七十年代無產階級專政下繼續革命——八十年代四個現代化奔小康，逐漸演變成一種根深蒂固的樂觀主義思路，以對時代進步的信念制約自己的獨立思考，這樣的前提使學術專業又沾染了廟堂文化的色彩，學術發展似乎又經歷了一次歷史性的迴旋。現在四十歲左右的一代則不同，他們的求知階段是被「文化大革命」耽誤的，直到一九七八年思想解放運動中，才開始一步步走上學術研究的道路。因為對「文化大革命」中被泛濫的烏托邦理論深惡痛絕，他們在接受知識傳統時往往跳過五十年代，朝更前階段追溯。八十年代初中國學術界的中堅力量正是老一代學者，他們在當時最積極的作用是將他們一代的知識傳統，人格風範，價值取向等等直接傳授給了年輕一代，使青年學人在知識背景上連接了二十世紀中國知識分子的新文化傳統。現在四十歲左右一代的學人，對五十年代以後的烏托邦文化幾乎沒有什麼感情色彩，制約他們理性思考的參照系，倒往往是老一代學者傳授給他們的知識分子文化傳統。同樣面對社會向市場經濟轉型，六十歲左右一代較典型的思路是把它與五十年代社會相比，判別孰為優劣；而四十歲左右一代人則更積極地從歷史反省中去尋求知識分子在現代社會安身立命的可能[5]。這樣，學術發展似乎又經歷一次歷史性的迴旋。

在以上的描述中，我使用了「新文化傳統」這個詞，更完整些說，是二十世紀中國知識分子的新文化傳統。這是相對傳統士大夫的舊文化傳統而言，並不以「五四」為時間和空間的局限，也不是有關「五四」以來新文化的專業知識，我是指二十世紀中國知識分子開創的價值取向和人文精神，是超越具體專業的。關於這種精神上的承傳性，可能在國外和臺灣香港的中國學者很難理解，但置身於中國大陸的學術領域裡，感受則相當強烈。我是以研究中國二十世紀文學史為專業的，可以從我的專業範圍談些親身的感受。我在「文革」以後進入復旦大學正式受業時，有幸遇到賈植芳教授，他是胡風的朋友，因為胡風事件蒙冤二十五年之久。我在先生身邊讀書和工作，有些事留下了很深的印象。譬如有一天，是胡風集團冤案剛平反不久，我去先生家裡，正好有許多客人聚會，神色很莊重，似乎是在回憶一些往事。那些客人都是胡風冤案的株連者，待他們走後，先生問我：今天是什麼日子？我一想，正是魯迅的生日。先生告訴我，他們一些朋友在五十年代每逢魯迅的生日都會聚在一起，緬懷往事，現在冤案平反，他們獲得自由了，仍然沒有忘記這個習慣。我當時感到奇怪，在那些客人裡，幾乎沒有誰會見過魯迅，他們對魯迅的許多感受，很可能是間接地從胡風身上獲得的，但是在他們受了二十幾年苦難以後，首先恢復的卻是這樣一個近似儀式的傳統習慣，這其中似乎有某種精神上的因素在起作用。還有一件事，是先生自己告訴我的。一九三六年先生在東京留學時，偶然在書店裡看到一本《工作與學習叢刊》，先生從刊物的風格立刻認出是魯迅的傳統，於是便寄了一篇小說稿去，後來小說被採用了，在編輯的來信中他才知道這本刊物是胡風編的，先生就此結識了胡風。這篇小說叫《人的悲哀》，即使拿到今天來讀仍然是一篇很不錯的作品，裡面的句子和意象處處都可以看到魯迅的影響。這裡似乎也有某種神秘的精神召喚在起作用[6]。我在先生身邊多年，可以說是有血有肉地獲得了一種「魯迅——胡風」的現代知識分子傳統的完整印象。其除專業精神外，還直接體現出中國知識分子追求理想，關心社會，重義輕利，堅持民間立場等高貴素質。在現代知識分子的道路上，如果沒有這樣一些高貴的素質，就很難想像他們會怎樣在抗拒野蠻的權力和猥瑣的世俗中掙扎過來。

我所認識的「魯迅——胡風」的現代知識分子道路，是二十世紀以來中國知識分子遺產中相當寶貴的一部分，它所展示的複雜內涵，多少能從文學史領域折射出新文化傳統的某些特點。那麼什麼是新文化傳統呢？二十世紀中國知識分子到底有沒有形成過一個「新文化傳統」，即本世紀以來知識分子的學術活動中是否形成了一些有別於士大夫傳統的新素質，不但對當時的知識分子有普遍的制約力，而且對未來的知識分子道路也會產生較持久的影響力？

我對這些問題的理解，是基於本世紀以來知識分子歷史地位及其價值取向發生的變化，即士大夫的舊傳統已經失去了生命力，不足以再成為知識分子安身立命的依據。我認為本世紀以來從士大夫傳統向現代知識分子轉型的過程中，最大的問題不是知識分子的「邊緣化」問題，而是知識分子價值取向的轉變，即學術從廟堂轉向專業化和民間化。在以前的士大夫文化裡，道德、學統和國家權力是一致的，天下之道通過學術傳統來體現，而統治者的廟堂文化實際上就是士大夫文化，三者有機地聯繫起來，構成了古代士大夫的傳統。士大夫的學術範圍是籠統的，它不分專業，無論人文學科還是自然學科都是一個學術整體，並通過政治活動來實現其價值。我把這種價值取向稱為「廟堂意識」。而現代知識分子確立的標誌，首先是將自己的學術活動與廟堂文化分清界線，使學術成為一種專業學科，建立專業自身的價值體系。王國維在《論哲學家與美術家之天職》一文中率先指出：哲學家覺悟一個「宇宙人生之真理」或藝術家將「胸中惝恍不可捉摸之意境一旦表諸文字、繪畫、雕刻之上」，由此獲得的快樂，「決非南面王之所能易者」[7]。他把哲學上的新發現和藝術上的新創作的價值，看得與廟堂上「南面王」一樣重要，這或許可以看作是現代知識分子價值取向的變化之始。當然，這種價值取向的變化並不是一下子完成的。在本世紀初第一代知識分子中，如章太炎治國學，康有為崇儒教，都不是單純的學術活動。到了帝制推翻，中國納入世界的格局以後，許多知識分子仍然想整合中西學術傳統，演化出一套行之有效的新「道統」，主宰新的廟堂文化[8]。且不說宣統復辟時康有為要用孔教來對應外國的宗教，即使是四十年代以後，在國民黨全盛時期也仍會產生馮友蘭的「貞元六書」，在共產黨的全盛時期則有熊十力上「六經」，以論證共產大同在中國古已有之[9]。馮、熊都屬於本世紀的第二代知識分子，到了第三代，也就是現在七十—八十歲一代的知識分子裡，就找不到這種夢想做「帝王師」的現實可能性。其原因當然是多方面形成的，但主要是因為二十世紀中國被納入世界的格局，「現代化」成為中國政治、經濟、社會發展的總主題，而「現代化」的模式，都是以西方發達國家所達到的文明程度為參照系的。西方國家並沒有中國的傳統，就獨立地發展成今天的模樣，而中國要照搬西方模式還不行，必須要將其融匯到自己的傳統裡去才能實現，這自然要多費幾番手腳。「五四」一代知識分子心急火燎地反「傳統」，正是希望徹底消除傳統文化的阻力，好讓西方現代化在中國長驅直入，從而在西學的傳統上重新確認知識分子的中心地位。這些「反傳統」的知識分子心態，仍然是傳統士大夫型的，希望有個既適用西方又適用中國的新道統「一攬子」解決中國問題。但是在現代中國，廟堂文化、知識分子文化和民間文化「三分天下」的價值形態處於分裂狀態，知識分子的「一攬子計劃」沒有一個會成功。胡適一生鼓吹的自由主義，適用於西學卻走不進中國的廟堂，梁漱溟從事鄉村建設，關心了中國民間問題卻走不通「現代化」，到五十年代毛澤東從實踐中發展出來的馬克思主義成為一種權力意識形態以後，知識分子所操練的中西學術傳統，正式成了一個專業性的學術部門而不再是治國平天下的道統。還是陳寅恪對這種形勢看得最分明，儘管人們都說陳寅恪是個士大夫氣強烈的人，但恰恰是他，在國民黨和共產黨統一天下以後，先後二次高標「獨立之精神，自由之思想」的旗幟，自覺地把知識分子的學術與廟堂文化劃清界線，使知識分子的學術成為一種民間工作❿。而另一位學者錢鍾書，也在默默無言的學術研究中，實現了這種知識分子立場的轉移⓫。他們以後，知識分子的知識結構和知識傳統，都不再具備古代士大夫的素質。現代知識分子中也不乏從政或向廟堂獻謀略的人，但充其量是基辛格式的智囊，並非是知識分子的傳統理想。這是由社會政治結構的轉型所決定，無關乎個人的才力。

直到今天，知識分子學術從廟堂化向專業化民間化的轉移，並沒有最後完成。雖然有陳寅恪、錢鍾書這樣的大學者篳路藍縷，開創新的價值系統，但後繼者畢竟寥寥。近半個世紀的中國人文學科領域竟沒有出現過真正意義上的大師級思想家、哲學家、歷史學家、文學家和藝術家；學術專業的價值座標是依據本專業大師們所達到的學術成就來決定的，缺少了這樣一種座標系，專業的價值體系無法建立起來，就無法在承傳過程中形成自己的傳統。這當然有客觀上的重要因素，譬如專制體制下的主流意識形態對學術的滲透和控制，社會民主和學術民主極度不健全，即使是真正的學術大師，也只能在忍辱負重的惡劣環境下堅持學術研究，這不能不損害他們作為知識分子的完整人格。陳寅恪晚年發出「著書唯剩頌紅妝」的哀嘆，略可領會其中的悲涼，但從主觀方面看，知識分子對於這樣一種學術立場大轉移並沒有自覺認識其意義，反而主動迎合主流意識形態來指導學術專業的研究工作，以期自己的學術成果獲得廟堂的承認。說到底，現代知識分子的頭腦裡，依然留下了士大夫情結的殘餘。這在五十——六十年代有紅與專相對立的教條主義，在今天，仍有學術能否為上致用的潛在標準。

建立知識分子的專業傳統和多元的價值體系，是完成學術專業化和民間化的根本舉措，這又是一項長期、艱巨的工作，要靠幾代知識分子的努力才得漸漸實現。余英時教授認為本世紀以來知識分子的「邊緣化」是導致現代知識分子的悲劇，其實，「邊緣化」是相對政治權力的「中心」而言的；知識分子與廟堂的分離，不僅使知識分子失落了原有的士大夫地位，同時也表明廟堂自身的轉變，即已經開始由專制集權體制向民主政治體制轉化，這就意味了政權中心的一元價值體系也在發生變化，正如清帝國以後的民國政府。知識分子如果成功地建立起多元的知識價值體系，那麼政治權力也僅是其中的一元，無所謂中心，也無所謂邊緣，因此，知識分子離開廟堂的中心地位並非壞事，倒是一種積極的歷史性變化。

回顧中國知識分子的道路，雖然在建立知識專業傳統和多元價值取向方面步履艱難，成效緩慢，但在實現知識分子的另一個特性——發揮社會責任方面卻有很大的成績，並積三代以上的經驗，初步形成了現代知識分子的戰鬥傳統。中國現代知識分子身上本來就保留了舊式士大夫的憂患意識和以天下為己任的傳統，他們離開廟堂以後，就自覺地在廟堂外搭建起一個「民間廟堂」，發揮他們議政參政，干預現實，批判社會的作用，並以這種自覺的現實戰鬥精神為一種價值取向，我把它稱為「廣場意識」。廣場的概念與西方的民主政治和知識分子傳統都有一定的聯繫，它的崗位可能是民間化的，如講堂、學校、出版等等，但內容則是士大夫式的，依然是在為國家設計各種方案，評判什麼政治模式有利於中國的現代化，什麼政治模式不利於現代化，於是「唯有什麼什麼才能救中國」的主題，常常充斥這類廣場的空間。廣場的對象不是廟堂，而是民眾，希望通過知識分子設計的方案，來改變中國民眾的素質，形成一種與廟堂相對應的民主力量，來監督和制約廟堂。這與陳寅恪們在專業領域提倡「獨立精神，自由思想」，與廟堂採取既不相迎，也不相斥的民間學術道路很不一樣。自《新青年》以來，許多知識分子實踐的都是這樣一種價值取向。它有時也被一些從事實際政治活動的政黨所歡迎，被利用來宣傳自己的政治主張，在二十—四十年代裡，知識分子的廣場總是受到社會民主運動的鼓勵，成為反專制獨裁的正義之聲，可以為證。

在這個傳統上，我也許可以回到「魯迅——胡風」道路的話題上去。魯迅和胡風，都是廣場上的知識分子的傑出代表，正如沒有陳寅恪、錢鍾書這樣的知識分子，我們就無法確立學術專業的價值座標一樣，假使沒有魯迅、胡風這樣的知識分子，我們同樣無法在履行社會責任感的層面上認同知識分子的傳統。魯迅和胡風屬於兩代人，大致是本世紀以來的第二代和第三代，他們都是有自己專業的知識分子，魯迅不但在古代小說史領域獨有建樹，他的文學創作在現代漢語審美價值上也是開了新紀元的，而胡風，以文學批評為專業立場，以文學編輯為民間崗位，對四十年代以後的中國文學發展，作出了積極有效的貢獻，但是他們都沒有把自己看作是純學術或純文學的知識分子。他們通過自己的文學創作和文學批評履行一個現代知識分子對社會的責任，成為廣場上叱咤風雲的猛士。魯迅幾乎是集現代知識分子的陽剛之氣於一身的典型，《新青年》時代的戰友在二十年代以後有的重進廟堂，有的歸隱民間[12]，唯有他，始終昂然地站在廟堂之外，與社會黑暗勢力進行面對面的肉搏戰。他為中國知識分子所創立的一種戰士風範，影響了幾代人。如果說，文化的承傳超過三代，可以稱為傳統的話，魯迅的傳統應該成為中國現代知識分子中最尖銳又最持久的傳統，儘管在五十年代以後，魯迅影響下成長起來的一代知識分子先後遭到了清洗，但這種硬骨頭的反叛精神，卻在各種歷史年代裡以各種形式被保持了下來，直到今天，最年輕的一代履行社會批判使命的知識分子，仍然不約而同地聚集在以魯迅為偶像的旗幟下[13]。

那麼，在魯迅所代表的「廣場」知識分子傳統裡，有沒有負面的因素呢？我認為也是有的。既然廣場意識本身是傳統士大夫意識在現代生活方式下的延續，知識分子的思維定勢中，不能不殘留了士大夫情結。廣場意識在「五四」時期達到了登峰造極般的輝煌，但過後不久，一批最優秀的知識分子都在廟堂門口撞了礁。蔡元培在一九二七年支持國民黨清黨殺人，陳獨秀在二十年代以後在共產主義運動中鬧出這麼多風波，胡適四十年代摻和到國民黨的選舉中去，周作人乾脆當了汪偽政府的教育督辦，無論如何都不應該說是現代知識分子的完美形象。唯獨魯迅，不但偉大而且完美，但是他這種完美，恰恰是以他自甘墜落到虛無的絕境中去換取的。魯迅與其他知識分子一樣，受到士大夫情結的制約，醉心於尋找一種一攬子解決中國問題的新「道統」。這在消極的方面他自以為是找著了，那就是他持之以恒給以打擊的「國民劣根性」，但在積極的方面，他始終沒有如意，從進化論到階級論，從尼采學說到俄式馬克思主義，二十世紀最流行的學說他都認真接受過，但又都被他老辣地看出了破綻，他與代表著革命主張的政黨先後都攜手合作過；但又始終保持了現代知識分子的獨立人格和自由追求，這就使他一生都在悲涼和痛苦中渡過[14]，所謂「絕望之為虛妄，正與希望相同」這種令人毛骨悚然的警句[15]，正是中國現代知識分子精神世界最深刻的寫照。這種以懷疑、絕望、虛無的反叛精神來開創現代知識分子的實踐道路，本身就決定了知識分子廣場意識的虛妄性，不是每一個實踐魯迅傳統的知識分子都能夠承受魯迅的那種深刻的內在矛盾的，所以廣場上的知識分子很容易在反對廟堂的鬥爭中，不知不覺地向另一種廟堂轉移立場，最終總是消解了廣場意識。胡風的悲劇正反映了這個矛盾。胡風也是一個廣場上的猛士，在與社會陰暗勢力的無情鬥爭與保持知識分子人格獨立方面，他都完美地繼承了魯迅，但是當他自以為獲得了社會發展的最先進立場後，他就幻想有一種能夠徹底拯救中國命運的新「道統」將會出現，並把這種幻想建立在對廟堂權力的崇拜之上。他作為完美人格形象的最後一筆，是共產黨的政權及時地粉碎了他這種幻想。在絕望的精神地獄裡，魯迅是自甘墜落，而胡風則是被迫打入，從這一點上說，胡風是縮小了魯迅傳統而不是發展了魯迅傳統。

還有，無論是魯迅還是胡風，他們對社會黑暗勢力的鬥爭，都是嚴格地堅守在自己的專業崗位上進行的。魯迅不但用小說來挖掘國民的劣根性，而且用散文詩來表達自己所感受的深刻的虛無感，他後期用雜文寫作來進行鬥爭仍然是一種文學創作，他終生都沒有離開過文學的崗位和知識分子的民間立場。三十年代共產黨在上海的領袖李立三曾希望魯迅發表反蔣宣言，然後跑到蘇聯去，這個要求被魯迅拒絕了[16]。很顯然，魯迅是非常明白作為一個知識分子自己的專業崗位應該在哪裡。同樣，胡風一生雖然在政治上大起大落，但他自己的立場卻從未離開過文學批評的專業，他因文藝思想而上書，而獲罪，最終也因文藝思想為中國當代文學作出了別人不可取代的貢獻。魯迅和胡風都自覺地作為社會的良心與各種政治黑暗勢力有聲有色地展開鬥爭，但他們的戰鬥崗位，始終在自己的專業上，決沒有成為一個浪跡天涯包打天下的文化大俠。可惜這樣一種傳統並沒有很好地被人們所繼承，知識分子的專業立場，愈到後來愈被輕視，學術與專業知識幾乎成了傳遞政治主張的工具。所以胡風以後的「廣場」猛士，前仆後繼的則有，可歌可泣的則有，但要從傳統的承傳意義上為其價值取向提供新的份量者，一無足觀。

因此，要說二十世紀中國知識分子的實踐中，究竟有沒有一個新的傳統？我想既可說無，也可說有，要說它「無」，是在我認識的二十世紀中國知識分子傳統裡，一為學術專業化的價值體系，一為社會責任感的價值體系，兩方面都被殘留的士大夫舊文化傳統所壓抑，以至窒息，猶如兩道黑暗沉重的閘門。如果新文化傳統衝不過這兩道閘門，就別想有光明的去處，所謂「現代知識分子轉型」也是一句空話。但要說它「有」，是畢竟在前輩的實踐中留下了一些寶貴的經驗和績業，可以由我們去繼承，去接著做下去。魯迅及其他現代知識分子先驅們所開創的現實戰鬥精神，雖然至今猶有人在自覺地繼承，但若不與知識分子的學術專業化與民間化的轉型結合起來，仍然會停留在「廣場」的虛妄價值體系裡，終究是縮小魯迅傳統而不能發揚光大；同樣，學術專業化的轉型若沒有現實戰鬥精神的支撐，沒有民間立場的選擇，不但無法貫徹「獨立之精神，自由之思想」的專業理想，而且所做的學術工作，不過是權力意識形態的注腳，更無價值可言。這些教訓和經驗，在世紀回眸中俯拾皆是，在正要邁向下一世紀的今天，不容我們不正視。

寫到這裡，關於「我往何處去」的意思大致已經說完。我自己的「重進羅馬城」，也就是重進文學史，返回到被各種意識形態肢解得面目全非的二十世紀文學歷史裡去，重新發揚光大我心中的知識分子傳統，對於我所整合、倡導的這一文學史傳統，可能會有人不以為然。因為自八十年代後半期開始，中國和海外知識分子就已經在不斷反省二十世紀以來的知識分子道路，這種反省到了九十年代變本加厲，幾乎近於全盤否定。它包含了兩種傾向：一種是希望否定以前主流意識形態構造的歷史傳統，重新組合知識分子的傳統，實現其內在價值的創造性轉換；另一種則是站在消極的虛無立場上否定本世紀以來的知識分子歷史，在他們的全盤批判中，這一百多年來中國知識分子不但走了彎路，浪費了時間，而且還導致了中國的長期動亂和落後，簡直是罪魁禍首。在他們看來，不但「五四」新文化運動不該發生，陳獨秀胡適之不該否定傳統全盤西化，連孫中山也不該革命推翻滿清，甚至譚嗣同也不該讓自己流血推動變法改革，總之，知識分子都犯了激進主義的錯誤。我不知道歷史能否這樣的假設，但是我想，即使退一萬步說，我們前輩走的道路有錯誤，也總有他們在當時不得不錯的原因，現在離上世紀末不過一百年，許多歷史背景都看得很清楚，如果我們站在世紀末全盤否定這一百年來的知識分子傳統，那麼，等於重犯了我們前輩全盤否定二千年傳統的激進主義錯誤一樣，因為我不相信今天的知識分子還能重返舊時代的士大夫傳統去安身立命，也不相信傳統國學還能塑造出現代社會的知識分子的靈魂，我們的路只能從腳下的那片土地上走起，這就是本世紀以來的若有若無的新文化傳統。儘管沒有四書五經作為我們的經典教條，但我們能在前人歪歪斜斜的腳印裡感受其生命遺留下來的體溫，鼓舞自己繼續走下去，而且走得更好。如果我們連這一點知識分子的傳統都要丟掉，那麼，就只能繼續在虛無的價值取向裡隨風飄搖，當然像魯迅那樣的知識分子是能夠在絕望反抗中建立起虛無的價值座標，但大多數人是無法這樣仿效魯迅的，那麼，前面還有一條出路，就是不得不背離知識分子的廣場和民間，重返廟堂。這也許是知識分子另一種「重進羅馬城」的走法。

當中國社會又一次面臨大轉型，市場經濟不但促發了物質文明發展的活力，也為知識分子實現精神勞動的多元價值提供了可能性，所以，對文化傳統的認同成為當前中國知識分子迫切想解決的問題。以關於「人文精神尋思」的討論為例，所謂「人文精神失落」之說，不是指知識分子在市場經濟中失落了社會地位和價值，而恰恰表現出知識分子在社會轉型中認識到主體認同和內在價值取向失落以後的焦灼，所以才會發動討論，集體「尋思」。近年來新國學熱，後現代熱，「新市民文化」熱，以及各種知識分子話題的討論，多少都表現了尋找文化認同的焦灼心理。我想這種「尋找」是有意義的，知識分子只有認清了自己的處境和依據的知識背景，才能使自己的精神勞動成為一種自覺的勞動，共同建構起這個時代的知識分子傳統。

儘管這條道路漫漫不見輪廓，但還是魯迅說過的：其實地上本沒有路，走的人多了，也便成了路⑰。

*本文是作者在日本早稻田大學的一次學術演講，講稿曾用日語在岩波書局《世界》雜誌一九九六年第六—七期連載過，中文稿原載上海《文藝理論研究》一九九六年第三期。

❶ 顯克微支的《你往何處去》有多種中譯本，這裡是依據韓侍桁的譯本，上海譯文出版社一九八〇年版。

❷ 中國經濟體制轉型醞釀了許多年，一九九二年上半年鄧小平南巡以後，發生了根本性變化，主要是在上海和南方的一些大城市裡，商品經濟迅速發展起來。平心而論，本文所展示的文化危機和知識分子「人文精神尋思」等問題，並不是市場經濟直接帶來的後果，而是在長期的歷史發展過程中逐漸形成的。經濟體制轉型首先衝擊了傳統的道德觀念和價值觀念，使過去計劃經濟體制下被掩蓋住的負面精神現象一下子爆發出來。同時，社會轉型過程中，中國政府在意識形態方面也相對採取了比較寬鬆的態度，使知

識分子關於「人文精神尋思」的討論成為可能。

❸ 這十六字訣見諸陳曉明：《填平鴻溝，劃清界限》，載《文藝研究》一九九四年第一期。

❹ 關於「人文精神尋思」問題，可參閱王曉明編：《人文精神尋思錄》，上海文匯出版社一九九五年版。

❺ 舉一個現成的例子。中國學術界討論「人文精神尋思」時，有的知識分子提出這樣的質問：你們認為市場經濟使人文精神失落了，那麼，計劃經濟就能生出人文精神嗎？你們是不是要恢復五十年代的理想主義？有意思的是，像這樣的疑問在四十歲以下七十歲以上的人當中是不會發生的。就以最初提出「人文精神尋思」的幾個學者來說，他們可能對「人文精神」的理解並不一樣，有的認為「人文精神」在明末清初顧炎武時代就失落了，有的認為是晚清以來逐步失去的，也有的參考了民國以來的知識分子道路，但我敢保證，不會有人懷戀五十年代的革命烏托邦，因為知識分子的歷史不是從五十年代開始的，而那個時代的文化也不值得成為人類精神歷史發展的重要參照系。所以，每一代人的知識傳統不一樣，對事物產生的聯想、理解的方式都不一樣。

❻ 後一個故事，先生寫進了自己的回憶錄，可參閱賈植芳：《獄裡獄外》，上海遠東出版社一九九五年版。

❼ 引自《王國維遺書》第五冊《靜安文集》，上海古籍出版社一九八三年九月影印版，第一〇三頁。

❽ 關於中國知識分子的廟堂意識、廣場意識和民間意識的問題，可參考拙作《知識分子轉型期的三種價值取向》，見本書第二三一—四〇頁。

❾ 請參閱程偉禮著《信念的旅程——馮友蘭傳》、郭齊勇著《天地間一個讀書人——熊十力傳》，均收《世紀回眸・人物系列》叢書，上海文藝出版社一九九四年版。

❿ 陳寅恪關於「獨立之精神，自由之思想」的言論，先後發表過兩次，第一次見於一九二九年陳撰寫的《清

華大學王觀堂先生紀念碑銘》，適值國民黨完成北伐，統一中國的時候；第二次見於一九五三年共產黨建立新的政權不久，中國科學院邀請陳寅恪擔任新組建的哲學社會科學學部第二歷史研究所所長時，陳所作的《陳寅恪自述——對科學院的答覆》，其中重申了上述一主張。此件現藏中山大學檔案館。可參閱吳定宇著《學人魂——陳寅恪傳》，收《世紀回眸・人物系列》叢書，上海文藝出版社一九九六年版。

⑪ 參閱張文江著《營造巴比塔的智者——錢鍾書傳》，收《世紀回眸・人物系列》叢書，由上海文藝出版社一九九三年版。

⑫ 這裡所指的「重進廟堂」，是指一些學者又重新與政府合作，走上仕途。如胡適、傅斯年、羅家倫、段錫朋等。「歸隱民間」指一部分學者「新文化運動」以後回到自己的專業中去，並在民間立場上建立自己的專業傳統，如劉半農、錢玄同、抗戰前的周作人等。我這裡所歸納的廟堂、廣場、民間三種道路，是指其不同的價值取向而言，並無褒貶的意思，與過去文學史上所理解的「前進與後退」不一樣。

⑬ 「最年輕的一代」，是指九十年代湧現的一批履行批判現實使命的作家和批評家，他們都不約而同地舉起了魯迅的旗幟。可參閱張承志著《荒蕪英雄路》（上海知識出版社一九九二年版），張煒著《純美的注視》（上海遠東出版社一九九六年版），王曉明著《荊棘中的求索》（上海遠東出版社一九九五年版），陳思和著《羊騷與猴騷》（上海人民出版社一九九三年版）等，還有二本即將出版的隨筆集：王彬彬著《死在路上》和李銳著《拒絕合唱》，也涉及這一現象（這兩種書將由上海人民出版社出版）。有意思的是，在關於「人文精神尋思」的爭論中，關於魯迅傳統也是一個爭議的主題。可參閱王曉明編：《人文精神尋思錄》，上海文匯出版社一九九五年出版。

⑭ 請參閱王曉明著《無法直面的人生——魯迅傳》，收入《世紀回眸・人物系列》叢書，上海文藝出版社

一九九三年版。

⓯ 引自《魯迅全集》，人民文學出版社一九八一年版，第二卷第一七八頁。

⓰ 同⓮。

⓱ 引自《魯迅全集》，人民文學出版社一九八一年版，第一卷第四八五頁。

知識分子轉型期的三種價值取向

二十世紀中國知識分子傳統的演變，經歷了一個由古典士大夫傳統向現代知識型轉化的過程。這期間包括了舊的文化價值體系隨同舊制度崩壞而流失民間，新的文化價值體系幾經聚散仍未成形，兩者之間的主流文化在價值取向上表現出無法掩飾的虛無性與蛻變性，以至失落了精神庇護所的知識分子在風雨飄搖中無家可歸，苦苦尋求。本文試圖把這一轉型期的知識分子的價值取向概括為三種意識：失落了的古典廟堂意識、虛擬的現代廣場意識和正在形成中的知識分子的崗位意識。雖然這幾個概念是筆者杜撰的，但它們所含的知識分子價值取向則在二十世紀的政治文化演變中一再呈現。

一、廟堂意識：舊夢的流失

本文所說的「廟堂意識」，不僅僅指古代知識分子通過政治途徑來實現自己的學術理想和價值，還包括了這樣一層意思：古代的知識分子本身就是國家的立法者，在封建社會政治的「君臣模式」機制裡，君權是靠血緣或者暴力取得的，而士大夫則是依循了源遠流長的文化價值傳統來參與國家建設，並在實踐中教育君主和改造君主，因此，所謂的封建君權專制，有相當一部分內涵是摻雜了古代知識分子共同建立的文化專制❶。

余英時教授在分析古代「士」的特徵時曾說：「中國知識分子從最初出現在歷史舞臺那一剎起便與所謂『道』分不開，儘管『道』在各家思想中具有不同的涵義。『哲學的突破』❷以前，士固定在封建關係之中而各有職事，他們並沒有一個更高的精神憑藉可恃以批評政治社會，抗禮王侯，但『突破』以後，士已發展了這種精神憑藉，即所謂『道』。」❸這時起，知識分子的概念就超越了階級屬性、社會身份和經濟地位，其標誌就在於以「道」自任。這「道」究竟是什麼？即使在孔子的時代也是各有各的說法，大致上說，它反映了人類文明初期演化而成的文化傳統，也是初民社會人類發展歷史經驗的結晶，經過孔子這一代人的整理與宏揚，成為一種固定的價值體系。應該承認，在穩固的古代農業社會的生產秩序和國家政權上，這些價值體系從修身養性到治國平天下都有一種行之有效的功能。這才會使靠血緣宗法制獲得政權的統治者不約而同地利用它來凝聚中華民族的向心力。同時，它又是極其豐富、複雜，充滿生生不息的活力，需要有一個專業性的社會集團去從事研究它，運用它以及監督它，這就形成了中國知識分子與政權統治者分庭抗禮的微妙關係。古代知識分子在君權面前並無一種「皮」與「毛」的關係。孔子說，「天下有道則見，無道則隱」。如果統治者重視「道」的作用，那麼知識分子就出來治天下，如果統治者不重視「道」，知識分子就隱居起來，因為他們背後有「道」作為安身立命之本，即使不做官仍然充滿自信。所謂天下有道，則庶人不議。這話如果反過來理解，現在天下「失道」，所以必須讓知識分子來議政。在君權與道統之間互相依存是兩者關係的主要一面，知識分子靠了政治來實現「道」的價值，反之，統治者也是靠了知識分子制定的一套道統制度來坐穩統治的寶座。即便是君主專制最虐烈、「文字獄」最陰毒的明代，知識分子呂坤還是敢說出這樣的話來：「天地間惟理與勢為最尊。雖然，理又尊之尊也。廟堂之上言理，則天子不得以勢相奪。……故勢者，帝王之權也；理者，吾人之權也。」

古代知識分子對於道，不僅是進而從政，兼善天下的資本，更是在社會上處世的一個基本原則。孟子有一個說法：「無恒產而有恒心，唯士為能。若民，則無恒產因無恒心。」這是很有意思的一種對比，用現在的話來說，知識分子與一般老百姓都沒有固定的財富產業，但他們的區別在於：一般老百姓既無財產就沒有固定的價值觀念，而知識分子雖然窮，卻仍有一個固定的價值觀念，他不會東變西變，依然會按著自己的價值觀念走下去。反言之，如果因為經濟上不如別人，就轉而放棄了自己的價值觀念（包括人格理想），那麼，就不算個知識分子。這就是孟子所說「唯士為能」的意思。不僅如此，古代知識分子還鄙視那些不能安貧樂道的人，孔子所謂「士志於道，而恥惡衣惡食者，未足與議也」，「士而懷居，不足以為士矣」，都是對知識分子的一種道德要求：你既然身為知識分子，你就有義務為「道」盡力，為「道」奉獻，你就不能過份貪圖物質生活上的享受。孟子更加直截了當地拿「道義」與財富對立起來：「晉楚之富，不可及也，彼以其富，我以吾仁；彼以其爵，我以吾義，吾何慊乎？」這多少有點阿Q主義，但也是一種對自己從事的事業的自信，有了這份堅定，才會讓「富貴不能淫」的高調落到實處。當然這不是說知識分子活該受窮，只是說明了中國知識分子有一種固執的信念，他們是天生的精神財富占有者，他們擁有至高無上的「道」。這種信念後來被庸俗化了，就成為「書中自有……」式的比附。但這種信念對古代知識分子起了一種凝聚力的作用，在「士農工商」中，唯士的階層是毋須操心具體謀生之道的。他們生來就會把天下責任擔於肩上，如同飛蛾撲向燈火。廟堂意識的對立面是民間，在封建專制的國土裡，民間是主流意識形態以外的別一文化世界，一旦社會發生大動盪，廟堂成為廢墟，道統隨之崩壞的時候，道的傳統往往流散民間，由它的守護神民間知識分子悄悄積蓄著，直到下一輪廟堂再興，才重見天日[4]。民間彷彿是一個巨大蓄水池，「道統」隱蔽其間，一旦通向廟堂的閘門打開，它立刻翻江倒海，大有作為。作為這一價值體系的承擔者，知識分子行文出處始終介於廟堂與民間之間，進就是隆中對的諸葛亮，退就是不為五斗米折腰的陶淵明，他們都能在價值體系中找到心理平衡。

可是，隨著二十世紀封建帝制的結束，「廟堂」拆除了。知識分子的文化價值觀念起了變化，他們開始學習一門技術，並根據正在興起的資本主義社會的商品經濟原則，把自己擁有的知識轉化為商品。這在技術型的知識分子是不成問題的，而人文學科的知識分子，也不得不在廟堂以外重新尋求他們謀生之道。他們或者當幕僚政客，在政治舞臺上出謀劃策，或者興辦教育，在講壇上繼續闡發人文理想；或者利用現代出版著書立說，靠傳播媒介傳達出自己的要求。總之，在「恒心」與「恒產」之間，由於失去了「廟堂」這一中介物來平衡兩者，「恒心」必須轉化為商品，換取雖無「恒」卻又萬不可少的「產」。代議制度，稿酬制度，現代教育，書報刊物等新型的中介物應運而生，這對於知識分子來說，既不失為一種新環境下的生存機會，又同樣是他們擁有的文化價值體系向社會實用功能轉換的必然途徑。到這時候，傳統的「道」由於封閉了通向廟堂之路，它的面目如何，對現代知識分子來說已經相當模糊了，但作為傳統的思維慣性，價值的失落感又緊緊地噬咬著他們的心靈。他們不可能不感到痛苦：「廟堂」作為價值轉換中介時，他們雖起自民間，卻與統治者共享一份南面而王的榮耀，社會的主流文化就是他們的文化；而現在落到了這般地位，他們必須和「引車賣漿者流」一樣，揣了滿腹才華，小心翼翼地走向市場，去看資本家和顧主的臉色。更為恥辱的是，現在的中介物僅僅把他們引向市場，而他們起自民間，通往的終點仍然是民間。軍閥統治下的民主制度，充其量也只能借助報刊與講壇向統治者呼籲，而歷來被讀書人引為驕傲的姜子牙、諸葛亮等做「亞父」的光榮，做夢去吧。——這種變化正是社會現代化過程中知識分子由政治文化中心向邊緣轉移的必然趨勢。對於那些昨日還在做著聖人夢的知識分子來說，真是太殘酷了。

二、廣場意識：虛擬的自我價值取向

於是，出現了「廣場意識」。其實這是廟堂意識在現代的借屍還魂，或者說是一個虛妄的知識分子價值體系的中介物。那一個時代的知識分子，一方面義無反顧地拋棄了自己的傳統價值體系，另一方面又飢不擇食地向西方尋找新的安身立命之道，於是有了將西方各種思想學說當作治世良方的時代。「廣場意識」正是中國知識分子近似於模仿倫敦海德公園的一種實驗。他們幻想站在一個空曠無比的廣場上，頭頂湛藍的天空，明朗的太陽，腳下匍匐着芸芸眾生，仰著骯髒、愚昧的臉，驚訝地望著這些真理的偶像。他們向民眾指出，哪裡是光，哪裡是火，從此世界上就有了光和火。假使真的存在這樣的廣場，作為價值轉換的中介，它顯然會使知識分子由民間通向一個新的南面而王的位置。

這種廣場意識顯然是來自西方啟蒙主義的知識分子傳統。但在歐洲近代，文化發展的軌跡是文藝復興→啟蒙運動→大革命，而文藝復興又是在反對中世紀教會文化的同時，繼承並「復興」了西方文化的根本精神，即古希臘羅馬文化的價值傳統。文藝復興開創了新的文化價值體系，經過幾百年的積累發展，才演化為思想領域的啟蒙，再演化為政治實踐的大革命，因循漸進發展而來。中國的情況恰恰相反，新文化運動沒有在科學與哲學上繼承文化傳統，而是作為一場政治革命的補課而去尋找文化上的依據，它的軌跡成了：辛亥革命→啟蒙任務→新文化運動，其順序是逆向的。這就使它一旦抓住歐洲大革命體現的民主精神和啟蒙時期提出的《民約論》等思想以後，再也沒有進一步上升到文藝復興精神，更沒有獲取西方文化的根本精神。所以中國的新文化運動一開始的意義就是破大於立，在建設方面，於中於西都未能獲得文化的根本價值❺。

在中國，文化傳統一向建立在人道而不是天道之上，它是通過「廟堂——民間」來進行輪迴運作。文化傳統最後一次從民間向廟堂中興的代表人物是曾國藩。但在曾國藩時代，西學始傳入，文化的封閉性運轉程序已被打破，曾國藩晚年重視西學，使人完成《幾何原理》的翻譯，但終未能達到文化上的圓通。以後中國文化的走向，將是溝通「廟堂——民間——西方」的開放式大運轉，從康梁變法到五四新文化再到以後的各種思潮，基本上走的都是這個程序。但中西文化衝撞以至融匯是否已經形成一套行之有效的新傳統，歷史自有公論。近百年來，政治體制屢變，主流文化幾經沉浮，但只有政治權力專制，而沒有文化價值權威。有關中西文化的討論，逐漸變成了一種書齋裡的學問。在這種情勢下知識分子要建立廣場意識相當困難。我在與朋友討論這一題目時，曾設想把這種廣場意識稱作「空中廣場」，因為它是一種上不接天，下不著地的幻想中的「廣場」，並無實現的可能。究其原因，就在於知識分子自身價值的失落。古人所謂百年積德，而後興禮樂。一種道德在散失後要重新聚起，當在民間長期（百年）的文化積累中慢慢形成，無法為了現實的需要立時建立起來。現代知識分子多半從西方引入某種思想學說，或是從傳統中演化出一種理論，沒有經過檢驗，至少沒有經過成功的檢驗，就匆匆取來作為一種文化價值標準，自然無法形成一套足以影響並制約政統的學術道統。

譬如胡適，可以說是最典型的一個。他在美國留學時期形成一套比較完備的自由主義政治主張和學術思想，初回國時，他與《新青年》同仁都看到了中國知識分子因為沒有穩固的學術價值體系而無法進入政統，因而提出「二十年不談政治，二十年不幹政治」的戒律，其目的正是要求知識分子專在思想學術領域重新梳理傳統、吸收西方思潮，建築起二十世紀新時代的「道統」。可是沒隔幾年，在一個接一個急功近利的政治思潮逼迫下，他終於忍不住了，從辦《努力週報》、提倡「好人政府」，一直到出任「民國大使」，由「不治而議論」發展到參加「總統競選」，但他的自由主義的政治理想絲毫也沒有影響政統。如果說胡適、傅斯年等人遵行的「入政府不如組黨；組黨不如辦報」的理想多少代表了知識分子的廣場意識，那麼用事實來觀照的話，這種意識在現實面前又是何等的脆弱。胡適晚年在臺灣的名聲即便是如日中天，也無法阻擋反自由主義的「雷震案」之發生。胡適尚且如此，更不必說其他人了。因此二十世紀之知識分子最大悲哀不在於政治上不得意，而在於自己失去了賴以安身立命之本。舊傳統隨時代而崩潰，新傳統一時又演化不起來，光著身子進入政統，縱使蒙受恩典，暫到廟堂，依然只是一個大擺設而已。這不是知識分子個人的學力不足，而是一個時代沒有為知識分子顯現出大文化傳統的「德」來。在這過渡時期為此而積蓄、而探索、而努力的知識分子，只能履行有些當代學者提出的「歷史的『中間物』」的使命。

這種知識分子的失敗產生了一種悲壯感。我在描繪廣場意識的虛擬性時，並不包括對啟蒙本身的價值評判。一九一五年，當陳獨秀從政治革命的屢屢失敗中領悟到思想革命的重要性，他立意辦一份刊物，相信只要化八年十年的功夫，一定會發生作用❻。於是辦起了《新青年》，提倡民主、科學和人權，為知識分子在廟堂以外從事政治活動找到了一個現代化的場所。這是現代知識分子價值取向轉變的重要標誌，五四新文化運動是中國知識分子第一次不憑藉政治權力，單憑思想與知識分子的力量發動起來的一場旨在改變時代風氣的思想運動。啟蒙凝聚起知識分子直面人生、干預社會的現實戰鬥精神，形成了所謂「五四」新文化傳統。但問題是這個啟蒙的基本對象，始終是與第一代知識分子受到同一教育的青年學生，也即是第二、三……代知識分子。五四傳統不是二十世紀中國的大傳統，也不是統照中國民間的小傳統❼，只是一部分知識分子道德使命與社會責任的傳統延續，並不賦予具體的內容。民主、科學的精神並沒有在實踐中形成一套思想體系與價值體系，而僅僅是一些模糊的、但又相當光亮的概念。唯一普及了的白話文及其文藝作品，其主要讀者圈子仍在小部分知識分子中間，於真正的大眾並無影響。新文化與民間群眾的隔閡，即使在當時也一再被人注意到。三十年代魯迅、瞿秋白用更激進的態度提倡大眾文學，正是出自這樣一個現實。一般來說，現代知識分子的知識價值在實用的一面能夠得到社會尊重，但人文的一面則是落空的。

顯然，從現代知識分子走過的實際道路來看，廣場意識在「廟堂」和「民間」兩方面都沒有走通，所以作為一種價值取向，它也無法取代古代知識分子的廟堂意識。「廟堂意識」在現代還不失為依稀彷彿的一個舊夢，而「廣場意識」壓根兒就是一場虛妄的幻想。然而，通向廟堂的失意，造成了知識分子對政治權威的失望情緒；通向民間的被阻，激起知識分子對自身價值的失望情緒。然而五四以後在傳統與西學的溝通中將學問耐心地做下去的也大有人在，但多半是在新文化的場外，如新儒家一派，由張君勱、熊十力一代傳到唐君毅、牟宗三一代，再傳至如今在海外享有盛譽的新一代學者，雖稱不上「百年積德」，至少也經歷了三代以上，可謂自成傳統[8]，並在亞太地區的政治文化中屢屢發揮作用。這只是海外的一個特例。而在大陸，廣場意識始終籠罩了五四以降的知識分子的價值取向。五四第一代知識分子，由於承擔著繼往開來的責任，他們在接受西方文化時，已經有了足夠的傳統文化的準備，這一點他們也許沒有自覺到，但在他們的思想和學術中確實有一種學貫中西的大氣象。這是他們較之以後數代人所具有的不可企及的優勢，以後的知識分子被廣場的意象刺激著，在巨大的功名利欲和虛幻的英雄主義之中沉溺激昂，卻沒有考慮他們作為知識分子的自身價值究竟在哪裡，五四的啟蒙精神留給他們的遺產，漸漸地變成了抽象的道德責任和人格榜樣，這就形成了知識分子在救世活動中熱情有餘而能力匱乏、批評深刻卻空無建樹的局面。這種廣場意識價值取向上的虛妄，決定著這些熱情最終不能落到實處，這已經是不言而喻的了。

但是，失去了價值體系的知識分子偏偏特別迷戀這種虛妄的廣場，因為只有在廣場的虛幻性裡，才沒有人追究你的真正知識價值。在浪漫激情下啟蒙者失去了理性的指導，同時也掩蓋了他們在知識上的無知。一九八九年，筆者曾著文探討五四傳統的局限，並認為知識分子應該確立兩種責任：學術責任與社會責任，並以前者的價值取向來制約後者。近年來由於對廣場意識的反省，使我更加疑惑了：我們這一代從文化廢墟上成長的所謂知識者，究竟有沒有知識可言？我們的學術責任究竟在哪裡體現？我們常常把正義感和勇氣與知識混為一談。中國古代的學術價值體系走通了廟堂與民間，所以知識分子行文出處無不圓通，而現在呢？知識是知識，政治是政治，民間是民間，在這種互為分裂的傳統之中，學術責任很難促進社會責任，因而，「廣場」就成了它們之間一座虛構的橋梁。

三、崗位意識：今天我們還能做什麼

既然廣場意識是與我們這一代所謂知識者缺失價值體系聯繫在一起的，那麼，揭穿廣場的虛妄性也就是揭穿我們自己的知識價值的虛妄性。只有弄清楚今天我們知識分子的價值究竟在哪裡、如何確立自己的崗位並發揮自己的作用，這大約纔是從虛擬的廣場意識中撤退出來後唯一可做的事情。我所說的崗位意識，是一種知識分子在當代社會中的自我分界，從廣場的激情中還原出一個本來的自我。我們既然已經失去了傳統的庇護，唯一能守住的，只能是我們的崗位。

這也是勢之所趨。隨著市場經濟的衝擊，知識分子幻想的「廣場」早已不復存在，「廣場」

改建成了貿易集市，大眾沉醉在商品崇拜之中，到處是嚷嚷吵吵，再也沒有誰來聽你指手劃腳地說教了。激情不消自退，知識者恐怕又經歷了一個從政治文化中心摔向邊緣的過程。雖然這個中心是虛擬的，但失落感顯然是超過了知識分子的心理承受力。所以崗位意識的確立，有助於知識分子從這虛幻的失落感裡掙扎出來，重新回到起點，即弄清楚「士」的傳統向現代知識型轉化過程中，知識分子的價值取向究竟應該放在哪裡。

當代學人常常被五四時代的虛幻所暈眩，以為五四時代知識分子如何風光，而為今天的精英文化失落唏噓不已。其實本來就沒有的東西無所謂失落。值得我們注意的倒是二十世紀有一批真正的學者，大抵置身於主流文化之外，隱於民間，或在大學教席，或有別的什麼職份，安分守己地做著貫通中西的大學問。譬如在五四以後成長起來的學者錢鍾書，雖中西無不精通，也時有文藝創作發表，但其知識結構、學術淵源，遠在五四傳統及主流文化以外，過去文學史不列錢氏，也不算什麼失誤，反而應了錢鍾書自己所說的，「大抵學問皆荒江野老屋中二三素心人商量培養之事，朝市之顯學必成俗學」[9]。這是錢氏晚年談學心得。有趣的是，在錢氏初出茅廬、少年氣盛之際，其父錢基博先生多有教誨，至今保留的《諭兒鍾書札兩通》中有語重心長之言：「勿以才華超絕時賢為喜，而以學養不及古聖賢人為愧」、「我望汝為諸葛公、陶淵明，不喜汝為胡適之、徐志摩！」其價值取向與當時主流絕然不同[10]。時代所趨，錢氏之學雖未必如諸葛、陶潛那麼進退圓通，但他唯守住了「荒江野老屋」這個崗位，才有後來大而化之的成就。

關於商品經濟下知識分子如何擺脫計劃體制下的束縛，取得自由出處之道，當是另外一個問題，在此不論。不過說到崗位，首先要恢復一個平常而自由的心態。認清廣場的虛幻也即認清知識分子在現代社會裡高人一等的不可靠。現代知識分子擁有一份知識技能，如同工匠擁有一份手藝一樣，是一種謀生的工具。醫生治病、會計理財、律師打官司、編輯出版書刊、懂外文的從事翻譯、只會說中國話的就教教孩子、會舞文弄墨者寫幾行字，為世界湊點熱鬧；智商更高者可以搞些科學研究、發明專利，當然也不妨下海玩股票。僅此而已，知識分子沒有特別的資本要求別人給予特殊照顧。反之，面對市場憑勞動吃飯，比過去在計劃經濟體制下為求一只鐵飯碗而演樣板戲、搞大批判總要高尚得多。正常的勞動賺錢，正常的談性論命，恢復了做平常人的第一步，才談得上履行知識分子的使命與責任。

我所說的崗位具有兩種含義。第一種含義是知識分子的謀生職業，即可以寄託知識分子理想的工作。譬如人文科學研究工作、教育工作、出版工作、文學藝術創造等等，在商品社會裡，任何工作都擺不脫謀生的意義，這毋需諱言。但知識分子的崗位之所以不同於一般工作，是因為它本身寄寓了人文理想。前文說過，五四僅僅為知識分子建立了一個道義的傳統，七十多年來薪盡火傳，至今未熄。儘管它並不包含實質性的內容，但在多代知識分子身上仍然彌足珍貴。道德信念與人格力量，永遠是知識分子必須維護的精神傳統，這不是抽象的東西，而是融化於普普通通的工作崗位之中。教育與出版，我尤其以為是當代社會最重要的兩個知識分子領域。一名教師站在學生眼前，除了講授知識外，同樣應是一個巍然的人格榜樣，學生從教師身上吸取人格感染的意義遠在獲得知識之上。出版本來便是與市場經濟聯繫在一起的，出版書籍當然要賺錢，但是一個有理想的出版家，就可以辦起像商務印書館、開明書店、生活書店以及文化生活出版社這樣品格的出版社，成為青年一代成長的知識庫與理想庫。知識分子不是不食人間煙火的怪物，他有正當的權利追求富裕和享樂，但他的追求不是無條件的。因為獲利而有違於基本道德規範，平常人也不該做；但因為獲利而有違於人文理想，唯知識分子不該去做。

知識分子的人文理想還表現在一種批評的職能上。雖然在現代多元社會裡遠離廟堂的知識分子已無法做到「奮臂一呼而武人倉惶失措」，但因廟堂自廢，知識分子依然能作為社會的某種輿論力量而存在。他的聲音或許微弱卻可以起到一種平衡社會的作用。商品經濟社會裡，財富和進步是通過人對欲望的追逐來推動的，從歷史的觀念看，惡也是一種進步。恩格斯早有過精彩的論述：「在這種社會制度之下，文明完成了古氏族社會絲毫不能做到的事情。不過，它是在推動了人們的最卑劣的動機和情欲，並且在發展了它們以損害人們的其他一切才能以後，才完成這些事情的。卑賤的貪婪乃是文明從它的第一日起以至今日的動力；財富、財富、第三還是財富，乃是文明的唯一而具有決定性的目標。」[11]歷史不會簡單重複，當我們剛剛從一個烏托邦夢境裡走出來，一下子被推向商品經濟的市場前面，這種「惡」的槓桿作用還難免會發生。歷史觀點與道德觀念——一方面是社會進步必付出的代價，一方面是人類良知的自我約束——永遠是難以統一的。

過去的中國知識分子受到樸素進化論的影響，總以為今勝於昔，每當歷史發生突變性進展時，往往讚美新的事物不遺餘力，甚至包括了它的消極面。這是中國現代知識分子思維的一個大缺陷。一九二七年郁達夫發表《廣州事情》批評南方的一些腐敗現象，立刻受到正在南面革命的郭沫若的指責，並認為這是「無產派和有產派」的對立[12]。在郭的觀念裡，南方是革命政府是代表歷史進步潮流的，因此萬萬不能批評，批評就是反革命。郭、郁之爭很典型地反映了政治家的歷史觀念與知識分子的人文傳統的衝突。這種觀念一定要糾正過來，批評是知識者的神聖權利。在現代社會裡，制約社會的除了政府權力外，還應有法律與輿論，知識分子在其間有義不容辭的職責。應該說，這是知識分子的一種本己的崗位。

在普通的工作崗位上堅持人文理想，還只是知識分子崗位意識中最表層的部分，儘管它已經包括了知識分子學術責任與社會責任，但我們所指的知識分子的崗位，還孕含了另一層更為深刻也更為內在的意義，即知識分子如何維繫文化傳統的精血。知識分子說到底不是一個社會的經濟概念，而是一種文化價值體系的象徵，代表了人類社會中最高的文化層次。將對未來以至永恒都有意義，不管社會多麼腐敗與墮落，只要真正的知識分子在，文化的精血就不會消亡。我曾多次捧讀路德維希《德國人》一書，他是這樣充滿感情地描繪十八世紀德國上空湧現出來的七顆燦爛明星的：「這是一種新的由一個國家的藝術家形成的藝術，以後，還沒有任何人達到或超過他們的水平。妙不可言的連續性，把七位音樂大師連接在一起，在德國歷史上也是獨一無二的，就像一枚戒指，被一代代地傳下去。韓德爾幾經鬥爭把它傳給了在倫敦的格魯克，格魯克傳給了海頓，海頓熱愛他的學生莫扎特，莫扎特深為自己的學生貝多芬的天才感到驚訝，而貝多芬則在自己臨死之前，對舒伯特高度評價，把戒指傳給了他。還有哪個國家的歷史能與這段歷史相比呢？一個一千年來長期處於鬆鬆散散，彼此之間沒有約束的國家，一旦出現了這一脆弱的傳統聯結，是多麼令人感動啊！」⑬每念誦及此，我總是心潮起伏，嗚咽不已，這遠非學術責任所能羈繫，而是一種人類思想精神與世俗權力的徹底絕裂，這七位大師在世俗生活中幾乎沒有一個不是困頓厄難，倍受恥辱，但他們在精神王國中卻翱翔縱橫，異彩奪目，他們的生命，彷彿就是為了證明這顆無價之寶的戒指而生的。這戒指，就是傳統文化的精血所在，以此類推，古希臘時代的哲學帝王，中國東周時代的諸子明星，盛唐時代的詩壇巨擘，意大利文藝復興時代的藝術大師，法國啟蒙時代的精神戰士，德國哲學巨匠們代代承續，俄國文學傳統的前仆後繼……人類歷史最輝煌的篇章之一，不就是知識分子的文化歷史麼？他們在人類社會充滿暴力與殘酷的歷史進化過程中，別塑一個溫馨無比的精神發展王國，與冷酷的世俗權力抗爭，與卑瑣的動物本能抗爭，繼絕存亡，薪盡火傳，這，才叫做知識分子，才叫做知識分子的文化傳統。我相信，真正的傳統應該從我們自己做起，要做出一個開端。只要意識到了，開始做了，即便是以我們的失敗來證明一代無家可歸的精神浪子的悲劇，也實屬亡羊補牢之舉。那麼，下一個世紀中的文化價值重建，希望也許不會太渺茫。

*原載上海《上海文化》一九九三年創刊號。

---

❶ 關於古代知識分子學統與君主的關係，筆者在《試論現代出版與知識分子的人文理想》（載《復旦學報》一九九三年第三期）中作過討論，本文不再重複。

❷ 「哲學的突破」(Philosophic breakthrough)是西方學術界對古代文明過程中發生突變現象的一種概括，據余英時教授解釋，中國的孔子、墨子、老子，希臘的蘇格拉底、柏拉圖，以色列的先知，印度的釋迦牟尼都是「突破」的關鍵人物。

❸ 引自余英時：《士與中國文化》，上海人民出版社一九八七年版，第九七—九八頁。

❹ 民間對知識分子的學術傳統還有另一種保護和繼承的方法，即用民間自身的形態：口頭文學、宗教儀式、民風民俗、迷信巫術等等，用變型的形態保留文化的信息。那是一條非知識分子的渠道，不在本文議論範圍。

❺ 關於中國新文化運動與法國啟蒙運動的比較，可參閱拙文《五四與當代》，載《復旦學報》，一九八九年第三期。收入《筆走龍蛇》，臺灣業強出版社一九九一年版。

❻ 參見汪原放：《回憶亞東圖書館》，上海學林出版社一九八三年版，第三十二頁。

❼ 大傳統和小傳統之說，採用西方社會學的觀點。大體以為「大傳統或精英文化是上層知識階級的，而小

傳統或通俗文化屬於沒有受過正式教育的一般人民」（引自余英時《中國文化的大傳統和小傳統》，載《內在超越之路》，中國廣播電視出版社一九九二年版，第一九三頁）。

❽ 據希爾斯《論傳統》一書的界定，經過三代人延續而來的基本因素，即可謂之傳統。（見上海人民出版社版該書第十八頁）。

❾ 引自《錢鍾書研究》第一輯，《編委筆談》鄭朝宗文引語，第一頁，文化藝術出版社一九九〇年版。

❿ 張文江：《文化崑崙——錢鍾書傳》，臺灣業強出版社一九九三年版，第三十九頁。

⓫ 《馬克思恩格斯選集》，人民出版社一九七六年版，第四卷第一七三頁。

⓬ 參見郭沫若：《文學革命之回顧》，載《沫若文集》，人民文學出版社一九五九年版，第十卷第三七五頁。

⓭ 路德維希：《德國人》，三聯書店一九九一年版，第一八八頁。

關於人文精神的獨白

人文精神的失落不是一個局部的學科現象，我懷疑的是作為整體的知識分子在當代還有沒有人文精神。張汝倫說德語DIE GEISTESWISSENSCHAFTEN概念裡包括音樂，這使我想到了孔子所定的「六經」，這「六經」的分類很有點意思：《易》是哲學，《書》是古代歷史，《春秋》是當代史，《禮》是由哲學派生的政治，《詩》是文學，還有就是《樂記》，是音樂。仔細想想，「六經」確實已經包括了舊人文學科的基本格局。孔子作為中國文化傳統承前啟後的人物確是起了很重要的作用，他述而不作，卻疏通整理了那個時代的文化傳統，把學術傳統一直推到文王周公的時代。這樣在孔子的學術傳統裡，已經積蓄了幾百年時間的能量。

在古代有兩種知識分子，一種是蘇秦張儀之類的縱橫家，自己並無什麼固定的學術理想和學術傳統，但有才能，可以做諸侯實現霸業的工具，為統治者服務；還有一種就是孔孟一流，他們雖然也周遊列國到處去謀求做官，但它們是帶著自己的學術理想和學術傳統走進廟堂的，他們並不在乎統治者需要什麼，只要求統治者應該做什麼，希望通過說服統治者來實現知識分子道統的價值。但孔子的學術傳統在當時並沒有成功，以後又積蓄了幾百年的能量，直到漢代才實現了道統與政統的合一。很顯然，那個時代道統高於政統和包含政統，封建專制其實是知識分子的文化專制，知識分子就成了這個社會的當然主人，行文出處無不在道統以內。封建時代知識分子的人文精神就體現在這個道統中，他所學所用，出世入世，只有做得好不好的標準，並沒有怎樣做的疑問。

可是我們今天來談人文精神就有點可疑了，本世紀以來知識分子首先思考的是怎樣做而不是做得好不好，這就說明知識分子已經失去了一個穩定悠久的精神傳統作為他們安身立命的根本，據我個人的觀察，中國二十世紀的前半葉是知識分子企圖通過重新溝通廟堂與新學術傳統（即包含了西方學術傳統）來恢復人文精神的嘗試，但基本上都失敗了。後半葉則是知識分子在「避席畏聞文字獄」的失敗中自覺用隔離時代的方法來保持學術的純潔與超然。但是，人文精神只能是在與時代的對話甚至齟齬中發展的，它是一種知識分子所學所用的根本之道，脫離了與時代氣脈相融匯，也就失去了其重建的可能，所謂學術只能是一種技術性而不是人文性的研究活動，只會在客觀上導致人格的萎縮，這就造成現在的知識分子要麼學蘇秦張儀去做政治工具，要麼把學術看作是自我逃避的場所，這兩條路都無法重建起人文精神。

「守先待後」，就是當代知識分子的崗位。這裡有一個價值觀念的轉變，余英時曾經說過現代知識分子由政治文化中心向邊緣轉移的理論，這個理論用以說明二十世紀初的知識分子狀況有些道理，但在當代情況就有些不一樣，現在還有沒有這個政治文化的中心，還需要不需要有中心，這些問題直接涉及到知識分子人文精神的價值取向，即它的崗位應該設在哪裡。我剛才說過封建時代的知識分子居廟堂中心，它進而入廟堂，退而回到民間，無論辦書院搞教育，還是著書立說，都是在一個道統裡循迴，構成一個封閉性的自我完善機制。二十年代胡適提倡好人政府，五十年代熊十力上書《論六經》，都是知識分子企圖重返廟堂的努力。但二十世紀廟堂自毀，價值分裂，知識分子能否在廟堂以外建立自己的崗位，同樣能夠繼承和發揚人文精神，塑造自己的人格形象？這是一個非常現實地擺在知識分子面前的問題。還有，二十世紀中國文化的最大特徵就是納入了世界的格局，我們面對的問題不再是封閉的中國問題，而是人類共同困擾的問題，所以有很多思想材料和思想方法都與世界相通著，而這種西方式的思想資料在二十世紀中國又成為知識分子的專利，這就使原有的廟堂和民間以外又加入了西方的向度，這三種價值系統在現代是分裂的，為未來的多元文化格局奠定了規模，但現代知識分子的困擾還是沒有解決，即能否把這三種價值系統統一起來，建立起現代知識分子的新道統，新的精神家園？還是把現代廟堂、民間，以及知識分子的學術工作都僅僅看作是現代多元社會中的一個向度，共同來承擔起現代文化的建設，而知識分子也只能在自己的工作崗位上確立安身立命的根本。這些問題如果搞清楚了，那我們就能討論在哪一個層面上「守先待後」，薪盡火傳。

我們在思考知識分子問題時涉及到兩個範疇，一個是道德範疇，一個是信仰範疇。其實「法天」也是一種信仰，古人所謂「六合以外，聖人存而不論」，並不去說明它是怎麼一回事，只能憑人的本能去理解，或者規範自身的行為。道德可以立法，有強制的意味；而信仰是個人的事，只能靠自己體會。我們尋思人文精神，關心的是自己的問題，即作為一個現代知識分子，我們安身立命之處在哪裡？如何在自己的崗位上接通知識分子的人文傳統？我在一篇文章裡談知識分子的崗位意識，有好幾個朋友對我說，你過去提倡現實戰鬥精神，現在又反省廣場意識和提倡崗位意識，是不是一種理論上的退卻？我在想，崗位意識可以作多重意義的理解。如果僅僅理解作認識了廣場的虛妄而退回書齋去做學問，那不僅是理論上的退卻，還是人格上的萎縮。但我談的崗位是知識分子的崗位，它包括敬業精神，又不等同於敬業，還有知識分子對人文傳統的尋求和繼承，守先待後，守什麼「先」又拿什麼去「待後」？終極關懷，我們拿什麼去關懷？西方有宗教，不管對不對，他們是有物可言，我們呢？五四傳統留給我們的是使命感和正義感，但這只是構成知識分子的行為準則，我們還應該有知識分子自己的東西，包括知識傳統和人文傳統。如果這些東西沒有搞清楚，光有使命感和正義感也是無力的。勇氣不等於知識，也不等於力量。

當我們討論「人文精神何以成為可能」時，實際上已經包含了當代的意義。這個命題的前提是當代人文學科所面臨的危機，不僅威脅了人文學者在當前的處境，而且更深刻地威脅了這個國家和民族的未來前景。由於問題的出發點是人文學者的實際處境，因此討論本身更帶有知識分子自省的意味，即人文學科何以在當前的社會機制變革中處於被動的局面？再進一步說，即當代的人文學科究竟成其為人文學科嗎？當代的知識分子是在哪個文化層面上履行了知識分子的職責？如果這些問題都沒有明確就大議特議人文學科的危機和知識分子的困境，就容易被一種虛妄的失敗主義所籠罩，問題也談不到深處，更無法來談當代社會變革的前景中究竟需要怎樣一種人文精神來給以制約。自五十年代以來，人文學科納入了國家意識形態的計劃體制，成為意識形態的一個主要部門。作為它的科學屬性需要它通過不斷的自我證偽來開拓新的領域和提出新的問題，但作為一種意識形態，它必須服從整個計劃體制的制約，與所謂求真的科學屬性構成了不可解脫的一對矛盾。那個時代編寫成的一批概論式、史論式的教科書後來都進入了教育領域，成為規定的教材，以後的受教育者，包括我們這一代和再後面的年輕人，在學校裡基本上接受的就是這一類教科書的傳統。我自己是研究文學的，我最清楚當代的文學史、文學概論一類教科書究竟有多少程度體現了這門學科應該含有的知識分子的人文精神。這是當代知識分子與教育傳統的關係的一面；再說知識分子與政治的關係的一面：五十年代知識分子作為國家意識形態的工作人員，享受的是國家幹部待遇，其經濟地位與社會地位都要高於一般人，這自然是要付出代價的，因為作為一個國家意識形態工作人員的職責與知識分子從本能上激發出來的重返廟堂的精英意識不能不相抵觸，這就導致了五十年代以來的一系列政治運動，其結果是凡能生存下來的工作人員，只能是在人文精神方面實行過自我閹割的人。當然我這裡沒有把一九七八年以來的思想解放運動的積極成果和近年來國際學術交流中的積極影響包括進去，但就一般狀況而言，在當前商品經濟引起的金錢拜物教泛濫中，最受衝擊的就是這一類依附在意識形態的計劃體制內的所謂人文學科，以及在近年的思想解放運動影響下逐漸從這個計劃體制下游離出來、但在學術傳統方面依然延續了原有形態的人文學科。因此在我們談論人文學科危機時，首先要區分清楚，這些人文學科本身還是否具有人文精神，否則很容易得出消極的結論，認為人文精神是在市場經濟的改革中失落的。其實，人文精神的命題雖然是面對了今天，但這個命題本身是早已存在於整個當代史之中了。

當然還有另外一種意義上的惶恐，即知識分子精英意識的惶恐。「文革」後知識分子精英意識的再起，是接上了五四新文化運動的一條血脈，但是五四一代知識分子的文化背景卻早已失去了，知識分子重返廟堂的「道」沒有了，只剩傳統積澱下來的思維習慣，再要恢復知識分子的政治文化中心地位就變得很虛幻。「文革」後知識分子的精英意識主要是通過兩種武器來闡發的：一是人道主義；一是自由思想。這兩種武器在政治上導致民主平等意識的發展，在經濟上導致計劃體制的崩潰，像連環套一樣連接成一個整體。但這種結果與知識分子自五十年代以來對國家計劃體制的依附關係是衝突的，這意味著知識分子所宣揚的理想，從本質上說就是要擺脫他們現存的社會地位和扮演的社會角色。如果這一步不邁出，知識分子的惶恐永難消除。

知識分子的崗位也就是他的精神家園。學統是它的表現形態而不是根本依托，現代社會知識分子道統與學統分離以後仍然會有他的安身立命之處。我策劃《世紀回眸》叢書就是有感於這樣一段歷史：在上個世紀末道統崩潰時，雖然也有像王國維那樣的知識分子「夢中恐怖諸天墮」，但大多數知識分子並不為之驚慌失措，他們中有的轉向教育領域，像蔡元培、陳獨秀、胡適等人在北大提倡新文化；也有的轉向出版行業，疏通了文化傳統與現代的渠道，像張元濟；還有更多的知識分子著書立說，開創了許多現代人文學科。他們為什麼沒有像我們今天那樣面對社會變革、道統崩壞的現實驚恐萬狀？我想就是因為他們那時精神上的崗位並沒有消失，他們很清楚自己應該怎麼做，可以怎麼做，他們從知識分子道統中邁出一步去，真是天地寬得很。而「文革」後的知識分子也面臨了從意識形態中邁一步出去，可是邁來邁去還是在政治圈裡踏步；甚至在市場經濟大潮面前懷念起計劃體制下的安全感來。我想這種懷舊情緒正是來自人格的萎縮，而人格的萎縮正是來自沒有搞清楚自己的崗位。

我覺得無論計劃體制是否瓦解，知識分子都應該有一個屬於自己的生存空間，當然作為個人而言，你做一個文化部長或者修鐘錶同樣不妨礙你堅持人文精神，但作為群體的知識分子應該在民間找到自己的工作崗位，通過自己的渠道來傳達人文理想的聲音。人文精神並不是知識分子聊以自慰的阿Q主義，不是提倡「任憑你腰纏萬貫，我自有人文精神」的消極防禦。人文精神是一種入世態度，是知識分子對世界對社會獨特的理解方式和介入方式，是知識分子的學統從政統中分離出來後建立起來的一種自我表達機制。將來的知識越來越普及，經商的、當官的以及從事各種行業的人都有可能獲得較高的學歷，但對於世界的人文關懷不是人人能做的，這就會構成將來社會中人文學科的知識分子特殊的地位。

關於「人文精神」討論的通信

——致日本學者坂井洋史

一、

坂井兄：

兄於七月二日的來信已收到。承兄美意，關於人文精神對話的提議，我當十分願意。只是在假期裡聽說兄將去北京，我又在作去甘肅考察的準備，所以未能及時回信。結果兄在北京之行後沒有繞道上海（山口君來了上海）；我也因故沒能去甘肅，忙忙碌碌地打發了一個暑假。但兄信中所說的對話一事，卻常繞心中。自五月起《讀書》雜誌上陸續發表了曉明、汝倫等幾位朋友的對話以後，國內學界議論四起，讚之貶之各色平分，聽曉明說，雜誌社給他轉來許多信件，各種意見都有，今年第八期雜誌又發表了「尋思的尋思」一題下的幾種反響，似值得一讀。可見人文精神的討論，並非幾個窮酸文人吃不飽肚子才來牢騷的。提出人文精神尋思的話題，從遠處看可以反思知識分子主體意識失落的歷史過程，近處說是對知識分子當前自身處境的討論和反省，不管它的提法準確與否，它確實觸及到當前一個知識分子普遍關心和思考的問題。聽曉明兄說，不少持反對意見的人都認為，「五四」時代早已過去，知識分子向民眾發號施令的時代一去不復返了，知識分子在當今社會只要做好自己的學問也就夠了，何必再來談什麼人文精神，憑什麼來指揮別人？這種議論似乎是節外生枝，因為捫心自問，別人的想法怎樣不敢說，但我自己是從未想過要在「人文精神」的地盤上發號施令，照有些時髦的說法，是想爭奪什麼「話語權」。曉明對此也感到莫名其妙。但我進而一想，對了，這種說法正表明了人文精神討論的意義所在：它確實挑開了一個多年以來許多人不願說不敢說或者故意不說的話題。其實，這些年來我們在各自的領域從事研究，提出的話題並不少，只是沒有附和流行的「話語」，而並不為一般局外人所注意，獨獨人文精神一提出立刻引來了非議，很顯然，並不是我們的研究態度不同，而是所提出的問題本身具有的涵蓋性。多年來的是是非非，讓有些知識分子只能消極地吸取了歷史教訓，並且小心翼翼地把專業工作與知識分子對人文精神的尋求隔裂開來，他們忘記知識分子的社會使命是故意的，而且希望這種忘記成為普遍現象，唯使其成為集體性的遺忘，他們所不得已而為之的精神萎縮才會變得既安全又正常，所以人文精神一提出，他們就本能地感到是對他們卑瑣的生活態度的妨礙，這才會想到「發號施令」之說。否則的話，就如北京有些學人大談「後知識分子」、南京有些學人提倡「新狀態」一樣，滬上有幾人說說人文精神，既不時髦也不新鮮，不過是一些老而又老的話題，又怎麼會對別人的生活方式構成侵犯呢？前不久我在一家小報上讀到北京大學一位副教授的文章，批評知識分子談人文精神是「唐・吉訶德對著風車的狂吼」，這話的意思很明白，在他看來，當前有些知識分子放棄人文理想和操守的生活方式，正是一種「後知識分子」的特徵，是社會發展的必然，而要批評這種生活方式和精神狀態，那正是螳臂擋車了。這位副教授寫過不少在當代文化領域呼風喚雨的文章，因為對他所持的理論不太了解，我一向不甚在意，不過我仍然很尊重他作為一個青年學者的人格和學問，可是這次，我真是沒有想到中國近代知識分子人文精神最凝聚的北京大學自己培養的青年，竟會用這種輕薄狂妄的口吻來批評知識分子自己的傳統和話題。

也許這麼說是過於嚴重了。本來在社會價值觀念多元趨向的時代裡，各人尋求自己認為合適的生活方式是天經地義的，別人沒有必要去干涉，這當然也包括知識分子對自己的生活方式的選擇。提倡人文精神並不是要構成對具體生活方式的侵犯，人文精神不是生活方式，而是對人類生存行為的思考和價值判斷，粗淺地說，也可歸為生活態度一類。不管社會允許人類在選擇自己的生活方式方面擁有多大的自由，人類總是有一些基本的生活原則是不可摧毀不可動搖的。我完全不了解日本的情況，也許如兄所說，日本有些知識分子的遭遇可以作為「後來者」的其他亞洲國家借鑒的例子。但我所不能忘記的是，許多年以前，我從吳朗西先生那兒讀到一封日本知識分子的來信，他是吳先生留日時期的朋友，他告訴吳先生，在日中戰爭時期，他和他的兄弟用絕食來減輕體重，使自己瘦到不能服兵役為止。儘管這多少也是一種消極的人文態度，但比起那些參加「筆部隊」的知識分子來，我覺得這位日本知識分子畢竟用自虐的方法保衛了人的尊嚴。而中國現在的情況有了很大的變化，當商品經濟的大潮沖垮了傳統的價值觀念以後，在人的精神方面出現了巨大空白，這是不可否認的事實。無論是傳統的意識形態方式還是民間的宗教意識，在我看來都不能真正地填補這個精神空白，在這種時候，如果知識分子再因為精神軟化而自覺地放棄某種責任，那麼，他最善良的願望也只能像那位絕食自輕的日本老人，做到潔身自好而已，這還不包括那些為營營苟苟的生活方式製造理論依據的所謂知識分子的勾當。兄在來信中說到的知識分子從「廣場」撤退後重新確定「崗位」的問題，正是從這一現實的立場提出來的，我所說的重新確定知識分子崗位，也就是著眼於知識分子面對經濟大潮怎樣使人文理想在自己的工作崗位中貫穿起來，決無有些朋友望文生義地把它解釋成「退回書齋」的意思。當然這是個複雜的話題，如細細地扯起來，得從百年前的中國社會轉型談起，留給以後再談吧，今天還是回到人文精神的話題上去，接著說下去。

有一種說法，認為提倡人文精神要站在現實的土壤上，不能說空話唱高調。所謂現實的土壤，也就是站在今天經濟開放的立場上取得與現實的認同，有些朋友很直白地對我說，現在的經濟開放體制比起以前極左路線下的無產階級專政體制不知要進步多少，你們提倡人文精神當然包括了批評現實的精神，那就是對現實所取得的歷史進步性的「不認同」。兄在日本可能很不能理解這種觀點，但在中國的特定歷史背景下，來自這方面的批評是很有代表性的。不說那些政治上的實用主義和庸俗的市儈哲學，就從知識分子的理性思維來說，這裡也存在著一個誤區。在知識分子看來，理性精神即是對歷史進步的肯定。對於符合歷史發展規律的社會現象，即使其以殘酷醜陋的形態出現也應該給以充分的肯定（所謂惡可能成為歷史發展的槓桿）。這種思維模式也可能就是兄在來信中所說的「歷史命定論」，但這不單單是把馬克思主義庸俗化的結果，如果要追根溯源，一直可以尋到「五四」時期的進化論；而在五十年代以後，大陸政治上的極左路線正是利用了知識分子的這一思維模式，把歷史的進步性從具體的歷史過程中抽象出來，成為一種絕對的、形而上的真理（譬如，「文革」時期中國學術界搞過所謂儒法鬥爭，便是一個典型的例子），其實質恰恰是掩蓋了極左路線與生俱來的罪惡。歷史的發展當然是有其內在的規律，但這種內在規律性又必然是通過具體的歷史運動以極其複雜的形態表現出來，如果把這種複雜的歷史運動看作是簡單公式，以此取代知識分子獨立的理性思考，並要求用簡單的「擁護還是反對」的態度來對此作出選擇，那本身就閹割了馬克思主義的批判精神。提倡人文精神，就是應該提倡知識分子在現實的各種壓力下日益萎縮的現實戰鬥精神，至少在社會風氣的層面上為保護人的權利和尊嚴而鬥爭。知識分子的獨立思考和講真話的風氣與現實歷史發展過程中的具體現象不一定取同步的立場，這並不意味知識分子無視歷史的進步原則，因為現代知識分子的人文精神在其自身的歷史發展傳統裡包含了根深蒂固的人道主義原則和馬克思主義的歷史觀點，兩者不可缺一，前者構成知識分子良知的基礎；而後者，又可以保證知識分子在批評現實的同時只能是促進歷史的進步，而不是像馬克思主義的經典作家在《共產黨宣言》裡嘲笑的那些屁股上帶有舊封建紋章的現實批判者（像這樣的現實批判者，近些年總是隱隱約約地埋伏在各種「今不如昔」的論調裡）。進化論的社會觀念在推動社會改革、促進新生事物的成長是有用的思想武器，但也很容易導致簡單化的思維模式，關於這一點，五四新文化運動以來的經驗教訓已經夠深刻了。

再者，持這種批評觀點的朋友多少有一些誤解，他們把當前知識分子在現代化的過程中日趨「邊緣化」的現實處境與人文精神的失落聯繫在一起，以為提倡人文精神只是對當前知識分子處境的反應。其實知識分子邊緣化的問題並不是今天才發生的，自本世紀初中國進入現代化的歷史，就意味著知識分子作為「立法者」的傳統社會地位的失落，一部現代文化運動史也可以說是由知識分子面對自身地位的邊緣化所生出的各種反應而構成，因此要說知識分子人文精神，其失落也早，其遮蔽也久，並不是近年的經濟大潮衝擊下才出現的。相反，恰恰是今天的時代環境為我們提供了重新提倡人文精神的可能性，正像有些朋友所說的在「無產階級專政體制」下，知識分子連吃一口太平飯都不易，還談什麼人文精神？或者在我看來，自傳統的人文精神潰解以來，知識分子在長期的實踐中有意識地培養起新的適合現代生活的人文精神，知識分子的實踐過程也就是人文精神的培養過程，在這漫漫路上，實踐者的主體精神時而緊張時而鬆弛，實踐的環境也時而順坦時而艱險，因此人文精神於知識分子來說也是時明時隱，但人文精神終究是在社會實踐中的人文精神，並沒有一種外在於知識分子實踐的人文精神完美地等待著我們去發現。在現階段的中國，只要不是裝糊塗，身處其文化環境中人大概都會明白我們倡導的人文精神是什麼？一種人之所以為人的精神，一種對於人類發展前景的真誠和關懷，一種作為知識分子對自身所能承擔的社會責任與專業崗位如何結合的總體思考。這一切本來就沒有什麼現成答案的，需要我們每一個人自覺地在實踐過程中去探索，所以它也並不像有些朋友所認為的，只要有知識分子在、有人文學科在，人文精神就當然地存在，知識分子的人文精神只有靠知識分子有意識地在實踐中培養和完善，才能慢慢地成為一種新的適合現代社會生活規律的精神力量和傳統。這個課題，我認為當代整個世界的知識分子都面臨著，日本的知識分子也沒有真正完成這個探索，所以需要我們攜起手來共同去探索和去實踐。

所以，我很感謝兄提出了一個很有意義的建議，我十分願意把這樣的對話繼續下去，用通信的方式、或別的什麼方式，都可以。日本作為一個經濟大國，它毫無疑問在亞洲國家中具有「先驅」的作用，知識分子對於其自身在現代經濟社會中的人文地位的思考，想必比我們更有經驗，所以我想，我們的對話可能會有助於我們對共同關心的問題的思考，至少在理論上的互補也將是很有趣的。

即頌

暑安

弟 思和 敬拜

一九九四年九月九日於上海黑水齋

二、

坂井兄：

來信收到，所論甚為精彩，引起我的許多想法，都想說說。只是近來我被一種莫名其妙的華蓋運所關照，總有意想不到的事發生。九月份去了一次武夷，竟會無緣無故地傷了腰，帶病回到上海，又是無緣無故地突發一次頻繁性早搏，我過去從未有過心臟病，可這次竟發得很厲害，至今未癒。前些日子都在醫院裡忙著檢查，醫生診斷是冠心病，並說像我這般年紀患此病，總應該引起警惕云云。這樣一來，本來想做的計劃全部打亂了，工作還在做，但節奏不得不放慢，給兄的覆信也就拖了下來。不過人雖在病中，思想沒有中斷，兄在來信中所議論的話題，一直存在心中，再結合近來國內各界對人文精神討論的一些反映，有些想法就更加清楚了。

如兄所說，「人文精神」在今天不過是一個象徵性的符號，對它不可能有一個確切的答案存在。不過國內有些學者對此卻很不明白，如有些文章對它作考證，考來考去得出結論說中國從未有過人文精神一說，勉強能湊數的只有胡適當年提倡的歐洲文藝復興運動，也就是說今天提倡的人文精神不過是胡適當年的「自由主義一派」，這也罷了，還特地引用了蔣介石對自由主義者的批評，說明胡適的自由主義使「帝國主義者文化侵略才易於實施」。這種宏論哪怕是出於學術的動機也要讓人捏一把汗，若是早十年，西方人道主義被視為「資產階級自由化」的年代有這麼一說，我輩頭上的緊箍俱備；若是再早二十年，姚文元、「梁效」之流猖獗的年代有這麼一說，我輩足能構成「三家村」「四家店」之罪；若是再早一些，在四十年代的「黨國」有這麼一說，憑了蔣委員長的語錄，我輩大約也要步聞一多的後塵了。上述所舉，雖屬整個有關「人文精神」討論的小插曲，但足見中國式的學術特點。過去毛澤東有一個著名觀點，叫作：誰是我們的敵人，誰是我們的朋友，這個問題是革命的首要問題。這種簡單化的思路後來在政治運動中造成無窮禍害，現在這些對人文精神的批評中也多少看得到這種遺毒。有許多人所關心的不是理論本身的問題，而是「誰」提出來的，只要是非我族類，其心就必異。你要在理論上認真探索一些問題，可是反對者偏不在理論上跟你討論甚至爭辯，而盡在政治上神經過敏，老是考慮你的觀點對哪一派有利？支持誰反對誰？把一個正常的學術討論搞得烏煙瘴氣。無法深刻思想，無法認真討論，無法自由爭鳴，知識分子的思想只能在書齋裡摘章尋句，討論只能賣弄學問，爭鳴只能互相畫對方一個白鼻子，在互相醜化中哈哈一笑了之，你說說知識分子怎麼可能有正常的心態？憑什麼來「高揚」人文精神？

你在信中說的那位來自北京的年輕研究者所持的「過時論」，其病也正在這個中國特色。譬如看到一種新觀點時，先要疑心有沒有「政治背景」，很少能從生活本身提出問題，獨立地加以思考和論證的。我覺得那位研究者把當前知識分子對人文精神的討論比作八十年代知識分子的精英意識是不對的，兩者是有區別的，那就是當時知識分子的精英思想主要是通過「廣場」的方式向「廟堂」侵入，企圖建立新的廟堂理想。而此番關於「人文精神」的討論，從根本上說是非政治功利性的，他們並不想通過這種討論來達到對現時中國政治經濟發展的干預，更沒有想要從廟堂裡獲取什麼，其標誌之一，就是他們所採取的方式是非廣場型的，而是用民間的討論方式來思考如何將人文精神同知識分子本身的工作崗位結合起來。知識分子提出並討論人文精神至少在現時不是要求改變客觀社會而是要求清算知識分子自身的腐敗和萎靡狀況。當年知識分子將關注點放在怎樣用啟蒙話語來指導民眾，所論的多為對象世界；而當前知識分子則將關注點放在對知識分子自身的反省上，所論的是主體世界。人文精神失落一說，正是針對了知識分子自身的時弊，正是因為這樣，此說提出才會引起如此強烈的反應。據一家報載，今年學術界熱點紛繁，有「後殖民主義」「東方主義」「女權主義」「新保守主義」「京派海派之爭」等等，有的是來自外國的話題，有的是一些市儈式的話題，並不怎麼引人注意，惟獨「人文精神」的討論，竟讓有些人感到恐慌和惱怒，也有些人感到做作的困難，其原因也在於這個話題直接逼近了知識分子真實的精神世界，觸動了當前許多在時代發生深刻變革之際放棄自身責任的知識分子內心深處的不安和內疚。

你信中所說的那位研究者認為「在世界改變面貌之際，知識分子的功能幾乎都沒有」之說，應是指知識分子「廣場情結」的受挫而言，她把這兩種知識分子的價值取向混同起來，得出如此消極的態度是必然的。如果能轉換一種價值取向，那末知識分子對社會進步的推動力及其豐富完善自身的努力，都是不可悲觀的。

從「五四」以來，知識分子當中存在著一種思維定勢：要麼你關心社會政治，一味去搞社會運動；要麼你關門讀書、以保潔身自好。兩者必須取一。他們看不到知識分子對社會的參與有著多種途徑，社會進步需要人文理想，這在任何國家的現代化過程中都是遭遇到的，知識分子對於這一歷史過程中的人文理想的建設負有義不容辭的責任，這在歐洲「前現代—現代—後現代」的歷史過程中被知識分子的實踐道路所證明。從馬克思到薩特再到西方馬克思主義，他們在伴隨社會的進步過程中所作出的理論實踐活動（從社會實踐到學院式的研究），已經為後世提供了一筆豐富的精神遺產。我們或許能把這樣一種知識分子對社會的自覺批判看作是人文精神的發揚，這決不像有些學者所論證的，僅僅是資產階級自由化的翻版。但我覺得，在現代社會裡知識分子對社會的參與是通過知識分子自身的方式來實現的，也就是說知識分子必須弄清楚他的崗位在哪裡，他應該怎樣通過自身的學術活動和知識分子方式來工作，來為全民族逐漸地培養起一聚人文理想，使這個民族在現代化的自我更新中不致於造成精神失衡。我近日看了一部德國的電視劇，寫德國的中學生參與了新納粹的活動，拍得很陰暗，因為在病中，我不想多受不愉快的刺激，沒看完就關了電視，可是我腦中的畫面卻久久不能消失，我從那些幼稚的中學生的舉動中似乎看到了六十年代中國的紅衛兵運動，當一股罪惡的思潮從上而下席捲而來時，我們再埋怨青少年不懂事就太晚了。德國的納粹今天在青年中能產生一定的勢力，戰後德國的知識分子是不能辭其咎的，至少他們未能在青少年的成長過程中栽下一些人類不可含糊的原則。知識分子的工作不能滿足於解釋現實世界，更要緊的是幫助人們超越現實世界的功利束縛，在精神上達到對歷史和未來的整體觀照。民族的愚昧往往和知識分子的整體疲軟有關。當然，這樣的工作應該成為知識分子長期從事的日常工作，不是通過「振臂一呼令武人倉惶失色」的廣場效應所能解決的，這個教訓，已為「五四」一代的知識分子實踐所證明。

從人文精神說到對人文精神的尋思，既說尋思，就是連尋思者也沒有掌握人文精神的真諦，我們決不是有誰收藏了一個「人文精神」的真本秘不宣人，然後偽托神人下凡，發號施令。恰恰相反，尋思人文精神是從對自身的反省開始的。蔡翔有個說法我很贊成，他是這樣分析的：「在社會發生大變動的時候，知識分子開始重新渴求一種臧否天下的最高的精神憑藉。儘管在這種重建人文精神的口號中，隱隱含有為社會作出規範的企圖，但是更多的仍是知識分子自我救贖的某種內在焦慮，他們不再明確要求社會應該怎樣，而是首先要求自己應該怎樣。他們首先對自己的靈魂進行『拷問』，在精神的煉獄中慢慢前行。這種自我救贖固然含有一種悲觀的傾向，但卻又是一個未來時代必要的前奏。」我覺得蔡翔這段話說得很到位，人文精神討論不是要求變動中的外在社會的規範，而是自省知識分子面對外部世界的變動時內在的心理規範。當初最先在《讀書》雜誌上進行討論的幾個朋友，都是在國內實際的社會變革中掙扎過來，都是帶著自身的困惑和迷茫提出問題和探討問題，問題提得準確與否本來是可以討論的，但這些問題只是我們自己的問題，是我們對今天的生存環境的看法，這也是與有些學者把一些來自外國的話題當做自己的護身符來唬人根本不同的。

既然是從生活本身提出話題，我們當時主要是針對了這樣兩種思潮：一種是自覺放棄知識分子工作的文化現象，這種現象的標記是把所謂生存放在第一位，為了「生存」，（說白一點，是為了獲取更多的錢），可以放棄一切抽象的人生原則。譬如，我曾親耳聽一位「下海」的知名作家說：如果現在「四人幫」在臺上，我肯定投靠上去。這話使我聽了從頭涼到腳，因為說這話的人，曾經寫過許多批判現實生活和嘲諷文革時期文化的作品，應該說是個知識分子吧，他說這話不是出於無知，而是出於對生活經驗的選擇。往往就是這種自覺放棄生活原則的人，最反對你談人文精神，他們往往以民主寬容的捍衛者面目出現，來掩蓋內心的怯懦；還有一種，是長期在計劃經濟體制下失去了獨立人格的文化現象，中國的知識分子在專制時代養成了一種避禍消災的自我保護法，那就是所謂「避席畏聞文字獄，著書都為稻粱謀」，他們有意將治學與經世分隔開來，讓自己的學問與人格一起慢慢地萎縮。在經濟變革中，由於計劃經濟體制下的「大鍋飯」（稻粱謀）受到了威脅，這種消極的精神現象有所滋長，你說的「生命的開花」在這種知識分子的精神狀態中是找不到的（居友的這本書我剛剛買到，還沒有來得及看）。

討論人文精神可能是一個很不合時宜的話題，現在要給它作出科學的定義還為時過早，但它的提出問題的本身卻證明了知識分子在現代社會中還有生命力，並沒有淹沒在一片市場的嘈雜聲中。作為中國當代知識分子的一種理論實踐，它決不是完善的，需要在實踐中慢慢地展示其真實的面貌。從傳統上說，它與中外知識分子的精神遺產都有關係，但又是在新的歷史環境下的研究課題；它既是五四以後中國知識分子精神傳統的繼承，但又不是簡單的重複，甚至（在我看來）是在前人被證明已經失敗的教訓中產生出來的新的思考和探索。對於它的理論和實踐的意義，究竟能被人理解多少，現在還是個未知數，我自己也覺得有些茫然，只能在實踐中瞧吧。

這些問題想起來很誘人，但對一個病人來說卻不是好的消閒方法，為了寫這封信，我竟在電腦前面坐了三天，打打停停，連自己都覺得不耐煩。還是打住吧，反正你會來上海，有很多想法留到你來時再說。

近日秋風緊，菊花開，蟹肉正肥，快來吧。可惜我戒酒了。

即頌

秋安

弟 思和 敬拜

一九九四年十一月十五日於黑水齋

三、

坂井兄：

聽說你九月初將來上海小住幾天，這段時間我正在新加坡參加一個文學活動，要到六日才能返回上海，無緣與你相見了。本來有許多話題想與你進一步討論，上次你來上海時我們所談的關於「人文精神」尋思的問題，事隔半年不到便偃旗息鼓，確很有中國特色。但由此引申開去的一些話題還在繼續。既然你對此有興趣，不妨略述以告。

記得在關於「人文精神」討論的許多批評中，有一個說法是「人文精神」的提法太「空疏」，也就是說這不過是一種理想境界而不能切合實際，不能致用的意思，其實我早就說過，「人文精神」本來就是一種知識分子的實踐——在社會轉型過程中知識分子為實現自身價值的內心衝動和嘗試行為。當然這也涉及到一系列理論問題：什麼是知識分子的「人文精神」？什麼是知識分子的傳統？知識分子從古典到現代的轉型中，它的道統、學統都發生了哪些變化？知識分子在現實社會中除了承擔某種職業以外，是否還應有自己的精神崗位等等，這些雖然「空疏」了一些，但也不至於遠不及邊，本來是在談知識分子自己的事情，如果一個普通商人認為太空疏，這自然沒有話說，但偏偏這回說其空疏者，大都是知識分子自己，這就有些奇怪。知識分子嘛，本來就有責任探討一些對眼前來說是「空疏」的，但對長遠的國家民族前途卻至關緊要的問題，即使天下滔滔皆為食肉奔走，偶有一二人卻荒江小屋探討天堂裡的玫瑰，也是不應該受到嘲笑的，更何況談「人文精神」遠不是天堂玫瑰那樣超然。王安憶有篇文章裡說了一個比喻，我很感動，她說這好比遠離城市的一片森林，雖然與城市建設無關，但它淨化了空氣，遠遠的依然造福於城市。我想知識分子談論「人文精神」大約也只能是這樣起作用，雖然「人文精神」失落是個很遠久的問題，但知識分子在今天的社會背景下提出來討論，並有了一定的反響，說明這個問題本身就有現實意義，又何必一定要把「人文精神」與現實的人事糾紛聯繫起來；或者與現實的功利關係相聯繫，去解決某些吃飯問題，才算得不「空疏」、有針對性了呢？對此，我總會生出些莫名的恐懼，總覺得中國的知識分子在近幾年的沈悶空氣和金錢壓力下變得有些麻木了，對精神現象本身激不起熱情和興趣，所以有些理論研究都當成新聞工作來搞，不斷需要製造熱點刺激，製造新聞效應——也許這正是一種精神界沒有自信的表現吧，關於「人文精神」的討論不幸就被醬在這種糾紛裡面，當代學術界之面貌可見一斑。

不過現在總算有了不「空疏」的話題了。去年開始，先有作家王蒙對「人文精神」提出一系列的批評，引起了大大小小的爭吵；後又有幾位知青作家仗義執詞，對知識界的某些現象進行猛烈抨擊，被人稱作「道德理想主義」、「冒險主義」……一直到暗示有中國式「奧姆真理教」的嫌疑，等等，褒貶不一。這兩場爭論是今年以來中國文壇一大景觀。它們之間雖然有些互相扯及，但還是事分兩樁說好一些。

先說王蒙對「人文精神」的批評，起先很使我驚訝，因為王蒙是我們很尊敬的作家，而且以他一貫的寬容和睿智，以及他對我們過去工作的了解，當不致於會對「人文精神」尋思抱那麼大的反感，這裡面一定存在著什麼誤解，所以曉明兄對此未置一詞辯解。直到前不久，我在《光明日報》上讀了一篇有關「人文精神」討論的綜述，才恍然大悟：其中確有些不該發生的誤解在。那篇綜述文章也是我相熟的一位朋友所寫，她有些粗心，估計沒有細讀太多的原始材料，有些觀點很可能來源於北京一些圈子內的道聽途說，但正因為如此，才讓我知道了北京學界的某些心態。那篇綜述說，一九九三年王蒙在《讀書》雜誌上發表過一篇談王朔的文章，對王朔的「躲避崇高」有所肯定；而王曉明則在《上海文學》上發表一篇他與學生們關於「人文精神」的討論，批評了王朔與張藝謀，於是引起了爭論。把一場有關知識分子反思的精神對話歸結為對王朔的不同評價，至少是不準確的。因為在起先討論「人文精神」時，雖是舉了王朔的例子，但誰也不曾注意到王蒙的立場。其實，王蒙在一九九三年發表的關於王朔的觀點，在北京可能有些影響，但上海並沒有引起注意，這些觀點很平常，我本人一九八九年在《黑色的頹廢》、《當代文學中的頹廢文化心理》和對話《關於世紀末的對話》中早已作過詳細論述，那是王蒙還做著文化部長，北京的評論界都在罵王朔是「痞子」的時候。對於王朔早期小說中利用民間話語批判現存社會體制的意義，誰也沒有否定過，但從《渴望》起，王朔在商品大潮中開始轉向媚俗，將原來對權力意識形態及其承擔者知識分子的解構改為單單嘲諷知識分子和文化傳統，並以此迎合社會上下的否定文化、輕視知識的拜金主義，這才是引起知識分子反感的理由。所以批評王朔只是談「人文精神」的一個小插曲，並沒有要把王朔驅逐文壇的意思（也沒有這種權力），更沒有故意與王蒙為難的意思。但從這個插曲裡，我倒明白了為什麼王蒙一開始批評「人文精神」就那麼在乎對王朔的評價，並把批評王朔扯上文化專制主義的高度。

但話雖這麼說，引起爭論的起因可能有些誤解，但爭論中有些實質性的分歧卻是真實的。我不喜歡雙方在爭論中使用人身攻擊的態度，這至少是對對方人格的不尊重。我想伏爾泰老人的那句名言還是應該作為今天學術爭論的原則：我儘管不同意你的觀點，但我仍然拚死捍衛你的發言權。以今天的中國之大，當然容得下一個王朔，但也應容得下對王朔的批判，更應該容得下知識分子對「人文精神」的尋思，這樣才算得上民主和寬容的時代。對於王朔的不同評價、對於「人文精神」的不同理解，只要雙方建設在平等對話的基礎上作學術探討，只要雙方手裡都沒有禁止言論自由的權力，也不向權力者去暗示對方為危險分子，那麼，我認為這種現象本身就是值得提倡的民主和寬容。王蒙作為一個側身廟堂的知識分子，他無論是在朝在野，眼睛總是緊張地盯著廟堂裡的對手，他警惕任何不利於市場經濟的批評會導致左的政治勢力有機可乘。應該說，他的這種擔心並非無的放矢，確實有些持「半是挽歌，半是謗文；半是過去的回音，半是未來的恫嚇」

而不能理解現代歷史進程的批評，同樣也祭起「道德理想」的旗號來談論「人文精神」，讓人哭笑不得。記得上次我們在川妹子飯店用餐時，你說過「人文精神」是否會被有些政治色彩的口號所混同的問題，最近有朋友給我寄來一份北京的報紙，上面刊登了某個會議討論「人文精神」的消息，其調子不幸正是你所擔憂的事情。不過再一想，「人文精神」也不是誰個的專利，誰都可以對它作出解釋，我們的文章、立場具在，所謂被某某利用的擔憂，只是一種危言聳聽罷了。

但王蒙這種擔憂和批評的本身，則反映了他一元化的思維立場。也許，我們今天就身處於混亂裡面，任何企圖徹底澄清思想界的努力都是徒勞的。我們所面對的現實世界是外國中國歷史上都從未經歷過的一場社會大實驗，歷史的和橫向的理論經驗都無法提供現成的參照系，我們的話題只能從現實生活的環境出發，從我們設身處地的本真感受出發，這樣的歷史環境為中國知識分子提供了前所未有的思想實踐的可能性，除了廟堂的立場外，還有知識分子自己的立場、民間的立場，都可以作為價值多元的基礎。我覺得，作為一個知識分子首先不能放棄獨立思想的權力，其次不能因為顧忌現實環境而放棄表達自己思想的權力，只要這種實踐不被外界的粗暴干涉而中斷，它慢慢地可能會產生出一個多元的文化批評格局，這應該是知識分子通過努力實踐所能爭取到的理想的文化空間。「多元」意味著知識分子的批評活動與傳統的權力意識分離，意味著任何一種批評都不可能主宰「主流」而構成對他人自由的侵犯。雖然現在很難說這樣的批評格局已經出現，但至少給了我們一個去努力的目標。我想，眼下有些人對當代文化批評的恐懼，多半就是出於沒把知識分子的履行文化批評使命與權力者利用權力實行專制主義很好地區分開來。這些話我在其他文章裡也說過，不必重複。前幾年胡風的評論集出版的時候，有人讀後就提出一個問題：胡風的理論批評似乎也很「左」啊，如果他當了文化部長是不是會比周揚更厲害？其實提出這問題的人忘了一個必要前提，就是胡風並沒有當文化部長，他的理論始終沒有與權力結合起來，他在理論上的偏激，沒有妨礙被批評者的自由。又比如，有人將現在的批評文風歸咎於三十年代的左翼批評，這也是很冤枉的，左翼批評自然有些教條或霸氣，但那時左翼文藝運動基本上處於地下活動狀態，他們本身受著當時的政治專制主義的殘酷迫害，他們東躲西藏，寫的文章大都發表在秘密刊物上，社會上沒有多少人能看到，即使利用各種關係公開發表出來，也受到編輯到審查官的刪節，即便是偏激一些，又怎麼能對被批評者構成威脅？三、四十年代有誰是因為被左翼作家罵了而敲掉飯碗，生計或者生命受過威脅？而之所以給後人造成左翼批評很可怕的印象，恰恰是五十年代以後，一些左翼批評家們掌握了文藝教育的權力，在一些文學史的編寫中把過去被左翼批評過的作家都打入「反動」一幫，在歷次政治運動中又對被左翼批評過的知識分子重新批判，這才構成了一件件冤假錯案。難道後來的權力作祟，也要以前在白色恐怖下為了理想英勇獻身的左翼戰士來承當？現在同樣的問題又來了，我不止一次地聽人說：要是張承志……但是，就不能想想，一個從邊緣地區的少數民族宗教裡尋來的思想理論可能給太平盛世的燈紅酒綠帶來多少威脅？那些對張承志等人的憂慮，不覺得有點杞人憂天嗎？

接下去似乎可以談一下幾個知青作家的文化批判了。這些作家裡，主要有西北的張承志和山東的張煒，有好事的年輕人編了兩本書，總起來叫《抵抗投降書系》，在北京出版，據說還收了我和一些年輕朋友關於「二張」的評論文章。不過我至今也沒有看到這兩本書，所以無從論起，只是從北京有些學者對它的批評看，可能對「二張」抨世的社會效應無論褒貶都有虛張聲勢的地方。作家們加入了爭論以後，對「人文精神」的討伐開始轉移了，大家都去罵作家，「人文精神」至多作為「陪鬥」順便被提一下。從原來對「人文精神」的尋思到作家們的文化批判，這裡發生了一些變化：原來學院式的學術研討轉為對現實的批評，而且作家們總是更加感性，用語也更加形象和誇張，因而從不「空疏」的角度說，大約可以滿足一些人的要求。有人稱這個批判思潮為「道德理想主義」，我無法確切地斷定用這個說法來概括當下的文化批評思潮是否準確。因為這個詞本身帶有含混曖昧的意味：眼下與傳統意識形態相聯繫的所謂「道德理想」正在迅速崩潰瓦解，假如我們把張承志、張煒等人的文化批判都稱為是一種道德理想主義，那首先應該在這個詞裡剔除原有的意識形態氣味，把人類的道德理想還原成一種多元開放、充滿生生不息的原始正義的局面。所謂道德，就是關於人與人之間相處的倫理學，在人類民間生活中始終存在著一種原始正義感，當代知識分子在尋求批評武器和思想依恃時背離權力象徵的廟堂，走向民間的原始正義，這才有了張承志的哲合忍耶，也有了張煒的關於土地、生命和人的一系列民間世界，其思想的豐富性，是用歷史的進化論和哲學的二分法所無法理解的。

前不久讀完了居友的《無義務無制裁的道德觀念》一書，對這位哲學家的倫理學我早在大學裡就有所了解，這回讀了他的著作也沒有什麼新的發現。無政府主義在世界上常常被人誤解成恐怖主義或暴力主義，他們所倡導的那種拒絕一切國家制度形式的極端主張很容易被人誤解，但無政府主義自有理想主義的一面，那就是它的哲學和倫理學。居友也好，克魯泡特金也好，都是道德理想主義者，他們從生物學的科學研究中發現了人類互助的本能，由此引申出一套倫理觀念，認為人們在拒絕一切外在強加於人們的道德法規以後（即所謂義務和制裁），會從生命的自然規律中慢慢生出一種道德自律，來作為未來理想的倫理學基礎。這種道德理想主義多少帶有一點烏托邦的味道，但無政府主義者正是在這種道德理想的鼓舞下才不至於走上令人厭惡的恐怖主義道路。由此再聯繫到「二張」的文化批判，我以為有些問題是可以獲得進一步理解的。他們用了偏激和怪誕的語氣來抨擊當下的許多文化現象（尤其是知識分子中的墮落行為），是因為他們本身都站在社會文化的邊緣上，商品經濟大潮的呼嘯聲已經震壞了社會的耳膜，不以黃鐘大呂難收警世的功效，這與上一世紀的無政府主義者的極端行為有某種共同之處；再者，他們都在現代都市以外的民間尋找道德生長點，剛才我說他們倚仗了民間中的原始正義感，而正是在去除了層層遮蔽以後的民間道德範疇裡，最接近居友所說的生命的本能衝動和快樂欲望，我不懂哲合忍耶宗教，不敢亂說，但從張煒的關於大地哲學裡完全能夠體會到這種強烈的生命與愛的力量。儘管他們反覆說了關於仇恨、不寬容之類的話，但他們的文化批判的背後，正是寄託了強烈的愛的感情。從這個意義上說他們是道德理想主義者也未嘗不可。

也許這些爭論很快就會消失得乾乾淨淨，但我想，歷史上曾經有過的聲音總歸會留下些痕跡，對後人是一種思想的資料。在知識分子的人文傳統裡，個人是渺小的，只有守先待後，讓傳統之流靜靜地在自己身上流淌過去，把自己的生命信息也帶入傳統，傳到後世。中國文化現在正處在一個前所未有的大變動中，我們這些爭論或許永遠不會得到最後的結論，也可能很快就會有結論。

這些話本來可以待你來後再說的，現在寫下來，算是對你這次上海之行的一點小禮物吧。

致嫂夫人安好

弟　思和　敬拜

一九九五年八月八日

＊一九九四年五月起，在北京《讀書》雜誌上連續刊登上海、南京一批中青年學者的對話，呼籲知識分子對「人文精神」的尋追。倡導者有上海復旦大學教授張汝倫、陳思和；上海華東師範大學教授王曉明、高瑞泉；上海大學教授朱學勤；上海華東理工學院教授許紀霖等。其討論意在重新探討知識分子在社會轉型時期的社會位置、工作崗位及其社會職能等

問題。在大陸學術界引起廣泛討論和爭鳴。當時日本一橋大學教授坂井洋史正在翻譯我的《知識分子在現代社會轉型期的三種價值取向》一文，並多次來信討論大陸學術界的這一場爭論情況，本文所收的三封信，都是向坂井教授解釋國內的學術爭論信息，並表示了我自己有關這一場討論的看法。今收錄本書，以供有興趣瞭解大陸學術情況的臺灣讀者參考。

第二輯

民間的浮沉

——從抗戰到文革文學史的一個嘗試性解釋

本文試圖說明的「民間」概念，與德國當代學者哈伯馬斯(Jürgen Habermas)的「民間社會」(civil society)或「公眾空間」(public sphere)並非同一個概念。哈氏在討論這些概念時，是以西歐十七、十八世紀出現的市民社會為參照，指介於國家權威與市民社會之間存在一種公眾的社會生活領域，人們以自主自律來治理政治生活，並與國家權威相抗衡。這些概念在東歐前政體時代和東方某些地區（譬如臺灣）的知識分子中曾引起較強烈的興趣。其內涵也根據接受者不同的環境而改變。

本文提出的「民間」僅僅是指當代文學史上已經出現，並且就其本身的方式得以生存、發展，並孕育了某種文學史前景的現實性文化空間。當我們討論它的定義時，只有在下列一點上，部分地吸取了哈氏及東西方「民間社會」討論者的觀點：即民間是與國家相對的一個概念。民間文化形態是指在國家權力中心控制範圍的邊緣區域形成的文化空間。

一、民間在當代文學史上的地位

從文學史的意義上說，發生在三十年代末四十年代初的「民族形式」論爭，正是當代文化格局變化的一個標誌：民間文化形態的地位始被確立。儘管這一場論爭的參加者都是知識分子，他們同樣是站在五四以來由知識分子自己建立起來的傳統的光圈以內，面對著光圈外面漆黑一團的天地說三道四。也許是戰爭的炮火使這束凝聚在知識分子意識深處的光圈稍稍黯淡了一些，他們感覺出這光圈以外的黑暗中隱約閃爍著一些亮點，如螢如磷，知識者由此感到了不安。以前，二十年代的「普羅文學」和三十年代的「大眾文學」口號的倡導中，甚至更早一些，五四初期「平民文學」的呼聲中，知識分子也議論過民間的話題，不過那時候的大地沉默者，一切都由知識分子自己挑起話題，自己作出結論。然而這次不同了，戰爭喚起了民眾的力量，知識分子不但清楚地感受到那個龐然大物蠢蠢欲動的喘息、熾熱的體溫和強烈的脈動，而且分明意識到它背後是一片尚未可知的世界。

一九三八年蟄居延安窰洞的毛澤東還沒有系統地公開他關於民間文化的想法，他只是針對理論上的老對手——教條的馬克思主義提出了詰難。為了避開那些來自國外的政治對手所擅長的理論糾纏，他很策略地提出了一個新的議題：「民族形式」，並且用「中國作風和中國氣派」這樣一個含義豐富的概念加以修飾。很顯然，毛澤東最初使用這些術語主要是政治性的隱喻，暗示了一種新的馬克思主義的學派將形成[1]。可是在知識分子的眼中，這個術語代表了另外一種符號，那就是在抗戰中崛起，正在被逐漸接受的民間文化形態。

根據西方人類學家的區分，文化分為大傳統和小傳統❷。大傳統為上層社會知識分子的精英文化，它的背景是國家權力在意識形態方面的控制能力，所以常常憑藉權力以呈現自己（在中國傳統社會裡，包括欽定史書經籍，八股科舉制度，綱常倫理教育等），並通過學校教育和正式出版機構來傳播，而小傳統是指民間（特別是農村）流行的通俗文化傳統，它的活動背景往往是國家權力不能完全控制，或者控制力相對薄弱的邊緣地帶。就文化形態而言，它有意迴避了政治意識形態的思維定勢，用民間的眼光來看待生活現實，更多的注意表達下層社會，尤其是農村宗族社會形態下的生活面貌。它擁有來自民間的倫理道德信仰審美等文化傳統，雖然與封建文化傳統有著千絲萬縷的聯繫，但具有濃厚的自由色彩，而且帶有強烈的自在的原始形態。抗戰前，中國民間文化基本上被排斥在知識分子的精英文化傳統以外。

這就是二十世紀中國文化的複雜之處。自上世紀末葉起西學東漸，打破了本土文化在廟堂與民間之間封閉型自我循環的軌跡。本世紀以來，學術文化裂為三分天下：國家權力支持的政治意識形態，知識分子為主體的外來文化形態和保存中國民間社會的民間文化形態。這三大領域包含的文化內容不是固定的，而是隨著文化格局的分化和組合而不斷變動。譬如西方傳來的馬克思主義的社會主義文化，起初只是外來文化形態的一翼，抗戰後逐漸與地方政權相結合，一九四九年後成為國家的主流意識形態。相反，中國傳統文化原來既是知識分子的「道統」的主要承擔者又是國家意識形態，但本世紀以來，它在西方文化和政治革命的雙重打擊下「禮崩樂壞」，五四以後又被急進的知識分子排斥在新文化傳統以外，散落於民間，由一部分保守的知識分子默默地守護著，成為民間文化的一部分。

辛亥年到抗戰，中國文化的三大領域基本處於隔裂的狀態下。在中西文化撞擊下產生的國家政權，舊的「禮樂」制度已經崩壞，新的精神支柱尚未建成，內亂外禍，旗幟更替，文化建設收效甚微，統治集團始終沒有形成過自己的文化，也沒有成功地繼承並改造舊的文化道統（北洋軍閥的尊孔，國民黨政府提倡的「新生活」，都是一些失敗的例子）。統治集團有的不過是一種關於統治的思想，或者說是體現了統治術的文化政策而不是文化體系。這一特徵的最好證明，就是國家政權的文化建設始終排斥知識分子的參與，拒絕接納知識分子建立起來的新文化傳統，由此造成了抗戰前中國文化的主要衝突：國家政治意識形態企圖用統治思想來統一文化與輿論，而知識分子則維護五四以來的自由民主和個人主義的新傳統。

同樣，知識分子在本世紀初的中西文化新格局中也沒有成功地修補並發展自身的文化傳統，他們與國家政權幾乎是同步地實驗著各種新的文化方案。他們的傳統仕途中斷後，就被拋出了政治權力中心，逐漸向現代型的知識分子過渡。但他們似乎並未放棄傳統士大夫的理想，仗著特有的西方文化的優勢，他們與幾近廢墟的政治意識形態（統治的思想）進行了長期的較量。

五四新文化就是知識分子在廟堂之外自建的一所「廣場」，它構成了一個介於國家政權與民間社會之間的知識分子的領域，可是由於中國政治現狀的動盪和文化體系的混亂，它也沒有形成一種新的穩定的文化空間，文化價值取向上充滿了自相矛盾的衝突[3]。知識分子把主要注意力都放在重返廟堂的鬥爭上，無論是胡適派文人集團的改良主義路線，還是陳獨秀派文人集團的激進主義路線，都反映了這種急功近利的心態。這種與政治意識形態的衝突中，民間社會與民間文化傳統的作用顯然被忽視。知識分子把傳統文化覆蓋下的文物制度與民風民俗視為一個整體，為了反對傳統話語的統治，他們提倡白話，這雖然是一種充滿顛覆性的接近大眾的語言，但並不意味著他們開始接納大眾的文化本身。在他們看來，大眾的意識形態充滿了封建毒素，是傳統體系賴以保存的基礎，所以提倡新的接近大眾的語言不是為了更好地表達大眾的願望而是為了改造它。民間只是一塊有待他們去征服的殖民地。

而在這一時期的民間，一如既往地，以其特有的沉靜和保守默默對峙著外界的衝突。由於它處於政治權力控制的邊緣區域，政治鬥爭對它影響不大，而且由於民間自身具有藏污納垢的特點，它可以容納一切從政治文化中心潰敗下來的殘卒剩勇。在抗戰前，它至少包含了三種文化層面：舊體制崩潰後散失到民間的各種傳統文化信息，新興的商品文化市場創造出來的都市流行文化，以及中國民間社會的主體農民所固有的文化傳統。甚至一部分默默守護傳統文化的知識分子，也不得不歸隱到民間，在新文化主流外另立宗派。由此形成了一個知識分子新文化以外的非主流文化的傳統。

抗戰爆發，由於中國社會結構的變動，民間社會逐漸被注意，它與國家的政治意識形態和知識分子的新文化傳統鼎足而立的局面形成。抗戰後中國政局出現了地域性的自治格局，分為國民黨統治的大後方地區，共產黨控制的敵後根據地（延安等地區）以及日本侵略軍佔領的淪陷區，各自推行一套代表政權利益的意識形態。在每一個政治區域裡，政治意識形態、知識分子的新文化傳統與民間文化之間構成微妙的三角關係。在國統區，知識分子傳統代表是胡風，他以犀利深刻的理論風格把新文化傳統推進抗戰的爐膛深處，同時又一再受到來自政治權力的壓迫；民間文化則以通俗文學與抗日主題相結合重新煥發活力。在淪陷區，知識分子傳統代表是周作人，以被奴役的身份萎縮了新文化的戰鬥性；而民間文化形態則複雜得多，一方面它受到侵略意識的滲透，偽滿政權曾利用通俗演義故事來宣傳其民族的英雄史詩[4]，或把通俗文藝作為侵略的宣傳品，但同時也有些都市通俗文學曲折地表達出新文化與民間文化的合流。至於敵後根據地（延安等地區），知識分子傳統因為王實味、丁玲等人的文章而受到清算；但民間文化則在抗日宣傳的主題下得到倡導。我們縱觀這一時期的文學創作，無論在哪個區域，新文化傳統都出現了分化，有堅持原來的啟蒙立場而受到不同程度的挫折，也有慢慢地從自身傳統束縛下走出來，向民間文化靠攏，如老舍、田漢等人的通俗文藝創作（國統區），如張愛玲、蘇青等人的都市小說（淪陷區），又如趙樹理等人向通俗文化的回歸（延安等地區）。戰爭給了民間文化蓬勃發展的機會，五四以來的文化「三分天下」到這時才有了明確的分野。

在這樣的背景上看「民族形式」的討論，其間文化衝突的真相就比較清楚了。當時參加論爭的左翼文化的領導者，都是新文化傳統培養出來的知識分子，他們對舊民間文化的看法大致是差不多的，只是因為各自的文化背景不同，採取了不同的表達方式。胡風作為新文化傳統的代言人，他依然採用了五四時代人們的機械進化論的思維方法，認為民間文化代表了封建傳統意識形態的文化毒素，而五四新文化則是市民階級興起後，「世界進步文學傳統的一個新拓的支流」[5]。所以，無產階級文化只能從五四新文化傳統中繼承發展，而不能倒退到舊民間文化基礎上繼續。與胡風相對立的一些知識分子（他們大多接受來自延安方面的指令）則比胡風更瞭解「民族形式」作為政治隱語的內涵，他們用心良苦地採用折衷態度，企圖將新文化傳統與民間文化合二為一，證明五四新文化傳統本身包含了民間文化。譬如周揚曾小心翼翼地解釋說：「五四的否定傳統舊形式，正是肯定民間舊形式；當時正是以民間舊形式作為白話文學之先行的資料和基礎。」[6]何其芳、郭沫若等人也提出了類似的說法。但是這種說法與其說是企圖溝通新文化傳統與舊民間文化，還不如說是試圖溝通新文化傳統與政治意識形態的聯繫。

而站在新文化傳統對立面的是向林冰。他的理論是「民間文藝形式是民族形式的中心源泉」。「民族形式」究竟是甚麼？怎麼會從毛澤東對它所作的馬克思學派的含義轉化到了向林冰認為的文學時代風格？這過程似乎從未有人去注意過，不過既然是在文學史範圍中討論這個概念，只能暫且確認這個轉化。值得注意的是向林冰完全是站在民間的立場上向新文化傳統發難，他首先指出了現有文藝形式的兩種形式：「其一，五四以來的新興文藝形式；其二，大眾所習見常聞的民間文藝形式。」他企圖用形式辯證觀點來解釋，民族文藝的「新形式」發生在「舊質的胎內」，因而必須從舊民間文藝中發展而來。同時他還就新文藝的外來文化形式，轉化了一個後來在文學史上很有名的說法，即批評新文藝形式是「畸形發展的都市的產物，所以對於畸形發展的大學教授、銀行經理、舞女、政客，以及其它『小布爾』的表現是不錯的，然而拿來傳達人民大眾的說話、心理，就出了毛病」❼。由於向林冰的理論觸及到「誰是中國當代文化的正統」的原則問題，引起了一向以新文化正統自居的知識分子的警惕，當時就有了關於向林冰有「國民黨背景」的謠傳❽。

但有意思的是，在國統區發生爭論的胡風和向林冰的極端觀點，在根據地也有類似的反響。胡風觀點的反響者是王實味，他青出於藍勝於藍，比胡風更加激烈地攻擊舊民間形式，維護新文化的傳統❾；而向林冰一類的見解，則在延安的政治幕僚集團（諸如陳伯達、艾思奇等）的言論中引為同調。這現象如果放到當時的文化衝突背景上去看一點也不難理解。所以，向林冰雖然未必有國民黨的「反動背景」，但他的「中心源泉論」作為一種學術觀點，能在延安的政治意識形態中找到知音。幾年後，毛澤東發表《在延安文藝座談會上的講話》的基本思想之一，就是關於農民如何享有文藝的問題。知識分子為農民服務的措施，已經不再是知識分子是否應該拋棄五四新文化傳統的問題，而是要把屁股坐到農民文化的立場上來。標準完全變了，農民文化標準作為抗衡新文化傳統標準的武器被正式使用。這也是趙樹理後來一再強調的「普及」與「提高」不是兩元文化的跨越，而是由民間文化一元立場上的自我提高的觀點。趙樹理是個典型的民間文化正統論者，他始終是把五四新文化傳統與民間文化傳統對立起來，認為新文化不及民間文化。這觀點深究起來，還是向林冰的「中心源泉」的翻版。不過他是以樸素的民間藝人的眼光，把向林冰運用的形式辯證法邏輯更加簡單地說了出來⑩。

毛澤東在延安文藝整風中一再批評五四新文化傳統的缺點，強調知識分子必須脫胎換骨改造世界觀，但是對農民階級自身落後的一面卻諱莫如深，這種帶傾向性的觀點在《講話》中明確地表現出來：「所謂文藝的提高，是從甚麼基礎上去提高呢？從封建階級的基礎嗎？從資產階級的基礎嗎？從小資產階級知識分子的基礎嗎？都不是，只能是從工農兵群眾的基礎上去提高。也不是把工農兵提到封建階級、資產階級、小資產階級知識分子的『高度』去，而是沿著工農兵自己前進的方向去提高，沿著無產階級前進的方向去提高。」如果我們撇開毛澤東式的特定語匯，把「小資產階級知識分子」置換成「五四新文化的知識分子傳統」，把「工農兵群眾」置換為「民間文化傳統」，那麼，這段言論不單單是論述普及與提高的關係，更重要的是論述了他對未來文藝政策和文化走向的設想。這一點趙樹理是非常敏感地意識到了，他後來反覆引用這個「甚麼基礎上提高」的問題，來為「民間文藝正統論」作註腳。

二、民間文化形態與政治意識形態之間的關係鉤沉

「民間」是一個多維度多層次的概念。本文從描述文學史的角度出發，發現其與當時的政治意識形態發生直接關係的，僅僅是來自中國民間社會主體農民所固有的文化傳統。它具備了以下幾種特點：一、它是在國家權力控制相對薄弱的領域產生的，保存了相對自由活潑的形式，能夠比較真實地表達出民間社會生活的面貌和下層人民的情緒世界；雖然在政治權力面前民間總是以弱勢的形態出現，但又總是在一定限度內被接納，並與國家權力相互滲透。「任何一個時代的統治思想始終不過是統治階級的思想」，正是這種狀況深刻的說明。但它畢竟是屬於「被統治」的範疇，它有著自己的獨立歷史和傳統。二、自由自在是它最基本的審美風格。民間的傳統意味著人類原始的生命力緊緊擁抱生活本身的過程，由此迸發出對生活的愛和憎，對人生慾望的追求，這是任何道德說教都無法規範，任何政治條律都無法約束，甚至連文明、進步、美這樣一些抽象概念也無法涵蓋的自由自在。在一個生命力普遍受到壓抑的文明社會裡，這種境界的最高表現形態，只能是審美的。所以民間往往是文學藝術產生的源泉。三、它既然擁有民間宗教、哲學、文學藝術的傳統背景，用政治術語說，民主性的精華與封建性的糟粕交雜在一起，構成了獨特的藏污納垢的形態。因而要對它作一個簡單的價值判斷，是困難的。

根據這些特點，民間文藝雖然在戰爭的環境下，為抑制知識分子的自由主義傳統，溝通知識分子，國家權力以及農民大眾三者之間的感情交流，確實起過重要的作用。但它所起的只是一種工具的作用，而不是「民間文化」本身。在封建時代，由於國家主流意識形態與知識分子道統合二為一，統治者的意志主要通過知識分子來傳播，除非一些特殊情況，民間文化往往處於自生自滅狀態。但在本世紀以來，尤其是中下葉以來，由於文化的「三分天下」不能圓通和農民對知識分子傳統的拒絕，國家意識形態不能不倚重民間文化來溝通信息，這就引出了另一組矛盾：政治意識形態對民間文化滲透和改造以及引起的一系列的衝突。

這種衝突幾乎是延安時代對王實味等人的清算同時進行的。既然政治意識形態**需要讓民間文化承擔起嚴肅而重大的政治宣傳使命**，那就不可能允許民間自在的文化形態放任。延安時代對舊秧歌劇和舊戲曲的改造，便是衝突的第一階段。

在知識分子的支持下，這項工作取得了成功。一九四四年春節延安街頭鋪天蓋地的秧歌劇運動是最好的證明。秧歌劇是陝北地區民間文化固有的品種，它用北方農民喜愛的活潑形式，綜合音樂、舞蹈、戲劇等手法，表達出民間生活的內容。這些內容反映了甚麼呢？周揚在一九四四年寫的一篇文章裡承認：「戀愛是舊的秧歌最普遍的主題，調情幾乎是它本質的特點。戀愛的鼓吹，色情的露骨的描寫，在愛情得不到正當滿足的封建社會裡往往達到了對於封建秩序，封建道德的猛烈的抗議和破壞。」[11]周揚站在知識分子立場上總結著這一類民間文化中的精神，他甚至認為有些秧歌劇中對愛情描寫的「細膩與大膽」，可以與莎士比亞作品相媲美。秧歌劇裡不僅有男女主角，還配有活潑可愛的丑角，這是「在森嚴的封建社會秩序和等級面前唯一可以自由行動，自由說話的人物。」但是，這些充滿民間氣息的秧歌劇被改造成新秧歌劇以後面貌就不同了，那一年春節的秧歌劇運動中，主題一律改成生產勞動、二流子改造等政治性的宣傳鼓動[12]，其功能不再當成簡單的娛樂，而是一種群眾「自我教育的手段」。周揚借群眾之口，說舊秧歌只是「溜句子」秧歌，「耍騷情地主」，而新秧歌則是「鬥爭秧歌」。「新的秧歌取消了丑角的臉譜，除去了調情的舞姿，全場化為一群工農兵，打傘改用為鐮刀斧頭，創造了五角星的舞形。」這生動的描述讓人想起六十年代的現代京劇樣板戲，誰說這裡沒有某種一脈相承的指導思想呢？新秧歌劇其實是知識者根據政治要求，利用民間文藝形式重新創作的，提倡了新秧歌，就意味著對舊秧歌的否定和批判，民間文化的原始自在的形態，是得以昇華了，還是被否定了呢？

秧歌劇是一個小型的民間文藝品種，對它的改造獲得成功以後，延安開始向民間文藝中最大的品種實行改造。這工作同樣是由政治權力與知識分子結合下開展的。一九四四年毛澤東看了延安平劇院演出的新編歷史劇《逼上梁山》以後，以極具鼓動性的語言給兩位執筆者寫信，指出舊戲曲「是由老爺太太少爺小姐們統治著舞臺」，這種歷史的顛倒，應該「再顛倒過來」。他讚揚這個戲將是「舊劇革命的劃時期的開端」。《逼上梁山》是根據後來毛澤東稱為反面教材的《水滸》這部書改編的，除了林沖和魯智深的傳統故事外，還加了林沖主張抗金禦侮，高俅推行投降主義路線以及正面表現了農民起義，顯然與當時抗日的主題有關。這同國統區裡郭沫若寫歷史話劇的目的基本一致，不過話劇本身就是新形式，不存在改造傳統的問題，而產生在延安的《逼上梁山》，以後就成為推動全國戲改工作的榜樣。五十年代初戲曲界在「推陳出新」的指導下實行改革，鎮壓戲霸，整頓各種民間劇團，禁演一大批內容上有各種問題的傳統劇目，可以說正是戲曲改革的進一步深化。

趙樹理道路的悲劇：衝突的第二階段。第二階段延續的時間比較長，大約一直到文革前夕。在這漫長的歲月裡，農民作家趙樹理走過的悲劇性道路可以說明一切。後人研究文學史，總是無法繞過令人費解的趙樹理現象，因為在表面上趙樹理是當代獲得最高榮譽，被稱為文藝為工農兵服務「方向」的人物，可是這些榮譽既沒有為他的創作帶來積極意義，也沒有使他躲開各種來自政治方面的批評。早在五十年代初期，批評小資產階級文藝，促使知識分子思想改造的運動方興未艾，被稱為「方向」的趙樹理因為編《說說唱唱》陷入了沒完沒了的檢討。五十年代末，文藝界剛剛結束了一場反右鬥爭，趙樹理則因為一篇關於農村工作的建議⑬被定為犯「右傾機會主義」錯誤；六十年代曇花一現似的大連會議剛剛閉幕，就傳來了文藝界批判修正主義思潮中的鬥爭，旋即趙樹理也落進了寫「中間人物」的劫難。十多年來幾乎是動輒獲咎，再接下去就是文化大革命了。筆者並舉這些現象，只是想說明當代文化的三分天下始終存在著激烈的衝突，在五十年代以後，貫穿著左的政治思潮的意識形態，結合直接的國家權力不但摧毀了知識分子文化傳統，同時也無情地摧毀了來自民間的文化傳統。

我覺得趙樹理在中國當代文學史上的地位無法抹煞。因為唯有他，才典型地表達了那一時期新文化傳統以外的民間文化傳統與主流意識形態的齟齬。趙樹理作為一個知識分子，他選擇民間文化作為安身立命之地，完全是出於理性的自覺的行為。這一方面取決於他來自民間社會的家庭背景和浸淫過民間文化的熏陶[14]，更重要的是，他在戰爭的時代裡看到了農民將會在未來的政治生活中發揮更大的作用，民間文化也應該應運而生，獲得復興。他是屬於中國農村傳統中有政治頭腦和政治熱情的民間藝人，當他選擇了「文攤」作為自己崗位以後，始終嘗試著將民間文化繞過新文化傳統，直接與政治意識形態相結合。他把自己的小說稱為「問題小說」，要求「老百姓喜歡看，政治上起作用」，都包含了這種意思。他所謂的作用，不僅僅是利用通俗手法將國家意識形態普及運行，而且站在民間的立場上，通過小說創作向上傳遞對生活現狀的看法。唯這才是趙樹理擁有的一般工農作家不可取代的獨特性，因此他的創作也不單單是擁有了形式上和枝節上的民族特色，而是在整體精神上的民間意識。這就是為甚麼同樣是鼓吹農村青年的自由戀愛，《我的兩家房東》（康濯）不過是一篇技術幼稚的新人新事報導，而《小二黑結婚》卻成為農村文化在四十年代變化中的時代印痕；為甚麼同樣表現土改，別的作家都是根據土地改革文件施展驚心動魄的藝術想像力，而《李有才板話》、《邪不壓正》卻土頭土腦地描述了農民自身在土改中表現出來的各種心態和各種問題。如果依政治意識形態為衡量標準，趙樹理對生活的解釋怎麼看也缺乏「深刻性」，他總是執著地盯著這塊土地上蠕動著的那些小人小事不放，既沒有《暴風驟雨》（周立波）、《太陽照在桑乾河上》（丁玲）那種描述時代風雲的大手筆，也沒有後來柳青式的充滿理性思考的農村分析，但是，我們暫且放棄一下五四以來政治與文藝逐漸結合而成的一系列評判「深刻」、「真實」、「史詩」、「階級性」等新文化標準，把眼光放到民間的土壤上，就不難理解趙樹理筆下的樸素魅力。有一個現成的例子，周揚曾經寫過二篇綜論趙樹理創作的文章，第一篇寫於一九四六年，完全是站在政治意識形態立場上總結趙樹理小說如何體現了「毛澤東文藝思想在創作上實踐的一個勝利」，事隔三十四年，周揚經歷了文革大難後再次分析趙樹理小說，他有了新的發現，並檢討了以前一篇文章的不足：「趙樹理在作品中描繪了農村基層組織的嚴重不純，描繪了有些基層幹部是混入黨內的壞分子，是化裝的地主惡霸。這是趙樹理同志深入生活的發現，表現了一個作家的卓見和勇敢。而我的文章卻沒有著重指出這點。」⑮周揚的話說得很委婉，但意思是明白的，為甚麼在延安時代他看不到趙樹理作品中的這一特點呢？這種揭露根據地農村幹部的陰暗面，顯然不是延安時代的政治意識形態所需要的。趙樹理作為農民的發言人，他尖銳地發現，那時對農民威脅最大的，正是金旺那樣的地痞流氓，小元那樣的舊勢力跟屁蟲，小旦那樣跟著形勢變戲法的地頭蛇，以及小昌那樣懷著「輪到我來撈一把」心理的農民幹部……既不寫地主富農的反抗，也不寫國民黨特務的破壞，作家完全是站在農民立場上觀察問題⑯。可是這種立場在一九五〇年就被一些喜歡用階級眼光「深刻」看問題的人批評為「模糊了階級觀點」，《人民日報》發表編者文章認為，對趙樹理小說《邪不壓正》的爭論，重點主要集中在作品的現實意義上，因而也就牽涉到對農村階級關係，對農村黨，對幾年來黨的政策在農村指導實施等一系列基本問題上的「認識的分歧」⑰。《人民日報》是中央級黨報，在當時以黨報編者名義發表的文章無疑表示一種官方的態度。

再接著是編《說說唱唱》時犯下的多種錯誤。《說說唱唱》是一個通俗文藝的小刊物，由老舍掛名主編，趙樹理負責。第一回是發表了一個描寫落後農民的故事，有人批評它「侮辱了勞動人民」，但趙樹理仗著對農村的熟悉，肯定了作者「真正瞭解未解放以前的農村，也沒有一般寫農村者只寫概念的毛病」，於是它就發表了，結果惹來了一而再的檢討[18]。緊接著關於《武訓問題介紹》，關於《種棉記》故事的單純觀點……一連串的批評終於使趙樹理明白：「產生這三次錯誤有一個相同的根源，就是不懂今日的文藝思想是該由無產階級領導」而自己的「理論水平低和固執著從舊農村同來的一些狹隘經驗」，成了犯錯誤的資本[19]。孫犁對這時期的趙樹理有過一個非常中肯的評論：「這裡對他表示了極大的推崇和尊敬，他被展覽在這新解放的急劇變化的，人物複雜的大城裡。不管趙樹理如何恬淡超脫，在這個經常遇到毀譽交於前，榮譽戰於心上的新的環境裡，他有些不適應。就如同從山地和曠野移到城市來的一些花樹，它們當年開放的花朵，顏色就有些暗淡了下來。……他的創作遲緩了，拘束了，嚴密了，慎重了。因此，就多少失去了當年青春潑辣的力量。」[20]

「青春潑辣」的喪失就是民間精神的失落，這就是趙樹理為甚麼不像其他來自革命實踐的作家那樣，在五十年代寫出代表自己文學地位的扛鼎之作，反之，他在一部勉為其難的《三里灣》以後，幾乎不再有更高的發展。當《創業史》（柳青）、《山鄉巨變》（周立波）等寫合作化運動的

「巨著」一部部問世時，他卻用評書形式寫了半部歷史故事。「大躍進」以後，在放「文藝衛星」的狂潮中，編造民歌是極為吃香的，趙樹理本想寫《李有才板話》的續編，結果卻用極其曲折的筆調寫出了欲哭無淚的《鍛煉鍛煉》。這是一篇趙樹理晚年絕唱，他正話反說，反話正說，眼明人都能看出，他揭露的仍然是農村基層幹部中的「壞人」，那些為了強化集體勞動和割資本主義尾巴的基層幹部，不但作風粗暴專橫，無視法律與人權，而且為了整人不惜誘民入罪，把普通的農村婦女當作勞改犯來對待，而縱容支持這批農村新型壞幹部為非作歹的，正是極左路線下的國家機器和權力。像「小腿痛」、「吃不飽」，這些可憐的農村婦女形象，即使用了醜化的白粉塗在她們臉上，仍然擋不住讀者對她們真實遭遇的同情。這篇小說從表面文本上看，等於是把西門慶寫成英雄，把武大郎寫成自私者，但從文本潛在的話語裡，真實地流露了民間藝人趙樹理悲憤的心理。再接下去，正是浩然在《艷陽天》裡有聲有色地編造農村階級鬥爭傳奇的時候，趙樹理卻只能用極其笨拙的手段寫了一些老農民熱愛勞動的報導文學，他晚年終於放棄了小說創作，轉向傳統戲曲，改編出反屈服投降的上黨梆子《三關排宴》。

成也民間、敗也民間，這就是一個被譽為是《講話》以後代表著文藝「方向」的作家所走過的道路。從向林冰的「中心源泉論」被批判到趙樹理「民間文藝正統論」的悲劇下場，總算讓人弄明白了，政治權威提倡的和民間自在的文化藝術畢竟不是一回事。

「文革」時代的樣板戲和民間文化回歸大地：衝突的第三階段。文革是以社會上「破四舊」

為先聲的，在政治權力鬥爭中，兼及了主流意識形態對知識分子傳統與民間傳統的雙重否定。當一切文藝傳統都被否定的時候，獨獨從西方文藝樣式中保留了芭蕾舞，從民間文藝形式中保留了京劇，但它們已經不再以本來的面目出現，而是滲透了政治意識形態說教的「樣板」。這似乎意味著，從五四以來的文化「三分天下」終於定於一尊，政治意識形態在改造和利用其他兩家的基礎上，形成了自身的完美的樣板，「樣板」即正統。但從另一個方面看民間文化也是被置之死地而後生。民間文化處於毀滅境地後並未絕跡，反之，它以更深入更廣泛的地下活動而獲得了生命。《鍛煉鍛煉》那種不死不活的反話正說形式已經不需要了，民間文化轉化為直接吐自人民之口的民間創作：牽動千百萬知識青年的《知青命運歌》，流傳民間社會的口頭故事，評書，政治笑話，民謠……甚至連「樣板戲」也被誇大了民間文化的成份而任意改編，雖然官方冠以「破壞樣板戲」的罪名，仍然屢禁不絕。同時，被摧毀了的五四新文化傳統也轉入民間延續香火。知識分子的地下創作，雖然藝術質量不高，仍在藕斷絲連地繼續，起先在民間流傳一些舊小說的手抄本（如無名氏的《塔裡的女人》等流行小說），漸漸地出現了創作的詩歌和小說，到七十年代，地下沙龍和地下詩社的出現，已經為一個新的思想解放時代積蓄力量了[21]。「禮失而求諸野」，文學史又一次證明了民間的力量。

三、當代文學創作中的民間隱形結構

筆者從民間的角度對文學史作了一番重新梳理，僅僅是指出一種為人熟視無睹的事實，並不帶有具體的價值判斷和審美批判。但是，戰爭中民間文化形式轉化成一種文學的健康因素，對這一時期的文學創作確實發揮了積極的作用，在高度意識形態化的文學文本裡曲折地傳達出了民間的聲音。

所以，我們從文化運動及其變遷的角度看文學史，看到的是民間文化形態被國家政治的改造與滲透，但如果換一個角度，從創作文本的發展來看文學史，民間文化形態就不再扮演那個被動的角色，而是處處充斥著它的反改造和反滲透。民間文化擁有自身的傳統話語，雖然能夠容納國家意識形態對它的侵犯，但畢竟有一定的限度，超越了限度，侵犯者就會適得其反。有人在五十年代初新編神話劇《天河配》中，用大量政治話語來取代神話話語，讓老黃牛唱出魯迅的詩句，又用和平鴿與鴟梟來影射抗美援朝，過份地暴露了「把一個原來很美麗的神話加以任意宰割的野蠻行為」。儘管作者自以為是體現了「推陳出新」精神，結果還是因為反歷史主義而受到懲罰㉒。以後的戲曲改編工作也同樣體現出這一歷史主義規律，即使到了現代京劇樣板戲的時代，我們也不難指出，對民間文化形態利用較好的作品，就比較受到觀眾的歡迎，反之，就失去觀賞和審美價值。表面上看樣板戲是對民間文藝形式的改造，其實決定其藝術價值的，仍然是民間文化中的某種隱形結構。

這種「隱形結構」的存在是當代文學文本生產中的一個重要特點。任何時代的文學創作都會受到時代思潮的制約，在五四時代，啟蒙主義和個人主義思潮是文學創作的基調。抗戰以後，政治熱情和民間精神的高揚是文學的基調；延續到五十年代以後，政治意識形態的高度強化成為文學的基調。雖然當時的文藝領導者也一再強調對民間文化的利用，但真正的著眼點僅在民間文藝形式的通俗普及。可是作為一種文化形態，民間文藝的內容與形式同樣是一個有機的整體，通俗、輕鬆、自由的形式不過是反映了民間對歷史和社會生活的特殊視角。因此，當代文學作家在利用民間形式來表現政治意識形態的時候，他不能不同時也吸收了民間的內容。也許五十年代的作家們在主觀上對民間文化形態懷有潛在的同情心（他們中間絕大多數都是通過民間文化的教育走上寫作道路的），因此，在改造和利用民間形式的同時，民間文化形態也從向來不登大雅之堂的民間創作進入知識分子創作的文本，成為內涵於文本中的「隱形結構」，支配了一個時代的審美趣味。

在五、六十年代的文學創作裡，我們可以看到一個相當有趣的現象，即國家意識形態對民間文化進行改造和利用的結果，僅僅在文本的外在形式上獲得了勝利（即故事內容），但在「隱形結構」（即藝術審美精神）中實際上服從了民間的意識的擺佈。以「文革」中的樣板戲為例，除了《海港》那種次劣的宣傳品外，大都是來自民間的文化背景。京劇本身是民間文化中的精緻藝術，它的藝術程式不可能不含有濃重的民間意味。儘管政治意識形態對這些作品一再侵犯（或可說這些戲的原始腳本就是國家意識形態侵犯的產物），但是民間意識在審美形態上依然被頑強的保存下來，並反制約了這些作品的創作意圖。以《沙家濱》為例，阿慶嫂的身份是雙重的，政治符號是共產黨的地下交通員，民間符號是江南小鎮的茶館老闆娘。後者集中反映民間的潑辣智慧，自由嚮往的角色，她的對手，總是一些被嘲諷的男人角色，代表了民間社會的對立面：權力社會和知識社會。前者往往是愚蠢、蠻橫的權勢者，後者往往是狡詐、怯懦的酸文人；戰勝前者需要膽氣，戰勝後者需要智力。這種男性角色在傳統民間文藝裡可以出場一角，也可以出場雙角，若再要表達一種自由、情愛的嚮往，也可以出現第三個男角，即正面的男人形象，往往是勤勞、勇敢、英俊的民間英雄。這種一女三男的角色模型，可以演化出無窮的故事。其最粗俗的形式就是挑女婿模式（如《劉三姐》就採用了這個模式，男角甲是惡霸莫懷仁，男角乙是酸秀才，男角丙是勞動者阿牛），若精緻化，就可以轉喻為各種意識形態。《沙家濱》的角色模式原型正是來自這樣一個民間結構，阿慶嫂與胡傳魁鬥是鬥勇（曾經在日本人眼皮底下救過胡而征服胡），與刁德一鬥是鬥智，與郭建光則是互補映襯。權勢者，酸秀才，民間英雄三角色分明換上了政治符號。現在許多研究者把《沙家濱》的藝術成就歸功於京劇改編者汪曾祺，這是一個誤解，這個戲最初由文牧等曲藝工作者根據民間抗日故事編成滬劇《蘆蕩火種》，無論是阿慶嫂與三個男角的基本關係，還是一些為人們所喜歡的唱段，在滬劇腳本裡已經具備了。京劇本只是在情節與語言上改編得富有文人氣㉓，但沒有提供更富有生命力的內容，而且在政治意識形態的強力滲透下，反而喪失了許多民間意味的場景。從滬劇本到京劇本再到京劇改編本，我們清楚地看到國家意識形態一再侵犯民間。如在滬劇本《茶館智鬥》一場胡傳奎[24]與阿慶嫂見面時一些拉家常式的談論都被取消了，本來是兩個江湖人物：一個茶館老板娘，一個草莽英雄之間的感情交流，到京劇本裡被一出場就分明了的政治對立所取代。事實上在滬劇本裡，江湖人物已經按政治符號作了分解：阿慶嫂成了共產黨，胡傳奎成了國民黨忠義救國軍，後來又加入第三者日本勢力，本來抗日統一戰線又起了分化，民間話語被政治話語所取代。但在京劇本的改編中，政治話語更進一步強化，滬劇本的結尾部分是在胡傳奎喜慶場合中，郭建光等人喬裝改扮戲班子，混入敵巢甕中捉鱉。這也是民間文化中以弱勝強的基本手法。在京劇本被改成了正面襲擊，從巧奪到強襲是為了遵循突出武器鬥爭，縮小白區地下工作的指示，這已經不僅是一般的政治話語，而是體現中共高層領導之間的路線衝突了。但是反過來我們仍可看到，即使改編到最後的「樣板」戲，仍然不能改掉阿慶嫂與三個男人之間的固定關係，郭建光的不斷搶戲，除了增加空洞與乏味的豪言壯語以外，並沒能為藝術增添積極的因素，春來茶館老板娘的角色地位無法改變。因為沒有了阿慶嫂所代表的民間符號，就失去了《沙家濱》本身，即使是最高指示把劇名由「蘆蕩火種」改成「沙家濱」，即使是「三突出」理論甚囂塵上，《沙家濱》舞臺上仍然並立著兩個主要英雄人物，而且真正的主角只能是這個江湖女人。這是個比較典型的由民間文化而來的「隱形結構」起作用的例子。後來莫言的《紅高粱演義》基本模倣了這一民間模式，燒酒鋪女掌櫃也同樣面對了三個男人角色：甲、土匪余占鰲；乙、第一個丈夫單扁郎；丙、情夫羅漢大爺。不過這個故事在還原為民間形態的時候稍稍變了個花樣，讓孔武有力的土匪成就了英雄，而羅漢大爺則早早地死去。

同樣，我們在「赴宴鬥鳩山」這折戲中看到了另一個「隱形結構」：「道魔鬥法」。《紅燈記》的顯形結構寫了中國人民的抗日故事，也就是李玉和一家三代人與鳩山為代表的日本侵略勢力爭奪密電碼的鬥爭。「赴宴鬥鳩山」是劇中高潮戲，也是以全劇最含民間意味的一折。觀眾在這場戲中期待甚麼呢？當然不是鳩山取得密電碼，可也不是李玉和保住密電碼，這些都是早已預知的情節。觀眾真正期待的，是鳩、李之間唇槍舌劍的對話過程。這場戲前半部分的對話，既不符合生活現實，也離開了情節提供的鬥爭焦點，在「只敘友情，不談政治」的幌子下，兩人打啞謎似的談禪論道。鳩山的話的潛在功能不過是略帶一點暗示的拉攏對方感情，而李玉和的話的潛在功能僅在虛以周旋又要不失身價。這跟《沙家濱》智鬥中試探與反試探的能指功能並不一樣，因此觀眾由此獲得僅僅是語言上的滿足：它體現了民間中「道魔鬥法」的隱形結構，一道一魔（象徵了正邪兩種力量）對峙著比本領，各自祭起法寶，一物降一物，最終讓人滿足的是這變化多端的鬥法過程，至於鬥法的目標卻無關緊要。在民間文藝傳統裡，不但《西遊》、《封神》原始神魔故事裡提供大量的這類結構，而且在反映人世社會的作品裡就轉化成鬥勇（武俠故事），鬥智（如《三國》中諸葛亮的故事）等替代形式。《紅燈記》一九七〇年改定本給李玉和加了一句臺詞：道高一尺、魔高一丈。從語義和語境的關係上說是錯用的，但無意間恰好點明了這一「隱形結構」，也算歪打正著。

這種自民間文化而生出的「隱形結構」不但在京劇裡能發現，在芭蕾舞樣板戲裡同樣能發現，不但是戲曲作品裡體現出來，而且在五十年代以來比較優秀的文學作品中都存在著，成為主流意識形態以外的另一套話語系統。民間的隱形結構同樣反映了民間對自由的強烈嚮往精神，但是除了原始的民間文藝形式外，它一般並不以自身的顯形形式獨立地表達出來，而是在與時代思潮的匯合中尋找替代物。它往往依託了時代主流意識形態的顯形形式，隱晦地表達。在封建時代，男女爭取自由戀愛反對父母包辦婚姻的鬥爭，往往不是通過直接反對，而是依託了假想「奉旨完婚」來完成。武俠的仗義鋤惡，劫富濟貧，多半也是套在忠君拯世的模式裡表現。由於五、六十年代主流意識形態是以階級鬥爭理論來實現國家對政治經濟文化各領域的全面控制，民間文化形態的自在境界不可能以完整本然的面貌表現。因此，在作為主流話語的核心部分的樣板戲中，民間隱形結構所表達的語意，只能是相當隱晦的。但只要它存在，即能轉化為惹人喜愛的藝術因素，散發出藝術魅力。

民間文化形態產生在國家權力中心控制範圍的邊緣區域，越是接近權力中心，它的表現形態越隱晦，而在一些接近鄉野的題材創作中，它則以比較淺直的方式表達出來。當然文學創作不等於民間文藝，它不可能全盤接受和表現民間的內容，而且主流意識形態即使在權力中心的邊緣空間，也依然處於權威的主導地位。它只能部分地採納民間內容，使作品具有生命力。這種結合形式體現民間文化價值的「隱形結構」，往往是以破碎的形式，由隱形轉為顯形。五、六十年代的戰爭題材小說最能體現這一特點。戰爭是政治權力衝突的尖銳化形式，政治意識形態表現得尤其強大。但是一旦有了民間的參與，民間文化就不能不將自身的文化形態帶入戰爭，由此決定了描寫戰爭的文藝作品，寫正規軍作戰的不及寫地方部隊作戰好看，寫地方部隊作戰的不及寫游擊戰和奇襲戰好看，戰爭規模愈小就愈具有傳奇色彩。《保衛延安》儘管寫了戰爭的各種形式，寫了狙擊戰、攻擊戰、突圍戰、伏擊戰等等，也寫了跳崖、肉搏、犧牲等戰爭的嚴酷場面，可是由於寫的是大部隊的戰爭全景，對於用小說形式來圖解戰爭歷史，可能是積累了一些經驗，但對於一般無戰爭知識的讀者來說，終究覺得茫然。《林海雪原》是寫解放軍小分隊剿匪，戰爭規模小，傳奇性就大，奇襲奶頭山、智取威虎山、活捉定河道人等細節相當生動，再配之茫茫林海，縈繞著一片片神話傳統，都讓人讀過難忘。其間的民間因素是顯而易見的。這種隱形結構的破碎形態還表現在人物塑造上。小說裡值得玩味的是楊子榮和欒超家。楊子榮被描寫成智勇雙全的革命戰士，無疑是主流意識形態推崇的理想人物，他幾度化裝匪徒深入敵巢，又必須性習上沾染一定的匪氣和流氣。不具備這些特點就無法取信於土匪。但作家除了描寫楊子榮在外形上和行為上故意裝作土匪狀外，不可能寫他的性習本身的草莽氣，於是在楊子榮的身邊，就出現了欒超家，在藝術結構上這個人物與楊子榮形成一種補充和合一的關係。欒超家性習上帶有更多的民間氣，粗俗魯莽、素質不雅，說話愛開玩笑，有時喜在女人面前說性方面的口頭禪等等，這種種來自民間的粗俗文化性格與他作為一個山裡攀登能手的身份相符合。欒超家之所以是楊子榮的性格補充，是因為這些性格本來該為楊子榮所有，但楊子榮苦於英雄人物的意識形態模式不能更豐富地表現性格，只能轉借了欒超家的形象來完成。欒超家性格成了楊子榮性格的外延。若沒有欒超家性習的存在，楊子榮也就變得不真實（樣板戲的《智取威虎山》中楊子榮就完全失去了真實的基礎）。這個觀點雖出於筆者個人的推測，但是有據可依的。小說的扉頁上，作家的題詞是「以最深的敬意，獻給我英雄的戰友楊子榮、高波等同志」。也就是告訴讀者，楊、高作為生活中真實的人物，已經在這場剿匪戰爭中犧牲了。可是小說裡真正犧牲的只有高波而沒有楊子榮，這是怎麼回事？後來讀者都知道，生活中的楊子榮是在剿匪的最後階段追捕時中了敵人的暗彈而死。而這個細節在小說最後一章已被描寫出來，只是中彈的不是楊子榮而是欒超家，楊子榮當時也在場。實際上，藝術中的欒超家成了楊子榮的替身，所以，把楊欒兩個形象看作合一的人物形象並不荒誕（在藝術創作中，兩個形象合而為一個完整性格的例子有很多）。這是一個很有趣的民間文化的隱形因素與主流意識形態的顯形因素組成新結構的例子。但是，正因為這部小說寫的是解放軍小分隊的故事，軍隊本身就是政治意識形態的符號，在這支小分隊裡插入欒超家這一形象，多少讓人感到格格不入[25]。假使這支小分隊代替的符號僅僅是農民游擊隊或草莽英雄，欒超家的民間性顯然會更加融合與自然。這就是為甚麼五十年代以來，愈接近民間的題材就愈好寫，愈接近民間的角色就愈生動。《鐵道游擊隊》寫的是車俠，魯漢的酗酒，林忠的賭錢，都寫得自由自在，連劉洪與芳林嫂的性愛關係，也帶有草莽氣，比少劍波與「小白鴿」的英雄美人戲要自然得多，也真實得多。在這類五十年代最受歡迎的文藝作品裡，最為膾炙人口，並有經久不衰藝術魅力的因素，大多是民間文化形態的「折子」。《高粱紅了》、《古城春色》、《逐鹿中原》寫三大戰役的作品，至今已經很難讓讀者回憶起甚麼來，但一些寫游擊隊的小說裡，「老洪飛車搞機槍」《鐵道游擊隊》、「蕭飛買藥」《烈火金鋼》、「楊子榮舌戰小爐匠」《林海雪原》、「米志華大鬧柳樹林」《紅旗譜》、「活捉哈叭狗」《敵後武工隊》等，並沒有因為時光推移而讓人遺忘。即使寫正規軍作戰的小說裡，也因為加入了民間的色彩，才使整個戰爭場面變得富有生命力。著名戰爭小說《紅日》中連長石東根醉酒跑馬的細節，不正是這部作品中最有魅力的一個片段嗎？

民間文化形態當然是相當粗糙的，而且它背後的「隱形結構」並不完整地體現出來，只是以某些破碎的片段，作為政治意識形態框架下的局部補充。但由於當時政治意識形態的強力滲透，藝術創作幾近於圖解政治，尤其是主要英雄人物，很難擺脫圖解概念，圖解理想的悲慘命運。在這種情況下，民間文藝因素有時成了全書情節發展的潤滑劑，只有它的加入才能使作品情節與情節之間的聯繫活躍起來，產生出藝術生命力。在這種形態下，主流意識形態與民間隱形結構並不互相排斥，它們以結合的形態來共同完成一個時代的藝術創作。但是還有另一種情況，即主流意識形態與民間文化精神發生衝突，互相排斥的時候，也即是在文學作品中不但反映了意識形態之間的互相衝突，同時也反映了國家意識形態與民間文化形態相衝突的時候，作為一種特定歷史條件下的文藝作品，無論是作家本人的主觀意識還是時代所規定的創作傾向性，都往往會驅使作家站在國家一邊，幫助主流意識去佔領民間社會。從《小二黑結婚》中對農村迷信的揭露到五十年代眾多的描寫農村集體化過程的小說，作家都描寫了正確思想（即主流意識形態）對錯誤思想的克服，而錯誤思想多半來自農村舊習慣和農民舊思想，換句話說，民間文化價值並沒有完全退出文學作品，而是轉化為藝術衝突的對立面上，通過被揭露被批評的方式，畸型地展施出自身的藝術魅力。這種現象造成的畸型結果是，往往在文學作品中正面人物（英雄人物）乾癟無力，而反面人物，特別是農村中的富裕中農形象，寫得活靈活現，生動有力。

趙樹理可以說在表現這類衝突中最為典型，《小二黑結婚》中那位三仙姑，一貫是被人嘲笑的對象。之所以被嘲笑，一是她裝神弄鬼；二是她老來俏，年紀大了生活還不檢點。從當時農村的主流意識形態（即封建色彩的倫理思想）來看，這兩個缺點雖然談不上罪大惡極，但也是千夫所指；但是從民間的角度說，這正是偏僻落後地區農村婦女求得一點可憐的自由而不得不耍弄的手法，三仙姑年輕時有幾分姿色，卻嫁給了老實巴腳的農民，婚姻不如意，又不能擺脫，只能靠裝神弄鬼做巫婆，以擴大交際空間。一個婦女愛打扮，希望在別人面前保持感性的美好，這是人之天性，不該指摘，倒是長期生活在壓抑人性的環境裡不能自拔的傳統農民，以自身的畸型心理忖度他人，才會視正常的人性要求為不正經。小說裡區長和農民對三仙姑的挖苦嘲罵，是一種不自覺的對人的權利的粗暴干涉，可是在當時的主流意識形態支配下，作家只能站在三仙姑的對立面，用他那枝溫情的筆寫出了這個充滿藝術個性張力的人物形象。雖然被嘲諷了，但作為民間文化形態中農婦嚮往自由的例證，被合理地保存了下來。在這篇通俗故事中，三仙姑和小芹（一個正經女子）兩個人的形象並在一起，三仙姑的藝術魅力遠遠超過小芹，三仙姑的勝利也就是民間文化的勝利。

一九五八年，趙樹理面對農村集體化後問題百出的現狀：強迫性的集體化勞動和農民自發的維護生存權利的衝突，幹部中粗暴對待農民的惡劣作風和比較注意具體情況具體對待的老實作風之間的衝突，以及天災人禍下農民生活的貧困（吃不飽）和勞動積極性的普遍低下（小腿疼），針對這舉世滔滔的濁浪，趙樹理不可能與「大躍進」以來的極左路線（主流意識形態）作直接對抗，但作為一個自覺的民間代言人，他又不能不如實反映這種現狀，於是寫下了《鍛煉鍛煉》。其中有一段描寫幹部與農民衝突的對話，寫幹部用大字報的辦法來威脅農婦，農婦忍無可忍大鬧社辦公室：

小腿疼一進門一句話也沒有說，就伸開兩條胳膊去撲楊小四。楊小四料定是大字報引起來的事，就向小腿疼說：「你是不是想打架？政府有規定，不准打架。打架是犯法的。不怕罰款、不怕坐牢你就打吧！只要你敢打一下，我就把你請得到法院！」……小腿疼一聽說要罰款要坐牢，手就軟下來，不過嘴還不軟。她說：「我不是要打你！我是要問問你政府規定過叫你罵人沒有？」「我甚麼時候罵過你？」「白紙黑字貼在牆上你還昧得了？」

王聚海說：「這老嫂！人家提你的名來沒有？」小腿疼馬上頂回來說：「只要不提名就該罵是不是？要可以罵我可就天天罵哩！」楊小四說：「問題不在提名不提名，要說清楚的是罵你來沒有！我寫的有哪一句不實，就算我是罵你！你舉出來！我寫的是有個缺點，那就是不該沒有提你們的名字。我本來提著的，主任建議叫我刪去了。你要嫌我寫得不全，我給你把名字加上好了！」「你還嫌罵得不痛快呀！加吧！你又是副主任，你又會寫，還有我這不識字的老百姓活的哩？」支書王鎮海站起來說：「老嫂你是說理不說理？要說理，等到辯論會上找個人把大字報一句一句唸給你聽，你認為哪裡寫得不對許你駁他！不能這樣滿腦一把抓來派人家的不是！誰不叫你活了？」「你們都是官官相衛，我跟你們說甚麼理？我要罵！誰給我出大字報叫他絕了根！叫狼吃得他不剩個血盤兒，叫……」支書認真地說：「大字報是毛主席叫貼的！你實在要不說理要這樣發瘋，這麼大個社也不是沒有辦法治你！」回頭向大家說：「來兩個人把她送鄉政府！」

這個文本很複雜，哪一方仗勢欺侮農民不把人當人？哪一方無權無勢，告狀無門，處處被欺凌？現在經過文革浩劫的讀者當然是能夠明白了。雖然作家當時主觀傾向仍站在主流意識形態的一邊，但在他的筆底下，民間發出了極其激越、刻毒的不平之聲，小腿疼最後幾句從心底裡迸發出來的咒罵，在我讀來，正是「時日曷喪，予及汝偕亡」式的現代變風。聯繫一九五八年極左路線在農村造成的災難，這種民間的聲音真正體現了現實主義的膽識勇氣。

也有比趙樹理相對溫和一些的民間之聲，同樣貫穿在這一時期的文學創作中。柳青《創業史》裡寫農民梁三老漢對土地血肉相連的深厚感情，強烈地表達了民間文化形態的又一個基本特色。中國真正的民間是在農村，事實上沒有一個階層，包括城市裡的居民，含有農民那樣對待土地的感情。在農民的眼裡，土地是有生命的，是與真正的自由自在的境界聯繫在一起的生命象徵。因而，土地是中國民間社會的圖騰，而土地上的勞動和生活，往往是民間最愜意的審美形態，從《詩經》開始，最優秀的民間文藝，都是從歌頌田野上的勞動和生活開始的。二十世紀中葉在中國農村發生了一場極富有戲劇性的人間喜劇，土地的得而復失事件攪動了農民心靈深處波瀾壯闊的感情之海，一個貼近民間的作家，只要真實地把握好這一農民感情的中樞，就能傳達出農村題材的魅力。但這種感情世界不屬於梁生寶之類的「偉人」，它只能屬於幾輩子的血汗都流入土地的梁三老漢。六十年代初期有一種「中間人物」的理論，認為農民大多數屬於「不好不壞，亦好亦壞，中不溜兒的芸芸眾生」，這自然是一種從政治意識形態立場上的理論概括，但這個理論難能可貴地指出了一個事實，在當時的文學作品中，確實存在著兩副眼光透視下的人物藝術形象：即從政治意識形態眼光下，人分左中右，或者就是先進人物和落後人物；但在民間文化形態的眼光下，有屬於意識形態和民間社會的人物，如梁生寶之類就屬於意識形態人物，是離開了生活真實的客觀規定性，根據政治理想塑造出來的人物，而梁三老漢、亭面糊、小腿疼、賴大嫂這樣一些在那一時期寫農民生活的作品中最有光彩的形象，多半來自民間，屬於民間社會傳統中自然存在的人物。

民間文化在各種文學文本中滲入的「隱形結構」的生命力就是如此的頑強，它不僅僅能夠以破碎形態與主流意識形態結合以顯形，施展自身魅力，還能夠在主流意識形態排斥它，否定它的時候，以自我否定的形態出現在文藝作品中，同樣施展出自身的魅力。

民間文化形態是一個相當複雜的現象，它的藏污納垢特性構成了自身的瑕瑜互見。要對它作全面的考察需要大量的材料和篇幅，非本文所能完成。考察從抗戰到文革的文學史，不難發現，其文學發展的過程也是民間文化形態隨戰爭而起，隨文革而衰的過程，但在另一方面，它又以無孔不入的精神融匯在文學創作中，成為一種隱形的文本結構，甚至可以說，它充塞了這一歷史時期的最輝煌的文學創作空間，尤其是在一九五五年胡風為代表的知識分子集團被毀滅以後；文革時期，它從文化的大傳統中被排斥，重新返回小傳統，拓展其地下文學的空間，直到八十年代，才逐漸地為知識分子重新賞識。關於這一些重返民間的文學信息，將是學術界面對的新課題，有待於作進一步的研究。

一九九三年九月十二日於上海

*原載香港《今天》（雙月刊）一九九三年第四期。

❶ 毛澤東這段言論全文如下：「離開中國特點來談馬克思主義，只是抽象的空洞的馬克思主義。因此，使馬克思主義在中國具體化，使之在其每一表現中帶著必須有的中國的特性，即是說，按照中國的特點去應用它，成為全黨亟待瞭解並亟需解決的問題。洋八股必須廢止，空洞抽象的調頭必須少唱，教條主義必須休息，而代之以新鮮活潑，為中國老百姓喜聞樂見的中國作風和中國氣派，把國際主義的內容和民族形式分離起來，是一點也不懂國際主義的人們的做法，我們則要把二者緊密地結合起來。」（《中國共產黨在民族戰爭中的地位》載《毛澤東選集》合訂本，第五〇〇頁）

❷ 人類學家雷德斐(Robert Redfield)的觀點，本文引自余英時的《中國文化的大傳統與小傳統》。余文收入《內在超越之路》，中國廣播電視出版社一九九二年版，第一九二—一九三頁。

❸ 關於現代中國知識分子的「廣場意識」問題，可參見拙文《知識分子轉型期的三種價值取向》，刊《上海文化》第一期。

❹ 如穆儒丐的《福昭創世紀》（一九三七年）曾獲偽滿第三屆文藝盛京獎和第一屆民生部大臣獎。

❺ 引自《胡風評論集》中冊，人民文學出版社一九八四年版，第二三四頁。

❻ 引自《對舊形式利用的文學上的一個看法》，載《周揚文集》第一卷，人民文學出版社一九八四年版，第二九七頁。

⑦ 向林冰的言論均引自《論「民族形式」的中心源泉》，收《中國新文學大系（一九三七—一九四九）》第二集，上海文藝出版社一九九〇年版，第一四六—一四九頁。

⑧ 據胡風說：「由於他（指向林冰——引者）的理論傾向的嚴重性，又不能說服他，和他對爭的人們後來把問題從文藝拉到了政治立場上去，暗示他是被國民黨派來的，陰謀用理論破壞革命文藝。我沒有採取這種在論爭中不應該有的態度。」引自《胡風評論集・後記》下冊第四〇一頁。

⑨ 參見王實味《文藝民族形式問題上的舊錯誤與新偏向》，收《中國新文學大系》（一九三七—一九四九）第二集，第二七九—二九三頁。

⑩ 趙樹理直到文革時期，還堅持「民間文化正統」的觀點。他的觀點表述如下：「中國現有的文學藝術有三個傳統：一是中國古代士大夫階級的傳統，舊詩賦、文言文、國畫、古琴等是。二是五四以來的文化界傳統，新詩、新小說、話劇、油畫、鋼琴等是。三是民間傳統，民歌、鼓詞、評書、地方戲曲等是。要說批判的繼承，都有可取之處，爭論之點，在於以何者為主。文藝界、文化界多數人主張以第二種為主，……可是這不符合毛主席所說那從普及基礎上求提高，在提高的指導下去普及的道理。……按那個正統所要求的東西，根本要把現在尚無文化或文化不高的大部分群眾拒於接受圈子之外的，以民間傳統為主則無上述之弊，至於認為它低級那也不公平。」引自《回憶歷史認識自己》，載《趙樹理文集》，工人出版社一九八〇年版，第一八四〇頁。

⑪ 以下各段言論均引自周揚《表現新的群眾的時代》，載《周揚文集》第一卷，第四三七—四五三頁。

⑫ 據周揚統計，一九四四年春節上演秧歌劇五十六篇，寫生產勞動的二十六篇，軍民關係的十七篇，自衛防奸的十篇，敵後鬥爭的二篇，減租減息的一篇。

⑬ 即《公社應該如何領導農業生產之我見》（一九五九年）。趙樹理在農村蹲點中發現了許多實際存在的問題，便寫了這篇長文給《紅旗》雜誌，未發表，就發生了廬山會議的反右傾鬥爭，陳伯達將此文批轉作協，發動批評趙樹理。

⑭ 據董大中《趙樹理評傳》（天津百花文藝出版社）介紹，趙樹理的祖父和祖母都是北方農村宗教「三教聖道會」（將儒、釋、道三教合為一教）的信徒。他的父親又精通民間陰陽之學，人稱「小孔明」。趙樹理從小即在這種民間文化環境裡長大（第九—十二頁）。

⑮ 周揚的兩篇文章是：《論趙樹理的創作》（一九四六年），收《周揚文集》第一卷《〈趙樹理文集〉序》，載《工人日報》一九八〇年九月二十二日。

⑯ 趙樹理在《關於〈邪不壓正〉》中說：「據我的經驗，土改中最不易防範的是流氓鑽空子。因為流氓是窮人，其身份容易和貧農相混。在土改初期，忠厚的貧農，早在封建壓力之下折了銳氣，不經過相當時期鼓勵不敢出頭；中農顧慮多端，往往要抱一個時期的觀望態度，只有流氓毫無顧忌，只要眼前有點小利，向著哪一方面也可以。」（引自《趙樹理全集》第四卷，北岳文藝出版社一九九〇年版，第一九八頁）。這顯然是一種農民的眼光看問題，與土改文件中對農村階級狀態的分析完全兩回事，民間的文學作品通常是正面避開官府和上層階級的壓迫，把批判矛頭針對了社會劣紳惡霸地痞流氓。老舍寫市民社會的作品也有這個特點。

⑰ 《展開論爭推動文藝運動》。本文轉引自董大中《趙樹理評傳》，第二一〇頁。

⑱ 參見《〈金鎖〉發表前後》、《對〈金鎖〉問題的再檢討》，均載《趙樹理全集》第四卷，第二一一—二一四頁，二一七—二二〇頁。

⑲ 參見《我與〈說說唱唱〉》，載《趙樹理全集》第四卷，第二五三—二五五頁。

⑳ 引自孫犁《談趙樹理》，載《孫犁文集》第三卷，第三一九頁。

㉑ 關於上述內容，可參閱楊健《文化大革命中的地下文學》，朝華出版社一九九三年版。

㉒ 關於楊紹萱新編《天河配》引起的爭論，可參考《文學風雨四十年》，武漢大學出版社一九八九年版，第四五九—四六三頁。

㉓ 譬如，京劇中為人稱道的唱段「壘起七星灶，銅壺煮三江，擺開八仙桌，招待十六方。來者都是客，全憑嘴一張，相逢開口笑，過後不思量，人一走，茶就涼……」在滬劇本原唱段是：「擺出八仙桌，招待十六方，砌起七星灶，全靠嘴一張。來者是客勤招待，照應兩字談不上……」基本唱詞已具雛形。

㉔ 滬劇本作胡傳奎，京劇改編本作胡傳葵，改定本作胡傳魁。

㉕ 欒超家的形象在當時受到批評家侯金鏡的指責，侯認為書中「戰鬥間隙中某些戰士們庸俗的取樂，這在生活中會存在的，但這不是《林海雪原》所需要的情節……而在一定程度上損害了戰士們的形象」（《侯金鏡文藝批評選集》，第一二三頁）。侯金鏡把《林海雪原》的缺點歸為「客觀主義和帶有農民文學色彩」，可以說是相當敏銳的，但是反映了他站在主流意識形態立場上排斥民間文化的審美本能。

民間的還原

——文革後文學史某種走向的解釋

一、文革後文學的兩個源頭

被文學史家稱為「新時期文學」的文革後文學，真正的勃起是在一九七八年夏天《傷痕》的發表。在這之前，從一九七六年底到一九七八年初的一年多時間裡，文學界忙於隊伍的調整和更新，這期間在文藝領域的上空中，在那鉛一樣沈重的雲層裡出現過三隻攜帶著春意的燕子：白樺的《曙光》，發出了控訴極左路線的第一聲，這不僅在文藝創作中扭轉了作為政治附庸的所謂批判「四人幫」極右實質的轉向文學，同時在政治文化領域也捅開了幾十年來人們積壓在心底深處的對極左路線的仇恨，儘管白樺在劇本裡對極左路線的批判還閃爍其辭，慢吞吞地在黨史領域裡兜圈子，但人們已經毋需指點而領會了文字背後的鋒芒所指。接著是劉心武的《班主任》，現在看來這部羞羞答答的小說跟半年後發表的《傷痕》相比，世故得多也軟弱得多，但它畢竟用當時不曾引起警惕的語言和形象引起了一般讀者的深思，謝惠敏是當時道德文化教育出來的楷模，但她不是個政治性質的人物，對這樣一個人物的揭露，較之對政治人物的批判更加具有涵蓋量。再接下去就是徐遲的報告文學《哥德巴赫猜想》，發表這篇作品的時間已經是一九七八年初，覺醒了的民族群體感情即將在文學創作世界中噴薄而出，不僅是一個科學家的命運和傳奇引起了人們的強烈興趣，文本中對文革的正面描述，儘管也說了一些頌揚的話，但畢竟不同於以往的政治性話語，而是給人們對它的自由想像留下了餘地。

好了，當這三隻報春的燕子盤旋在文學上空發出呢喃之聲的時候，人們已經預感到滾滾的春雷即將在雲靄裡爆炸。一九七八年上半年始中國政治與文化的衝突同樣扣人心弦，我們只要排列一下這大半年間的政治文化和文學領域裡所發生的大事，就不難理解這十多年來的文學史走向：

五月十一日，《光明日報》發表評論員文章《實踐是檢驗真理的唯一標準》，隨即引起了學術領域一場大辯論。

五月二十七日到六月五日，中國文聯召開第三屆第三次全體會議，宣布中國文聯及五個協會正式恢復工作，《文藝報》復刊。

八月十一日，短篇小說《傷痕》在上海《文匯報》發表。

九月二日，北京《文藝報》召開座談會，討論《班主任》和《傷痕》，「傷痕文學」的提法始流傳。

十月二十八—三十日，劇本《於無聲處》在上海《文匯報》發表，歌頌了天安門事件中的英雄。

十一月十五日，北京市委正式為「天安門事件」平反。

十一月十六日，新華社正式報導，中共中央決定為一九五七年被錯劃的「右派分子」平反。

十二月五日，北京《文藝報》和《文學評論》編輯部召開了文藝作品落實政策座談會，為《保衛延安》、《組織部新來的年輕人》等作品平反。

十二月十八—二十二日，中共十一屆三中全會召開，思想解放路線始被確立。

從以上的大事年表不難看到，這半年中北京、上海得風氣之先，南北呼應，知識分子的命運與政治的命運如此緊密地交織在一起。新時期文學以「傷痕」為起點而不是以別的作品，是因為傷痕文學在時間上極其巧合地配合了政治上改革派向「兩個凡是」的全面發難。事實上文學喚起了大多數人們對文革的仇恨和批判的激情，這種覺悟了的激情又成為否定凡是派的威力巨大的武器。新時期文學得以順利發展的因緣之一，就是它藉著一種政治力量反對了另一種政治力量。這種政治與文學的默契配合，自然是兩廂情願的，儘管在凡是派失勢以後不久，現實的改革步伐和文學上的改革理想之間也曾發生了不少摩擦，但是在支持改革開放這一既定政策上，知識分子始終如一的積極態度在文學創作中明確地表現出來了。

如果我們把這種知識分子對國家前途和命運的過於積極的關懷意識視為新時期文學的主流，那麼，這種知識分子的主流意識形態和國家政治意識形態還畢竟不是一回事。一種五四新文學傳統中培養起來的知識分子的精英意識又悄悄的開始滋長，它既表現出知識分子對現實改革進程的急功近利態度，也反映出他們對重返政治中心的虛幻熱情。中國的知識分子天然具有在政治上當家作主的自信，一九七八年一度出現的政治與文學的歃血訂盟更加鞏固了這種幻想，以後的一次次與現實的齟齬非但沒有消解這種幻想的熱情，反而是有過之無不及。在整個五四傳統悄悄恢復的過程中，作家與學者也結成了同盟，一大批對現實社會的進步懷有責任感的學者投入了現代文學的研究，在新意疊出的學術熱情中，他們努力把現代文學和當代文學溝通起來，使他們的研究更具有現實性。「二十世紀中國文學」和「重寫文學史」概念的提出就是一個推波助瀾的運動。一九八五年到一九八九年，知識分子的這一主流意識形態張揚至極，甚至它的武器與七十年前的知識分子使用的基本上沒有什麼兩樣：人道主義和來自西方的現代意識。

要解釋這種現象似乎並不難，從歷史根源來看，構成新時期文學的主要作家來自兩個時期：五十年代和七十年代末；同時有兩個相對應的文學來源：被稱為「重放的鮮花」的一批優秀創作和一九七六年天安門廣場上爆發出來的民間詩歌。這兩種文學源流從表現形態上看沒有多少區別，都是強烈表現出對現實政治的干預精神和主觀熱情，並且與以後形成的新時期文學主流是相一致的。尤其是五十年代形成的知識分子群體，他們的價值取向基本上與五四一代的知識分子無異，當這一代作家成為新時期文學的中堅力量時，五四傳統的價值取向復活是可以理解的。在這種單向思維模式的觀照下，我過去一直深信不疑知識分子精英意識在當代的主流地位及其不可取代性。但是，當楊健的《文化大革命中的地下文學》一書出版後，我原有的想法受到了懷疑，雖然這部書只是收集了大量資料而缺乏學術性整合和分析，雖然它偏重於對北京知識分子圈子裡地下文學現象的收集而忽略了更原始更廣泛的民間文學形態，但「地下文學」這一名字出現在中國文學研究中是具有革命性意義的，它意味了文學史研究開始對公開出版物以外的文本加以注意，也就是意味了文學史領域除了主流、次流、逆流等概念外，還有一個潛在的文學結構，那就是處於不穩定狀態下的民間文化形態。以天安門詩抄為例，這些作品顯然可以分為兩類：一類是知識分子利用民間歌詞的形式來表達精英意識，但還有一類則是政治性民謠，單純地宣洩了民間對當時政治的不滿。如果以這樣的思路分析下去，所謂文革時期的地下文學也可以分成兩類：知識分子的地下創作和純粹民間流傳的故事、歌謠、手抄本。前一類的作品如白洋淀詩派、如《九級浪》、《波動》等小說，直接開啟了文革後的文學創作——以《今天》為代表的詩歌和《公開的情書》等小說都是這一傳統的繼承；而後一類作品則要複雜得多，有些是從佚失已久的現代文學作品中轉換過去，如無名氏的《塔裡的女人》在七十年代的民間手抄本裡風靡一時，也有真正來自民間的不平之音，如唱遍祖國大地的各種版本的《知青命運歌》，還有更為等而下之的民間故事，如《恐怖的腳步聲》等。這類民間創作在那個特定的歷史環境下，可能比知識分子的創作擁有更多的讀者和更大的覆蓋面。此外，民間文學的隱形結構無孔不入，柔水克鋼地滲透到當時的主流意識形態中去，在文化專制酷烈的環境裡依然發揮著自身的藝術魅力。

一種新的思路可能會開闢出一片新的學術空間，當民間這一元因素加入文學史的考察，文革時期的文學面貌便為之改觀：即使在那個荒草荊棘之地，也同樣並存著公開的主流政治意識形態、知識分子的精英意識以及民間的文化形態，後兩者只是轉入了地下。如果再進一步考察的話，就會發現一個更有意思的現象：知識分子在那個年代裡幾乎沒有自己的話語，要麼依附極左權勢，作為極左聲音的一種喉舌存在（那個時代的公開文藝作品中，只有兩類題材可能會給知識分子表達自己的聲音有機可乘，一類是魯迅研究的作品，知識分子在其中可能隱隱約約地寄託了某種情懷；另一類是所謂「反走資派」題材，雖然從內容上說它配合了政治陰謀，但在許多不知情的知識分子筆下，這類故事多少提供了對官僚體制的不滿和憤怒），要麼歸隱地下，在很小的圈子裡抒發個人的感情，而且抒發感情的方式還必須在相當隱秘的環境下才能做到。然而民間的話語則要活躍得多，不但民間生活世界的無限豐富性為藝術創造提供了多種動力，更主要的是民間話語並未消失，它不但出現在自身的民間創作中間，還滲透到知識分子和公開意識形態的創作中去，形成隱形結構發揮作用。無論是革命樣板戲還是一些知識分子勉為其難的創作中，民間話語始終是一個活躍的因素。

讀到這裡讀者可能明白了我為什麼在本文一開始要講「三隻報春燕子」的用意，很顯然，當我們稱為新時期的文學創作發軔時，那些攜帶著春意的燕子們也許是嚴冬的日子過得太久，對光與熱的渴望太強烈太強烈，他們從地心深處奔騰而出，直沖九天，且帶一個乾淨的身子，民間的泥水在快速飛奔的過程中過濾得乾乾淨淨。《曙光》是以歷史悲劇借古諷今，寄託了對極左路線危害性的憤怒，《班主任》以孩子的愚昧為警鐘，揭露了反知識反文化的惡果，而《哥德巴赫猜想》則是直接為知識分子鳴不平之作，民間的話語在這裡蕩然無存，知識分子的精英意識則破土而出。民間話語和知識分子話語從本世紀一開始就處於對立之中，凡知識分子話語受到阻礙，民間就開始活躍，一旦知識分子形成了自己的話語空間，民間文化形態則重歸大地深處，隱沒在昏昏默默之中。所以，在新時期的文學史前幾年中，知識分子精英意識幾乎是獨占了鰲頭。

二、廣場上的文學

本節的開始需引入一個概念：廣場。關於這個概念的範疇我在其它一些文章裡有過比較詳細的論述，這裡不準備重複❶。我們如果從字面上來聯想，很容易想起群眾的節日慶典之類。但是誰是廣場的主人呢？是誰在這熙熙攘攘的場所裡發出一種居高臨下的聲音，把真理傳播開去？在世俗的要求裡，廣場是群眾宣洩激情和交換信息的場所，而在知識分子眼中，廣場卻成了他們佈道最合適的地點。當他們在本世紀初被拋出了傳統仕途以後，知識分子一直在尋找著這樣一個可以取代廟堂的場所，現在他們與其說是找到了，毋寧說是自己營造了一個符合他們理想的廣場，知識分子依然以啟蒙者的身份面對大眾，而大眾，則以激情慫恿著啟蒙者。在一個民眾的政治激情又高漲的時代裡，廣場是知識分子最好的活動場所。文革後的最初幾年與五四時代最為相近之處，就是都有一個專制頹然倒塌後的政治文化空白，所以在傷痕文學的時代，當知識分子把個人的苦難和民族的劫難聯繫在一起時，他們也就成功地占有了這個空白，這就使他們用以啟蒙的材料獲得了普遍的意義。在上層的同情和大眾的激情雙重作用下他們爭取著自己的話語空間，於是一個新的廣場就從廟堂與民間的夾縫中誕生了。

與五四新文化運動中的前輩一樣，當代知識分子雖然身在廣場上，心卻向著廟堂。所謂身在廣場也就是身在人群之中，自覺地作為群眾的代言人，從新時期文學初期的作品中可以看到，極大多數作家們是以諫臣的身份在為民請命，有位作家在當時說過一段很動感情的話，我至今還能記得，他說：「跌倒了站起來，打散了聚攏來，受傷的不顧疼痛，死了的靈魂不散，生生死死，都要為人民做點事，這就是作家們的信念。」❷這位作家在反右時候經受過苦難，失去了親人。但這種可貴的文學信念裡還是充滿了知識分子的廣場意識。所謂心向廟堂是指知識分子的一種傳統價值取向。知識分子為大眾呼與鼓，指向是在當權者，希望能「揭出病痛，引起療救」，以促進社會改革的步伐。這是用民主的精神來參與社會現實的改革。廣場上的知識分子充滿激情，它用群眾的激情來誇張自己的激情，使之成為與廟堂對話的精神支柱。

但是民間呢？應該看到，經過了文革以後的知識分子絕大多數都具有不同程度的民粹意識，對苦難深重民眾抱有近乎誇張的感情。但是當《悠悠寸草心》、《蝴蝶》等作品尖銳地指責一些官員重返政壇後背棄了對民眾的責任和感情的同時，似乎很少涉及知識分子自身對民眾的態度；當《陳奐生上城》、《李順大造屋》等小說揭示了農民的辛酸和痛苦時，似乎也是把主要的意義所指放在有關農村政策上面。民眾的生活場景轉化為故事，是為了說明作家關於社會理想和現實批評的證據。民間的生活因為貧困而苦難重重，因為愚昧而冥冥無望，為改變這樣的命運和這樣的苦難，知識分子理直氣壯地設想了種種方案，並希望對決策者發生影響。當然也有知識分子從自身的懺悔來表現對人民的感情，比如張賢亮的一些小說，但不管是馬櫻花還是別的什麼風塵女子，知識分子走在這樣廣闊而沉默的土地上，真像是迷途的羔羊，瑟瑟作抖而不知所措。奇怪的是這些知識分子絕大多數在困頓時期都曾下放民間，對民間的真實生活不可謂不了解，但是一旦民間出現在他們的筆底，就立刻演化成他們先天擁有的思想優勢。民間生活世界就像是卡夫卡筆下的城堡，知識者在其間轉了半天，結果還是面對著自己。

在知青一代作家的作品裡這種狀況略有變化，知青在文革期間上山下鄉自然各有苦衷，本來這會成為傷痕文學中十分重要的題材。可是由於種種原因，關於知青真相至今仍然是個燙手的話題，知青在返城後遭遇的種種失落，反而促使他們對於農村山野生活產生了回味，這種回味裡包含了對自身已經失落的青春、理想、夢幻的追尋。再說知青一代的成長教育期正逢文革年月，知識分子的使命感和責任感遠不及張賢亮一代人那麼濃重，自然也不像他們那麼矯情。民間的生活場景在他們的回憶裡逐漸展開，多少接近一些生活的真相：我們在那遙遠的清平灣裡，能體會到陝北農民在貧困中對生活所持的歡欣哲學；在那茫茫大草原上，也能感受到老牧民們在知識分子看來是愚昧麻木的精神狀態中表現出對苦難所持的驚人毅力。還有陳村在小說裡使用的農民語氣：「小陳唻——」，讀上去不能不感染農民日常生活中洋溢出來的親切和情趣❸。知青作家們正是在親近民間生活方式和生活態度的時候，開始接近了民間的文化，尋根文學的最初提出者都是知青作家，這個現象決不是偶然的巧合。

一九七九年是現實主義文學創作最繁榮也是最為尖銳的一年，可以說是知識分子的廣場意識高揚的一年，但隨後這股思潮初遇現實困境。一九八〇年開始王蒙就聰明地轉向了對西方現代主義技巧的學習，那時我曾以為提倡學習現代主義技巧的主張只是一個引進上的策略，現在看來不然，它開始的目的很可能是出於現實主義功利的包裝，但既然是開了頭，現代主義思潮就不以人們的意志為轉移地湧入中國大陸，到了一九八二年西方現代主義對文學創作的影響已經相當深入。當然那時接受西方現代思潮最成功的仍然是知青一代作家，也許對他們來說這決不是策略而真是一種對生活的認識途徑。而一批在七十年代末已經占據了廣場的知識分子並沒有被現代主義所誘惑，他們依然如故地堅守著自己的社會政治理想，並自以為是在為民眾立言。一九八三年是這兩股思潮同時受挫的一年，其結果就導致了文化尋根文學的出現。這個創作思潮的產生原因頗為蹊蹺，從當時文壇的形勢來講，我們上述的思路似乎仍然能夠延續下來，因為以民族文化這樣一個模稜兩可、大而空洞的概念來取代政治、政策這樣一些具體狹隘的主義式的框框束縛，是當時文學得以發展的一條最可靠的捷徑。但是對一些知青作家來說，這個思潮的倡導可能還包括了尋找自身價值的要求。正如我在前面所分析的，知青一代作家的廣場意識雖然難免，但與五十年代末開始就在苦難裡考驗、如今又重返廣場的一代知識分子相比，畢竟薄弱得多，他們既沒有在五十年代培養成的理想主義作為精神支柱，現實生活中也沒有廣場上的優勢讓他們滋生出優越感，寫苦難他們寫不過上一代的作家，至少不會那樣自如地在苦難現實與虛幻理想之間遊戲。這一代作家必須找到一個屬於自己的世界來證明存在於文壇的意義，即使在現實中找不到，也應該到想像中去尋找。於是，他們很好地利用起自己曾經下過鄉、接近過農民日常生活的經驗，並透過這生活經驗進一步尋找散失民間的傳統文化的價值。

也許這樣我們就不難理解為什麼尋根文學才盛興了不到兩年就陷入自身的困惑之中：知青作家們的功利目的和尋根文學自身包含的文化意義無法長期結成親密無間的伙伴關係。民間是一個藏污納垢的概念，只有側身其間才能真正體會到民間的複雜本相，但這對於被命運之風刮到農村山地的知青來說確是勉為其難。再說他們畢竟對生活的認識受到了知識分子精英思想的教育和熏陶，五四新傳統在他們身上儘管稀薄，卻仍有影響，這在《老井》、《爸爸爸》一類作品裡顯露得十分清楚。民間在他們的興趣天地裡主要是文化上的新奇感和潛在的優越感，可是浮光掠影地記錄民風民俗和民間傳說又不能真正代表文化之根，於是他們中的聰明者及時抓住了歷史散落在民間的一些文化碎片，如阿城，從揀垃圾老頭嘴裡發現了玄妙無窮的道家哲理，如韓少功，在湘西深山老林裡感悟到「鳥的傳人」，如果連這些文化意義都拉扯不上，那還可以編造一些現成的神話故事，不能說這些東西與民間文化形態無關，但至多也只能看作是漂浮在民間之海上的碎片和泡沫，泡沫因為聯繫著大海，它自身仍然是有意義的，可是文學創作一旦把碎片當做文化的整體來炫耀，那就不能不變得做作和矯情。不過尋根文學在當時真是處在天時地利的好時機，中國大陸的文化建設經過一段時間「反封建」的自我清理後，開始意識到振興民族文化的重要性，文學上的尋根是這場延續至今的文化熱的濫殤，所以不管尋根小說實際上達到什麼程度，它的出現和存在都具有超越文學史本身的意義。

由於尋根文學繞開了知識分子的廣場，它的出現使廣場上的文學直接受到打擊。這期間知識分子的精英意識形態和現實的政治意識形態之間的衝突已經相當激烈，而知青作家的這一分化，至少使廣場上的知識分子的理想不再神聖了。倡導尋根的作家放棄了對現實生活抱忿忿不平的態度，無論寫插隊還是寫農村，都解構了英雄主義和現實矛盾的尖銳性，這似乎意味了他們不再打算跟著上一輩知識分子繼續進軍，他們現在是另有寄託，企圖在民間的普通大眾中重新尋找安身立命之處。儘管在當時這種設想還是空洞，但對廣場上的文學的神聖性多少也產生了解構的作用，孤軍作戰的傳統現實主義文學的最後輝煌是一九八八年前後的紀實文學，但既稱「文學」，又忌言虛構，用公開的新聞效應來取代文學藝術的力量，這就有點像中國古代的現實主義諷刺小說走向晚清的譴責小說一樣，實在是表明了一種英雄氣短。

過了一年光景，彌漫著浮躁之氣的廣場終於轟然倒塌。

但這並不說明知識分子精英意識會從此消聲匿跡，但新文學的走向失去了明確的認同則是事實，理論界大呼小叫的所謂「新時期文學已經終結」、「現在是後新時期」以及以解構為核心的「後現代主義」等等說法，都不過是反映了新時期文學進入無主流狀態後理論的茫然。在相當長的實踐裡，理論總是被文學創作的最表面現象所迷惑，把注意力放在對創作思潮的把握上。而一九八九年以後的文學走向很難再有原創性的動力，當然這僅是指知識分子精英意識的彼時狀態，如從作家個人的創作活動而言，卸下了扮演廣場上的角色的使命反倒感到了一種自如，尤其對一些本來就不那麼憂心忡忡的青年作家——他們出道的時間比知青作家更要晚一些，年紀也更加輕一些，歷史對他們並沒有施加更多的壓力，唯一的壓迫感是來自輕蔑，歷史只關心向它挑戰的人，而這些青年作家只關心自己的存在意義，既然歷史輕蔑他們，他們也只有用同樣的輕蔑來回報——現在時機來了，當歷史已經走到了匱乏的極處，那就輪到他們來施展魅力，他們在歷史的邊緣上跳舞，雖然出於自娛，也贏得了喝彩。他們在作品裡一反以往被人們視為神聖的規範：理想、典型、性格、甚至真實性，一概都遭到遺棄，同時他們並沒有提供新的對生活的解釋，唯一的解釋就是沒有解釋，唯一的理想就是沒有理想，唯一的創新就是沒有創新。這種不按牌理出牌的創作本身並沒有構成大思潮，不過是疲乏的精神狀態在同樣疲乏的時代引起了共鳴。

三、民間還原的諸種特點

本文如題所示，希圖對文革後文學史的某種走向作出一些新的解釋，但任何解釋都只能是一種假設，並且無法涵蓋所有。本文所闡釋的民間的概念也不例外。民間是自在的文化形態，它與知識分子勾勒的文學史沒有直接關係，我在前面兩節的描述中也注意到，儘管民間形態是新時期文學最初形成的兩個源頭之一，儘管知青作家在提倡尋根時對它淺嘗輒止，但在九十年代以前，它始終是處於自在狀態，並沒有真正以一種知識價值取向而存在於文壇。其實這種處境貫穿了整個二十世紀的中國文化和文學。在傳統的中國文化裡，廟堂和民間是一個道統兩個世界，既互相對立又互相依恃，但到了二十世紀，知識分子文化從廟堂游離開去，借助西方文化價值取向自立門戶，即存於廟堂與民間之間的廣場。廣場上的知識分子對另外兩種文化取向基本上是採取抗拒或排斥的態度，從此三分天下鼎立，雞犬之聲相聞而不相往來。尤其是五十年代以來，政治意識形態對知識分子文化與民間文化同時進行滲透和改造，以致民間的文化形態只能以隱形結構出現在知識分子和公開的主流的話語裡[4]。這種狀況直到八十年代末才有所改變，民間才作為一種自覺狀態加盟於文學史。

有一點應該說明，談民間應該與談思潮相區別，民間在當代文學中不是作為一種思潮或者流派出現的，甚至也不是作為一種特定的創作現象出現的，我覺得民間在當代是一種創作的元因素，一種當代知識分子的新的價值定位和價值取向。這種跡象在尋根文學中已經初露端倪，一九八九年以後的新寫實小說裡逐漸形成一定格局。但它與作為一種思潮的新寫實主義並沒有具體的關係，也不是所有的新寫實小說作家都意識到這一點。新寫實小說解構傳統現實主義美學原則有獨特的貢獻，但如果僅停留在解構的立場上意義並不重要，因為任何解構的原則都不可能是無價值取向的，我看新寫實作為思潮的發展大致可分兩種去向，一是早期的新寫實小說，以劉恒、池莉為代表，基本上走的是由現實主義向自然主義發展的路子，我過去在王安憶、莫言等人的作品中一再發現並議論過這種創作現象，當《狗日的糧食》、《伏羲伏羲》、《煩惱人生》等作品出現的時候，這種自然主義的文學從藝術流派上說已經相當成熟[5]。我本人並不認為自然主義是一種在現實主義立場上倒退的文學，而且比較看好它，但不能否認的是在中國這樣一個人格力量本來就不太強大的國度裡，過分看好自然主義很容易導致人格的萎縮，因為在自然主義立場上，人的價值取向並沒有發生變化，站在現實政治立場上看而偏偏迴避現實政治，其精神萎縮的結局可想而知。新寫實小說朝這一去向發展不久便告消沉，而另一去向卻能悄悄發展開去，那就是朝民間的去向，方方的《風景》雖然也帶有濃重的自然主義傾向，但在表現城市貧民生活場景時，不僅是實錄了粗俗原始的生活方式，而且在描寫貧民窟人們的行為方式時，賦予了與傳統道德相反的人間理想。如果說，小說裡二哥的死多少表明了傳統道德的毀滅，那麼，七哥的發達過程中，作家並沒有像巴爾扎克譴責呂西安那樣無情無義，她對七哥的人生哲學抱有相當的諒解，在這種諒解裡我覺得有一種新的價值取向在悄悄地產生。民間的加盟意味著原有價值取向的變換，這不是一種標準是非的簡單顛倒（即那種將原來的是與非改換成現在的非與是），而是將原有的價值標準另置一旁，既不否定也不肯定，只是在另外的空間裡重新樹立一個價值標準，而民間正好成為這樣一種標準的價值取向。稍後的蘇童葉兆言的新歷史小說，無論是《米》那樣的亞黑道小說還是《夜泊秦淮》的市民社會，都含有新的民間文化意識的價值取向。

寫到這裡似乎應該插入我對民間概念所作的一種解釋。我在這裡使用的民間，完全是指中國土地上滋生的文化現象，與西方任何有關或者相近的理論無關。當代文學裡的民間概念，包含著兩個層面的意思：第一是指根據民間自在的生活方式的向度，即來自中國傳統農村的村落文化的方式和來自現代經濟社會的世俗文化的方式來觀察生活、表達生活、描述生活的文學創作視界；第二是指作家雖然站在知識分子的傳統立場上說話，但所表現的卻是民間自在的生活狀態和民間審美趣味，由於作家注意到民間這一客體世界的存在並採取尊重的平等對話而不是霸權態度，使這些文學創作中充滿了民間的意味。第二種情況比較複雜，需要仔細體會方能辨認。如電影《霸王別姬》，就是這樣一部具有民間意味的作品，把它與六十年代的電影《舞臺姐妹》相比可能更便於說明這些區別。雖然這兩部作品都是寫民間藝人的故事，在《舞臺姐妹》裡，民間生活世界被政治意識形態的話語所占領，竺春花與邢月紅的衝突由於意識形態的摻入而變質成政治分化。

可是在《霸王別姬》裡，陳凱歌雖然是個精英意識很強的知識分子，對歷史的闡釋充滿了知識分子理性的反思，但影片所表現的藝術世界則具有強烈的民間意味。前半部分小豆子斷指、出逃受罰、以及忘性，如同靈魂飛升神界，肉身的孽障一層層蛻去。影片充滿了象徵性的暗示：那被斷指後小豆子滿院子亂跑，終於跪倒在戲劇祖師爺的牌位前，就彷彿是迷途羔羊接受了命運的安排；那出逃後的小豆子迷途知返，歸來甘受殘酷的刑罰，一陣陣毒打彷彿使他的肉身一步步離開靈魂，最後以另一個孩子受驚嚇自盡而告結束，那高高懸掛著的軀體就像是靈魂飛升後的臭皮囊，暗示了主人公投身藝術的脫胎換骨；再後是那不願忘記的自身性別，「我本是男兒郎」，不僅是對性別的確認，還是對自己作為人的存在的標誌的確認，從男兒郎到女嬌娥的自覺轉化，是從人的凡界向藝術的神界轉化。當小豆子一邊念著「我本是女嬌娥」一邊在椅子上徐徐站起時，真有一種遍體生輝之力。這是任何政治話語所無法解釋的，在知識分子的啟蒙者眼光看來這或許語涉人性的扭曲，但如從民間的眼光看去，整個小豆子學藝的過程就如同一條茫茫天路歷程，只有當人的「皮囊」徹底褪盡，靈魂才真正化入藝術境界，於是，一個藝術之神誕生了。所以貫穿全局的程蝶衣和段小樓的衝突，始終是民間藝人之間的衝突，即民間藝術之神和賣藝者的衝突。這部影片始終是知識分子話語和民間話語並存地展開情節，但最精彩又不落俗套的部分，恰恰是屬於後者。

有了這些概念上的認識，我想讀者不難理解九十年代以來文學創作與民間的關係。最初引誘我對它感興趣的是莫言的《紅高粱》和馮德英的《苦菜花》比較，我一直覺得兩者之間存在著許多師承關係，一樣的寫戰爭暴力帶來的殘酷，一樣的寫民間的性愛觀念和性愛方式，甚至一樣的在粗糙的文字下洋溢著強勁的生命力，可是為什麼他們看起來竟是那麼的不一樣？後來有一天我感到恍然大悟，區別就在於余占鰲和柳八爺的身上。馮德英筆下的柳八爺雖然也是抗日英雄，但又是一個需要不斷克服自身缺點的草莽人物，作家在這個人物的身邊別樹起一個政治道德的標準。而莫言的不同之處，正是把柳八爺式的人物推向主要英雄的位置上，余占鰲是個土匪，他身上的缺點是不言而喻的，但是余占鰲的缺點不需要依據某種「正確」的標準來識別和改造，他就是以赤裸裸的真實成為高密鄉的真正英雄。余占鰲指揮的伏擊戰是一場民間的戰爭，莫言在描寫中有意淡化了歷史教科書的正史意識，從而使民間的力量突出在歷史舞臺上。這裡的關鍵似乎不在於寫了土匪，而是在政治意識形態和知識分子話語之外，作家另外樹立起一個整合歷史的價值標準，我把這種標準稱為民間的標準。從莫言的《紅高粱》系列開始的「新歷史小說」，幾乎都堅持了這個特點，儘管在這些小說裡民間是個極其含混的概念，有的寓托在草莽中，也有的徘徊於市井間，但不在黨史教科書的規範裡做正面或反面的文章，這一點大約是相同的。

所以從某種意義上說，新歷史小說講的不是歷史，作家不過是在一個非現實的語境裡有所寄託而已。民間是為溝通歷史與現實而設的渠道，它也同樣可以營造一個非現實的語境來表達當代的情懷。其實用歷史題材來表達民間價值取向本身是一種軟弱的羞羞答答的行為，真正的大勇者是直面了當代人生，用民間取向來解釋當今的人生問題。我們從張承志的《心靈史》、張煒的《九月寓言》這樣一些用非現實語境來抒發當代情懷的作品中似乎能夠看到這種大氣。與一些偽魔幻作品不同，二張的創作雖然表現了某種在世俗眼光裡屬於非現實的成分，但這種非現實的意義僅存在在政治話語範疇和知識分子話語範疇之中，一旦我們拋卻這些範疇，非現實也就成為最實在的現實，或可說是當代人尋求精神家園的指歸所在。民間的話語特點在其多元性，既沒有一神教的統治也沒有啟蒙哲學的神聖光環，宗教、自然、世俗均可成為它的人生價值取向。它也不排斥政治和知識分子的啟蒙精神，但是當它用民間獨特的語匯去表達它們的時候，實際上已經消解了它們的本來意義。《九月寓言》裡寫小村農民「憶苦」形同遊戲，寫大腳肥肩剛剛折磨死兒媳三蘭子，隨即自己也落進了一場淒楚迷人的戀愛故事，真讓人惱不得怨不得，任何一種固定的價值判斷都失去了功用。當然不是要求每一個作家都表現這種話語混合的民間世界，民間任何一元也都可以表現為絕對的單純性，如張承志對哲合忍耶教派的讚頌，雖然單純，我們仍能從中看到堅定的民間價值取向。

民間文化形態不是在今天才有的文化現象，它是一個歷史的存在，不過是因為被知識分子的新傳統長期排斥，因而處於隱形狀態。它不但有自己的話語，也有自己的傳統，而這種傳統對知識分子來說不僅僅感到陌生，而且相當反感。民間文化具有藏污納垢的特點，不像知識分子的文化那樣單純，但即使在污穢的一面裡，仍然有我們新傳統所不能理解的東西。我想說一個《廢都》的例子，這部小說之所以引起知識分子的反感，大部分原因不在寫男女之欲失度，而在於賈平凹所用的語言違反了新文學傳統能夠容忍的審美原則，但我們似乎沒有想過，《廢都》的非新傳統語言並非賈氏得之於異人傳授，而正是他從文化尋根時的商州系列小說開始一步步演變而來，再往上溯源，不也與汪曾祺孫耕堂之類的文學語言追求有關嗎？賈平凹起先也是感受到現代白話語匯不足以表現他所寄託的美感，才退向傳統，那時候他這麼做在批評界得到的是好評如潮，直到他一步邁出了新傳統的界限。這真是一失足成千古恨，再回頭已百年身。不過依我的想法，賈平凹既然走出了界，倒不妨走下去試試，也未必不能成其方圓。因為《廢都》雖然有一股濁氣，但其對政治話語和知識分子人文主義的反諷，對人生困擾之絕望及其表達的方式，都顯然得之於民間的信息，要比《小月前本》這類用新言情故事來解釋農村政策有更大的生命力。民間自然有其自身的缺陷，但更主要的是它所擁有的傳統和語匯的表達方式，對一般在五四新文化傳統中受教育長大的知識分子來說是不熟悉而且有反感的，但這並不意味著它就不能存在。

當我把張承志的《心靈史》、張煒的《九月寓言》以及賈平凹的《廢都》列在一個平面上去討論其民間意義，並沒有要混淆其不同價值指向的意思，不過是想從中找出一些有關民間這一含義在當代文學中的特點，即它的非同一性和清濁兼包性，雖然他們各取了宗教（天）、自然（地）、世俗（人）為具體的價值指向，但是同樣體現了與政治標準和知識分子人文標準相區別的另一種價值標準。民間意識在當代文學史上的發展自有其獨特的軌跡，我們不妨仿照前面敘述新時期文學產生時作過的年表排列一下這些作品產生的背景，其無序性的特點自能明瞭：

一九八五年一月五日，中國作家協會第四次代表大會閉幕。知識分子歡呼「文學藝術的真正黃金時代已經到來」。這一天張承志身在大西北的沙溝村裡，聽著回民們講悲苦的歷史，決心寫一本非文學性的《心靈史》。

一九八七年十一月，張煒在山東農村著手創作《九月寓言》。

一九九〇年夏天，張承志完成《心靈史》。

一九九二年一月，張煒完成《九月寓言》。

一九九二年初，鄧小平發表南巡講話，中國開放的步伐加快，商品經濟大潮呼嘯而至。

一九九二年，賈平凹在百無聊賴中創作《廢都》。

無論是政治事件還是知識分子的話題，對這些作家的創作都沒有構成直接的影響。與這種狀況相對應的是這些作品問世以後，政治意識形態和知識分子的主流意識形態對它們也表示出驚人的冷淡。應該說這也是意料之中的，民間自有民間的道路，一種價值取向的確立本來也無需另一種價值取向來認可。但這給我們從事研究者製造了困難，也就是說，當我們面對了這一類文學現象時，我們是否可能首先改變一下自己的傳統，就像張煒說的融入野地一樣，融入一個新的話語空間。

*原載長春《文藝爭鳴》一九九三年第一期。

❶ 參閱本書《知識分子轉型期的三種價值取向》。

❷ 引自高曉聲《解放思想和文學創作》，載《生活、思考、創作》，上海文藝出版社一九八六年版。

❸ 這裡指史鐵生《我的遙遠的清平灣》、張承志《黑駿馬》、陳村《藍旗》。

❹ 參閱本書《民間的浮沉——從抗戰到文革文學史的一個嘗試性解釋》。

❺ 參閱拙作《自然主義與生存意識》，收入《馬蹄聲聲碎》，學林出版社一九九二年版。

逼近世紀末的小說世界

——一九九〇——一九九四年大陸小說創作一瞥

九十年代中國大陸的小說創作出現了相當明顯的變化，這已經引起了評論界的關注和討論，許多刊物都對這些現象作了莊嚴命名儀式，並紛紛冠之以「新」的稱號。綜觀各家說法都有精彩獨到的地方，尚能自圓其說，但從不滿足的大處說，不外乎兩個方面：一是有些評論工作者過於迷醉西方的後現代理論，誇大了中國文化在商品經濟大潮衝擊下的後現代因素，從後現代—後殖民—第三世界等一個個理論環節的演繹軌跡中我們幾乎不加思索就會聯想到八十年代中國小說創作思潮中對西方現代主義作家的摹擬現象，當有些朋友把中國當代作家擺脫了對西方文學樣板的依賴作為一條劃分八十年代和九十年代小說創作的標準時，他們在理論上卻不知不覺重蹈了八十年代作家們的覆轍；二是在太沈悶的文學低谷時期評論界滋長了浮躁情緒，急於在小說創作中找出新異的因素來與剛剛過去的八十年代小說劃清界限，為了誇大這些在生長中的新因素，評論界不惜把它們推到了與整個文革後文學相對立的位置，當這種急於求成的心態一旦與市場經濟的某些宣傳手段結合起來，批評的嚴肅性和科學性都不能不受到影響。我在這兩方面的不滿足並非是對理論本身，而是覺得這些理論無法包容當下文學創作的社會性歷史性的內容，因此在使用時並不能抓住當代文學創作中最重要的現象，反被大量泡沫式的零星的文學碎片所糾纏。當然這僅僅是我以個人的閱讀和理解的局限來談自己的不滿足感，並不因此而低估這些理論本身的新銳價值。

從表面上看，理論家們都注意到了商品經濟大潮對純文學所構成的威脅，並希圖用解構的武器幫助身陷文化困境的知識分子拆除自身與市場經濟體制的心理鴻溝。他們意識到九十年代的小說文本正在發生變化，一些二元對立的原則正在逐步消解，知識分子正在慢慢放棄以前被視為精神嚮導的人文立場，等等，但是這些理論都有意無意疏忽了一個歷史事實：九十年代的文化思潮產生於兩個來源：八十年代末知識分子精英文化在不斷膨脹中暴露出自身不可克服的缺陷和客觀上的政治風波導致了精英文化的大潰敗。這以後是穩定壓倒一切的政治氣氛和市場經濟迅速發展引起的社會經濟體制轉軌，知識分子在計劃經濟體制下所居社會中心的傳統地位隨之失落，向邊緣化滑行。在這種背景下才產生了九十年代小說的諸種特徵，它本身就是歷史過程中的一個被畸形扭曲過的文化現象：作家們在小說創作裡放棄了全知式的啟蒙立場和意識形態的執著態度，進入一種相對主義的複調結構，並通過相對主義來糾正八十年代創作中精英文化的偏執，檢討以往作家所扮演的萬能導師的社會角色，但這並不像有些妥協性的闡釋所認為的，是意味著對知識分子自身崗位責任的自覺放棄。這裡舉一個新寫實小說的例子：所謂新寫實的經典作品，在八十年代中期就產生了，可以看作是對當時浮躁的知識分子精英文化的反撥，但在當時並沒有引起人們的充分注意，而到了一九八九年以後，這一創作思潮才被彌散開來，但這時的新寫實小說中最出色的代表劉震雲在他的「官人」系列和兩部歷史長篇裡，恰恰強烈地表現出對新寫實的灰色特徵的反撥。可惜當時的評論界依然被萎縮的精神狀態所籠罩，以自己的灰色理論把劉震雲的作品解釋得灰色化。所以我在當時一篇談劉震雲的文章裡寧可把他與當時流行的新寫實思潮區分開來，我覺得在八十年代向九十年代過渡期間，存在過一個非知識分子精英立場的現實批判文學：從王朔的頹廢到劉震雲的諷刺，正是其中的重要現象。這是一種知識分子價值取向悄悄發生變化的信息，到九十年代就產生了引人注目的民間化趨向。

九十年代小說是在這種極不正常的文化環境下開始其自身規律的，因此談不上有多大的革命意識，它所具有的種種特徵在八十年代中期的小說創作裡已經初露端倪，馬原、孫甘露等人所開創的先鋒小說的語言形式革新，在九十年代都獲得了進一步的發展。但是真正揭開九十年代小說序幕的，我認為是王安憶的《叔叔的故事》，這篇小說發表於一九九〇年底的《收穫》雜誌上，在當時一片荒蕪的文壇上突然樹立起一個新的航標。作者曾經說過：「《叔叔的故事》重新包含了我的經驗，它容納了我許久以來最最飽滿的情感與思想，它使我發現，我重新又回到了我的個人的經驗世界裡，這個經驗世界是比以前更深層的，所以，其中有一些疼痛。疼痛源於何處？它和我們最要害的地方相關聯。我剖到了身心深處的一點不忍卒睹的東西，我所以將它奉獻出來，是為了讓人們共同承擔，從而減輕我的孤獨與寂寞。」我曾經在那幾年中一直有所期待，期待有作家能夠用真正的藝術形式來表現那個充滿了灼熱傷痛的時代，當王安憶的這部作品問世，我發現它所表達的深刻性遠遠超出了我的期待，我不能不為之興奮。王安憶從身心深處所發掘出來的疼痛，我們每個人都能強烈地感受得到，只有當作家把這種疼痛用藝術審美的方式使之普遍化，由每個人一起來承擔，才能使這社會的警世鐘敲響。這部小說用複調的形式寫了兩代人，用後一代人的眼光來審視前一代人即「叔叔」。請注意：這個叔叔並非是一個實在的人，不是傳統的典型化原則塑造出來的充滿個性的人物，他近似一個時代的類型，可以由多種途徑、多種解釋來完成。叔叔一生的命運都是與他所生活的時代緊密關聯，因此他的全部輝煌和全部醜陋，都可以看作是一個時代（尤其是文革後近十年的時間）中民族文化的縮影。作家用兩句話表達了她對「叔叔」所隱含的內容的認識及其自我傷悼：

> 「叔叔」的警句是——原先我以為自己是幸運者，如今卻發現不是。
>
> 「我」的警句是——我一直以為自己是快樂的孩子，卻忽然明白其實不是。

而「我」為什麼會認識到自己並不快樂？作家沒有說明，而且是她故意不說，她推說這是一件與個人情感有關的私事，她不願說，所以就虛構了「不存在」的叔叔的故事來表達。因此叔叔所遭遇的不幸之因，也就是敘事者的不快樂之果。這篇作品不能用所謂「拆除深度模式」來解，它恰恰是高度寓言化地表達了作家對這個民族及其文化命運的嚴肅思考，而且這種高度寓言化的藝術效果正需要用後設小說的表現方法來獲取，敘事上的不確定性使叔叔的故事含有更大的涵蓋面。所以，無論是思想上的開拓還是藝術形式的探索，這篇作品都做到了完美的結合。我覺得這類作品是九十年代小說中最精彩的部分，我們在楊爭光、余華、劉震雲、熊正良、李銳、張承志、張煒、朱蘇進等人的作品中，都可以強烈地感受到這種當代知識分子的精神凝聚力。

正是由於這些作品所洋溢的知識分子理性的批判精神和九十年代小說生成於畸形扭曲的文化現象之不容，正是由於平庸和膚淺成為各方面都能接受的時代風格而得到文化界的大力推崇和褒揚，這些最優秀最嚴肅的作品非但得不到批評界的重視和闡發，而且在闡釋中被有意地平庸化和膚淺化（這在關於劉震雲作品的評論中體現得最為典型）。批評界寧可把一些並不足道的技術問題喋喋不休反覆渲染，而在這些作品的真正精神前面卻吞吞吐吐欲言又止。但這種人為的冷落對作家也是一個考驗，其結果是許多作家改變了作品的敘事風格和敘事立場。這種敘事風格及其立場的改變是九十年代小說的主要特徵，但由於上述的原因，我們不能孤立地看待所發生的這一切變化，《叔叔的故事》中對「叔叔」的批判，重要的並不是在於叔叔作為「作家」的職業，而是作家「叔叔」所涵蓋的民族的批判意義。但我們在叔叔的作家身份中所看到的，也包括了前幾十年中作為文化的主要發言人作家與時代所處的真實關係，一種作為民族代言人的虛假形象被戳破，而又一種新的敘事人身份便應運而生。我認為這首先是一種敘事立場的轉變，作家放棄了指點迷津式的啟蒙導師的立場，只是表明知識分子改變了傳統的敘事立場——依賴政治激情來爭奪廟堂發言權以及在知識分子議政的廣場上應和民眾情緒的個人英雄的立場，而轉向新的敘事空間——民間的立場，知識分子把自身隱蔽到民眾中間，用「敘述一個老百姓的故事」的認知世界態度，來表現原先難以表述的對時代真相的認識。這種民間立場的出現並沒有減弱知識分子批判立場的深刻性，只是表達得更加含蓄更加寬闊。我們不妨看一下兩位青年作家——余華和楊爭光的作品。余華的《活著》是最典型的例子。如果從故事層面上看，小說中一家八口死了七口，除了主人公的父母死於敗家子的不肖外，其餘五口的死都與五、六十年代農村的苦難現實有關，如果在這個層面上反覆地渲染人的死亡，對現實生活的介入肯定會突出，但在藝術上卻會使人產生重複和厭倦之感。余華現在故意繞過現實的層面，突出了故事的敘事因素：從一個作家下鄉採風寫起，寫到一老農與一老牛的對話，慢慢地引出了人類生生死死的無窮悲劇……，讀者彷彿從老人的敘事裡聽著一首漫長的民歌，唱著人生的艱難和命運的無常，一個個年輕力壯的身體，善良美好的心靈，本該健康幸福活著的生命都被命運之神無情地扼殺了，而本來最不該活的福貴和那頭老牛，卻像化石一樣活著，做著這個不義世界的見證。當作家把福貴的故事抽象到人的生存意義上去渲染無常的主題，那一遍遍死亡的重複便象徵了人對終極命運一步步靠攏的艱難歷程，展示出悲愴的魅力。這個故事的敘事含有強烈的民間色彩，它超越了具體時空把一個時代的反省上升到人類抽象命運的普遍意義上，民間性就是具有這樣的魅力，即使在以後若干個世紀中，人們讀著這個作品仍然會感受到它的現實意義（由於這部長篇小說的篇幅所限，我們只能在第一冊裡採取長篇存目的方式來保存它）。再看楊爭光，對這位西北地區的作家在前兩年創作中表現出來的才華我一向是如聞高山流水歡悅不已。我曾反覆吟讀他的《賭徒》和《老旦是一棵樹》，深深地為它們所表現的人性殘缺和堅韌而感到震撼。這兩個作品都寫出了畸形的人生狀態：《賭徒》所表現的似乎更積極一些，它寫人活著為了一個自己的「想頭」而超越生死、道德的戒律，不惜犧牲一切、甚至九死不悔的生命狀態，它寫出了人的最珍貴的東西；《老旦是一棵樹》則通過西北地區貧困農民軟弱而無賴的報復行為，把愚昧民族自暴自棄的民族劣根性暴露無遺。但老旦的所為並不是個人性格上的缺陷，而是與中國幾千年來農民遭遇的極度貧困落後及其仇恨心理相關聯，老旦在一敗再敗的情況下只能以極其無賴的方式來實行報復，展示了這個民族在愚昧外表底下所蘊藏的最生動最痛苦的靈魂。這部作品很讓人聯想到魯迅的《阿Q正傳》，但其最大的特異之處就是抽去了作家作為知識分子敘事人的角色。讀這個故事就彷彿在聽一個來自西北農村的農民在講他家鄉發生的奇異故事，它亦莊亦諧，但其莊重只是這些司空見慣的可憐人的故事自身內涵的沉重，並非作者哀其不幸；其諧謔也只是民間的幽默和狡獪，更無怒其不爭的姿態，整篇小說只是從老百姓的立場敘述了一個老百姓的故事。

民間立場並不說明作家對知識分子批判立場的放棄，只是換了知識者淩駕於世界之上的敘事風格，知識者面對著無限寬廣、無所不包的民間的豐富天地，深感到自身的軟弱和渺小，他們一向習慣於把自己暴露在廣場上讓人敬慕瞻仰，現在突然感到將自身隱蔽在民間的安全可靠：以民間的偉大來反觀自己的渺小，以民間的豐富來裝飾自己的匱乏，他們不知不覺中適應了更為謙卑的敘事風格。這一點，我們從張承志的《心靈史》中對民間宗教的皈依和對形而上界的頌揚中；從張煒的《九月寓言》中對大地之母——自然界的衷心讚美和徜徉在民間生活之流的純靜態度中，都可以得到最強烈的感受。九十年代的長篇小說是世紀末小說中最壯麗的成果，但它不是出現在「每日一部」的一九九四年，而是在九十年代初的頭幾年中，民間性成為這一成果最強烈的體現。但是從這些優秀作品的經驗裡，我們也看到另外一個問題：民間世界自身並不生長知識分子的品質，只有當知識者將主體精神投諸於民間時，民間才可能產生出與權力意志以及在其控制下的生活之流相抗衡的現實力量。作家以民間的立場來感受和表現世界，是為了打破權力意志對世界解釋權的壟斷，給這個世界提供「另一種」的解釋方法，但這「另一種」的解釋既然還是由知識分子來進行的，它仍然不能離開知識分子的某種思考特點。也唯有如此區別，才能使九十年代民間文化的意義不與傳統的民間文化等同起來。比如說「新歷史小說」，其功不可沒的成就在於打破以往現代歷史題材的創作離不開中共黨史教材的藩籬。莫言在八十年代中期率先發難，他在《紅高粱》裡寫中國人抗日而把國共兩黨的政治力量推到幕後，突出了土匪余占鰲和民間女英雄戴鳳蓮，以民間的文化形態來淡化政治的意識形態。這個由新寫實發展而來的創作現象，經九十年代張藝謀的電影包裝而大紅大紫，轉而演變成兩大民間題材：土匪的故事和家族史的故事。從解構當代文學中的權力意識形態來說這兩類創作都產生過重要的意義，如蘇童的長篇小說《米》和葉兆言的系列小說《夜泊秦淮》。但是在市場經濟大潮中民間因素並不能保證文學藝術的自身魅力，相反當影視的商業手段利用這兩大民間題材來迎合海內外市場需要時，文學只落到了影視皇帝的「后妃」的可憐地步。民間自身具有藏污納垢的包容性，它在解構他者時，往往會消蝕了知識分子應有的高昂的人文精神。

民間的意義不在具體的創作領域和創作方法，而是一種新的視界和新的立場，所謂中國當代文化的民間世界並不是一個狹隘的概念，它既不同於西方的公眾空間的概念，也不同於中國傳統的以農村自然經濟為基礎的宗法社會，民間具有廣闊的涵蓋量，具體地說，它泛指非權力文化形態亦非知識分子精英文化的新空間。但這一新空間顯然不是純而又純的，它只是從新的文化視角重新包容了前兩者，而且這種新的文化視角也是多元多樣的，只要是對權力意識形態和知識分子啟蒙立場的偏離，多少都能反映出民間立場的新視角。上述特徵，在更年輕的一代作家近年創作中尤為明顯。如對童年生活的回憶，成為這代作家相當普遍的藝術場景。如余華的長篇小說《呼喊與細雨》，蘇童的中篇小說《刺青時代》，王朔的中篇小說《動物凶猛》，都反映了這一敘事特徵。這些作家的少年時代都是在文革後期渡過的，他們的回憶不能不帶有文革時代的生活場景，但在表現這些內容時作家不約而同地採取了兒童心理與時代的錯位。由於這些作家不像知青一代那樣直接承擔了時代的愚弄和迫害，因此自然而然地放棄了前一代作家所扮演的控訴者立場，敘事立場更加個人經驗化，進而轉化成一種典型的民間世界。王朔很早就承當了城市民間的敘事人，在八十年代，他利用北京下層市民的浮躁情緒來曲折表達知識分子的思考，用粗鄙化的形式來解構廟堂文化的意識形態和知識分子的精英文化，本來是一劍兩刃的作用，只是到了九十年代初的特殊環境下，王朔的作品才暴露出市民文化的軟弱和狡獪，使兩面刃變成了單單打向知識分子的九節鞭，但就在王朔告別王朔的當口，他發表了在我看來是最富有王朔風格的《動物凶猛》，在這裡我看到了王朔所珍愛所在乎的東西，他寫出了澎湃著的青春覺醒在那樣的時代裡如同一頭野獸，其粗暴瘋狂和失落的痛苦，都曲折地反映了那個時代的某種側影。在這個作品裡王朔真誠地向他久久掩蓋著的自我珍愛的純樸青春的告別，也跟他早期的那些深受市民歡迎的「痞子文學」的戰鬥性告別。

近年來值得注意的還有兩位青年作家的作品：韓東和王小波。韓東近年來風頭正健，他自己一直在有意識地提倡著一種新的敘事風格，但只要不是故意誇大，看得出韓東的童年視覺裡充滿了對世俗既定規範的解構，他只是沒有採取通常的怪誕或非理性非邏輯的思維方法，而是通過對現實邏輯的故意偏離，採用了假定性的邏輯推理來表達對時代的反諷。這種非現實邏輯的假定性，往往是通過兒童的知覺世界來體現。如他的《田園》，讀者不妨可以拿來與八十年代中期的何立偉的代表作《白色鳥》相比，同樣是從孩子眼中來寫家長在文革中的悲劇性遭遇，後者充滿了成人的憤怒，孩子不過是成人敘事的道具；而在韓東這部作品裡，孩子對成人在這個時代的遭遇完全不關心，他只是用自己的眼光和理解來感受那個時代，隨著他的獨特眼光，「文革」的殘酷展示了別一種意義。童年的視覺世界是民間文化形態的一部分，天真爛漫的兒童的視覺世界與成人世界裡的意識形態是格格不入根本對立的，更多是反映了民間的自然文化形態。王小波在《革命時代的愛情》裡也採取了新的敘事形態：作家在作品裡不再借敘事人之口對敘事內容作出獨立於作品的思考和評說，故事情節的展開如現代城市市民的口頭創作那樣，鬆弛、詼諧、任意發揮和在現實的生活細節縫隙裡編造荒誕不經的故事。作品故意迴避了時代的殘酷性，但在誇大了的喜謔成分裡又分明讓人感受到時代的沉重。雖然這些作品都是以文革時代為其背景，由於預設了非正常的現實邏輯推理，使作品的敘事逃逸出既定的社會內容，產生出創作上的新意。但這些作品決無故意標新立異或故作怪誕虛玄之論，讀者仍然可以從其敘事內容中看到現實主義的魅力所在。我想就是因為這個世界永遠存在著對事物的多種理解和多種解釋，不管社會多麼殘酷和嚴厲，民間永遠是一塊自由自在的天地，它無所不在：時間和空間、城市和農村、精神領域和世俗社會……這個有待開拓的新空間裡所展示的世界風貌，遠比權力話語和理性邏輯所解釋的世界要豐富得多也有趣得多。

九十年代小說創作的個人性也顯示了其相當的深度。九十年代在其已經過去的前半葉中，總的精神特點是人性的力量受到了考驗：人文精神的失落問題引起了知識分子的痛切關注，藝術的個人性和獨特性在市場經濟中的大眾文化面前被重新高高標起，也有不少作家對人生對藝術始終堅持自己獨到的認識，在創作中不媚俗、不輕浮、不虛誇，堅持著個人性的真誠探求。這些現象之所以值得我們重視就因為它產生於九十年代的特殊背景：商品經濟大潮猛烈地衝擊了傳統意識形態中的許多理性規範，人的個人欲望獲得了四十年來前所未有的大釋放，但這場本來旨在幫助中國人盡快擺脫愚昧貧困的經濟運動由於文化精神上的準備不足，使長期在計劃經濟體制下的文化事業和文化人陷入經濟和社會的雙重困境，這是不容迴避也不必迴避的事實。問題是這種文化上的困境對知識分子來說是一個嚴峻的考驗：使原來意義的知識者既失掉了精神的依據又失掉了物質的保障。為了逃避這種困境，有些知識分子不惜製造出一個又一個有關這個時代的神話來欺騙自己，把肉麻當瀟灑視怯懦為幽默，但真正嚴肅的文化工作者並沒有放棄內心緊張的思考和探索，也許時至今日，思考和探索才成為知識分子的真正崗位——在時代含有重大而統一的主題時，思考和探索的材料均來自於時代話語，個人的獨立性是掩蓋在時代的大主題之下得以實現的，我們不妨把這樣的時代主題稱作一種「共名」，所有的文化工作和文學創作都是這時代的「共名」所派生。共名對知識者來說既是思想控制也是思想出發點，某種意義上說，也可以把這種狀態下工作的知識者稱作是時代精神的「打工者」。而當時代真正進入「無名」狀態時，那種重大而統一的主題再也攏不住民族的精神走向時，原先靠「共名」來思考和探索的知識者陷入了南郭先生的尷尬境地。本來，時代的無名狀並不是放棄思想，時代之輕狂也未必是個體生命所不能承受的「輕」，中國人、特別是中國的知識分子，遠沒有進入那些後現代神話製造出來的自由狀態，不過是原先來自思想鉗制的單方面壓力轉化成社會經濟等多方面的壓力，分散和減輕了壓力凝聚點所產生的沉重。知識分子只有切實感受到這種壓力而不是從時代共名賦予的假象中來理解事物，他才可能真正有勇氣面對我們這個時代及其在文化上的無名狀，才有可能產生出屬於自己的獨立思考和精神探索。知識分子的真正崗位是形而上的，屬於獨立的精神勞動，這猶如毛姆所說的「剃刀邊緣」狀態，非庸凡之輩或輕浮之徒所能從事，但作為思想更活躍、情感更敏銳的藝術家的創作活動，則多少如「春江水暖鴨先知」般的對此有所感悟，有所體會，這已經是難得可貴了。九十年代前半葉的小說創作並不缺乏這類個人性和獨創性，這裡不僅有殘雪、史鐵生、蔣子丹等知青一代作家，還有如北村、陳染、魯羊、葉曙明、孫甘露等更年輕的作家的創作，儘管在無名的時代裡越是個人性的東西越使批評家難以作出理論概括，但這些作品所展露的內心世界都是相當真誠而嚴肅的，在這些深深的憂慮、絕望、痛苦及其囈語似的獨白中，我想讀者不難感受到當下在假象遮蔽下的某些生活真實。

我不敢說當下的時代是否已經進入了真正的「無名」狀態，但當下的知識分子以緊張的內心世界與輕鬆的狀態世界確實劃分出截然不同的分野。這無疑都是傳統的時代共名被消解的結果，人彷彿被突然拋入了無邊無際的曠野，沒有任何可以依賴的屏幛，精神上只能是赤身裸體地摸索而前。人到這時候或許會為一瞬間的輕鬆感到慶幸，意識到以前思想所不堪的重負；但隨即又不能不意識到這也是一種代價：釋下重負的輕鬆不過是包裹在無名狀態外面的表象，只要一思想，就會顯示其萬分緊張，因為你會看到一個真實的自己並不是全可依恃。記得韓東一篇小說裡寫到一個赤身裸體的醜男人嘴裡被塞滿大糞，驚恐萬狀地在熙熙攘攘的大街上狂奔。作者寫這個細節或許只是一處閒筆，並不經意，但我讀時卻若有所動：也許在無名時代裡人們並不會過於計較一些制約人類的統一標準，但問題是當事者並不會因為無人關注而不驚惶失措，這意味著一種內心的道德律在制約你。我覺得這個醜男人的驚恐萬狀比起那些佯裝不在乎而出醜露乖招搖過市要誠實得多，也真實得多。唯有認識到人是有私羞處的，你才會盡可能地變得完善。這或許是我的偏見，即使在今天的文化市場上每日每夜都有人在製輕鬆幽默和膚淺媚俗，知識分子依然進行著緊張的內心活動，並不是人人都能進入瀟灑的狀態。現代文明即使如西方社會那樣高速發展，中國人也不會因為擺脫了傳統的文化心理制約而從更加深刻的生存困境中解放出來，中國的知識分子也不會因為失落了啟蒙者的地位或者認識到廣場意識的不可靠而放棄思想的權力和批判的使命，這是由知識者的工作性質多少承擔了社會在現代化進程中某種不可缺少的功能而決定的。

這些創作現象主要表現在一批被稱作「晚生代」或「六十年代出生」的作家群的創作裡。他們的創作大多是從九十年代開始的，不僅沒有領教過以往政治權力對意識形態的制約，也沒有感受到知識分子廣場的榮耀與輝煌，他們一開始就是以赤裸裸的個體生命來直面人生藝術的雙重困境，但他們恰恰沒有比那些以過來人身份出現在文化市場充當弄潮兒的作家更虛無更瀟灑。他們對當下文化狀態和精神狀態所作的批判未必很成熟，對當下文化精神弊病的要害也沒能看得很準，但我們不能不承認作家觀世態度的真誠和嚴肅，他們以各自的精神之流匯入到湍急壯觀的時代大潮，自有其獨到的精神特徵，又是當下時代精神不可缺少的一部分。這些年輕的作家們與知青一代同樣嚴肅的作家們並不相同，後者是在信仰、探索、幻滅中意識到知識分子思想力量的有限性和個人主義的局限性，所以他們毅然跳出自制的光圈而走向民間，企圖在一個屬於他者的更大的空間裡融化一己的能量。而年輕一些的作家們更加傾向思想的個人化和文化的反叛性，以直接的藝術感受來表達他們對世界的批判態度。如葉曙明的《塵與土》，無論是對歷史的理想主義與現實的瘋狂虛空的對比，還是對現代人的欲望、孤寂、無援處境的寫照，都不含有絲毫大智若愚式的虛偽嘲諷，而是充滿了對這個世界的真誠感受。葉曙明的作品多次暗示了「瘋狂」的意象：有老年痴呆的瘋、有欲望煽起的瘋、有生命無門的瘋，如果沒有痛切感到這種身處絕地的生存困境，是很難在藝術創造中達到如此強烈效果的。同樣，這種生存困境在敏感的女性作家筆下表現得更加強烈：殘雪在小說裡保持了她一貫的極端形式和對現實世界的拒絕，林白則用唯美的筆調寫出了更加私人性的經驗和欲望，我比較喜歡陳染的《無處告別》，它逼仄地傳達出九十年代文學的某些精神特徵：如果拿它與八十年代的名篇《方舟》相比較，不難看出後者的精神充滿了戰鬥性，當三個被男性權力社會所拋棄的女人聚集於一室精誠團結，你不能不被作家崇高的理想主義所鼓舞；但在《無處告別》中同樣有三個曾經想拒絕男性權力的女人，但她們之間作為集體的凝聚力則是無比渙散。《無處告別》中的女人們所被拒絕的領域要比《方舟》裡寬得多，血緣和情愛的幻象、中西文化的幻象、甚至神秘主義的幻象，在主人公黛二小姐的生活經歷和心理經歷中都被一一刺破，因此無處告別的狀態也是作家對身處絕地的困境的感受。在這裡，我們的讀者依然可以看到中國知識分子一脈相承的精神傳統，只是在「無名」的狀態下知識分子在感應社會變化時採取了個人化的方式而不是像五四時期那樣的時代精神佈道者的方式。

無論從民間世界的文化意義還是知識分子個人化的思想探索，我們從九十年代的小說創作來窺探知識分子的精神勞動，這個時代的某種風氣的變異，並沒有使知識分子質變成如某些理論家所斷言的「後知識分子」，不過是知識分子的人文精神時有高揚時有渙散，知識分子的崗位意識也時有調整，這本身是很正常的。本世紀初自西學東漸以來，時代風氣數度大變，給文學創作以至知識分子的精神活動都帶來過影響和干擾，而且每一代知識分子也都有其不同的展示自己的方式，但這並不能說明知識分子已經喪失了自身的社會功能，蛻變成一種技術性的職業。啟蒙並不是知識分子在本世紀所扮演的唯一角色，即使在五四時期也並非如此；商品經濟大潮也不是第一次對知識分子構成威脅，即使在二、三十年代知識分子也能夠及時通過調整自己崗位來履行自己的使命，如果在這些帶有根本性的問題上缺乏應有的定力，模糊了自己的崗位和責任，那也不成其為中國的知識分子了。

＊原載《逼近世紀末小說選》(卷二)，上海文藝出版社一九九五年版。

碎片中的世界和碎片中的歷史
——一九九五年大陸小說創作一瞥

先說一段比喻：

有一面大鏡子，從古以來就聳立在天地間，在陽光下照映出宇宙萬物的完美與和諧。時間長了，人們不知不覺把鏡子裡的世界當作了真實的世界，彷彿天底下本來就該是這麼個樣子。有一天，也許是天外飛來不明物，也許是它內部蓄了許多的熱量，總之是鏡子突然碎了。碎得很徹底，玻璃幾成粉末，略有成形的碎片都亂撒一地。但它作為鏡子的功能還在：成了粉末的，在陽光下依然閃閃發亮，那碎片按了自己的奇形怪狀，照映出各個破碎的世界。人們感到了陌生，疑惑地問：怎麼，世界一下子變得那麼零碎？又過了許多時間，人們漸漸地習慣了，有時從各個不同的碎片來窺探世界，也覺得挺有意思，好像天底下的「世界」本來就該是零零碎碎的。後來，人們又發現，那些鏡片中的世界雖然破碎，卻變得親切而實在，原來人們自己眼睛裡看見的，並不是過去鏡子裡那個完美和諧的世界，恰恰也是零零碎碎的。於是，人們開始收集起那些不規則的碎鏡片，用它排列出各種關於世界的因素。

一、碎片中的世界

當我讀著一九九五年的大陸的小說創作時，我的腦子裡就浮現出這個比喻。那面完整的大鏡子，是時代的「共名」狀，那碎片和粉末，正是九十年代大陸小說創作的「無名」狀。正如碎片和粉末也是物質，也有發亮和照映功能一樣，「無名」狀態並不是一個虛無的世界，每個知識分子必須以個體的生命來直面人生，靠自己的獨特體驗和獨特的心聲，來加入這個「無名」之「名」狀。理論界任何有關重新整合主流文化的企圖都可能是徒勞的，這年輕一代的作家們，既沒有像五十年代作家那樣，親身經歷了政治的迫害和歷史的玩弄，也不似七十年代成長起來的知青作家，在紅衛兵和上山下鄉的時代裡接受過生活的嚴峻考驗，災難的歲月不過是他們童年時代看過的一場印象模糊的電影；他們接受教育和獲取信仰的時代，正是社會發生大變革的時期，一切固若金湯的傳統信念統統被連根拔起，彷彿是整個世界翻起一個身；他們走上社會的時候，社會已經像神話裡的巫婆一樣，霎眼間變出無數欲望塞滿了各個角落，足以讓他們驚訝得目瞪口呆；他們本能地將主流文化視為陌路，既不認同也不關心，他們自覺地把自己定位在遠離政治生活中心的「文化邊緣」地帶，表現著他們自私自利的生活方式和心理欲望。

其實問題並不在這兒，在今天這樣一個日日新又日新的社會大轉型時期，再自戀的人，只要他是認真地生活，認真地感受，在他的自戀性的文字裡同樣會折射出靈魂深處爆發的強烈欲望和痛苦衝突，這種游離了時代的主流文化制約、發自個人心靈深處的感受，則往往是小說創作中最動人的因素。譬如邱華棟，我在他的作品裡，看到一股有別於其他年輕作家的心理因素：對物質世界的強烈仇恨。他們一代知識分子，因為沒有靠攏權力和財富的中心，大多數人還處於相對貧困的環境，這在許多年輕作家的筆下往往以自嘲的方式來一笑了之，這是司空慣見的；也有的年輕作家，在物質財富面前表現出虛偽的陶醉情緒，他們津津樂道地描寫現代都市裡寄生生活的靡爛細節，像是一個專門向人誇耀闊親戚富朋友的俗氣女人，這也是我所不屑的。但邱華棟不一樣，在他筆下流露出來的，是一股外省人進巴黎的拉斯蒂涅遺風。他所描寫的城市流浪人，來自外省甚至農村，聚集在到處彌散著暴發戶瘋狂氣息的大都市裡，一無所有，拼命想擠入這個充滿欲望的世界，但命運總是無情地把他們擋在財富的大門外，於是欲望轉化為仇恨和絕望，他們站在高高的立交橋上，不但不為象徵繁華的高樓大廈林立感到驕傲，反而渴望用手指像推倒多米諾骨牌一樣把眼前的樓廈全部推倒。我們可以說這種心理是反常的，不健全的，但又是很真實的，飽蘸了生命的血腥氣，它把一切流浪在大城市底層為追逐財富而付出慘重代價的窮人們的焦慮和仇恨，集中為一個用「手指輕輕一彈」的心理動作藝術地表達出來。他的《環境戲劇人》從藝術上說並不完美，至少在結構上相當俗套，失蹤了的女主人公龍天米在尋訪者一次次尋訪過程中逐漸展示出來的命運和面貌，並不能揭示一個城市流浪女性悲劇性的掙扎心理和豐富的個性性格，反讓人感到有不少媚俗的地方，但我喜歡這部作品是出於兩個理由：一是關於「環境戲劇」的大意象，包括情節中所穿插的幾場環境戲劇的表演，以及小說本身所展示的「環境戲劇」式構思，都讓人感到意境開闊，這就有別於新生代作家一般具有的「格局不大」的毛病；二是描寫物質財富時所表現的複雜心態，邱華棟喜歡描寫現代化都市裡瘋狂湧現出來的各種繁華景象和刺激性的官能享受，但文字裡並不流露出小家子氣的炫耀，他的文字是冰冷的，總是有意無意地點出財富背後的冷酷、醜陋和孤獨，這在女主人公的被尋訪過程中一一展示出來，小說將多多少少都有點變態的男人形象構築成一個現代大都市的文化意象，確實比女主人公本身的淺薄故事更加令人尋味。而且，邱華棟沒有虛偽地借用其他什麼名義來發洩他對這個現代都市文化的嫉恨，他直言不諱地表達出個人攫取財富不得的仇恨立場，這種立場使他關於財富的描寫充滿了主動性。在中國的文學傳統裡，可能是與史傳文學有天然聯繫的緣故，一般擅長於表現人的權利鬥爭，凡涉及到政治上的權術詭計、爭權奪利、互相殘殺、鬥智鬥勇，無論男女朝野，一定是有聲有色的，而對於表現人的另外兩大欲望，對物質財富的追求和性欲的渴望，都鮮有成功者，一談物質欲與性欲，中國作家總是難免「一下筆就骯髒」的心理障礙，即無法像菲茨杰拉德那樣神采飛揚地寫出人對財富的追求，也很難想像勞倫斯那樣把性愛寫得那麼具有生命力。其實，財富與權力一樣，它在人類實際生活中含有腐化靈魂的根本特性，但是它又恰恰是人類生生不息進行追逐的目標。這是人類墮落的必然趨勢，正因為它之不可避免，人類才需要宗教和人文理想等精神方面的追求，來抗爭內在的墮落趨勢。這種追逐、墮落，和自我抗爭的過程本身，是可歌可泣，極其動人的。這在西方文學經典中，是一個帶有永恒性的題材，而在中國，則屬於剛剛起步的新景觀。假如邱華棟不去沾染現代城市流浪漢中常有的媚俗心態和急功近利的趨炎逐勢，不為暫時的成功沾沾自喜，而是真正願意將自己心靈沈諸現代生活激流的深層中去，認真廝殺搏鬥，並認真體驗這個搏鬥給心靈帶來的刺激和激動，我相信，邱華棟的創作會有更大的發展。

邱華棟雖然屬於較年輕的一代作家，但還不是很典型地代表了那些「沈溺於個人或一個封閉圈子裡的瑣事」的創作，近年來江蘇活躍著一批由寫詩轉入寫小說的年輕人，他們的作品似乎更帶有這種封閉性的傾向，比如韓東和朱文。與拉斯蒂涅式的外省鄉巴佬的強烈態度相反，他們面對生於斯長於斯的城市所發生的神奇變化，完全採取了無動於衷的態度，只覺得這城市與他們的精神距離越來越遠。他們從城市生活中游離出來，企圖還原為一種非社會性的近於原始的生活狀態。關於他們在創作上的實驗，已經有不少評論家作出了闡釋，我在這裡只想探討一個問題：他們自稱是擺脫了「各種社會及文化的污染」，抽空了無可奈何的文化傳統的「重負」，退回到「第一次書寫」的狀態，即用自己的生命來「直接面臨」寫作，我們假定這種「寫作」是成立的，那麼，他們的創作與今天的生活究竟是處在一種什麼樣的關係之中？韓東在一首非常有名的詩裡，用簡潔明瞭的語言揭破了前人圍繞大雁塔製造的各種神話，把它還原成一個普普通通的現代旅遊點，一座讓人吃力地爬上去，看一看，再走下來的空塔。這首詩之所以有代表性，是因為在它之前，曾有人也寫過登大雁塔的詩，而且在詩中極力鋪張渲染有關塔的悠久歷史文化傳統，只有將這兩首詩對照起來才有意思，並且更加突出了韓東對強加於當代人精神世界之上的傳統的厭倦和嘲弄。人類本來是在歷史文化積累中不斷走向進步的，但是當文化傳統的承受過重，壓抑了人們對當下生活的具體體驗，那還不如抽空它，讓人們直接面對生活的本來狀態，直接來表達他們的感情欲望。所以這首詩的成功，多半是出於一種技術性的對比效果，當韓東試圖把這種認知生活的態度推到小說創作領域，並成為一種顯示「代」的審美原則，它的難度就變得相當大，它的實驗結果也不像有些評論家所闡釋的那麼樂觀。但是我很贊同韓東他們關於寫作的一些意圖和追求，比如他在朱文小說集的序中說：「把握住自己最真切的痛感，最真實和最勇敢地面對是唯一的出路。……這和那些杜撰悲哀和絕望的作家是截然有別的。他們的寫作不傷皮肉，名利雙收，一面奢談崇高之物，既虛無又血腥，一面卻過著極端獻媚和自得的庸俗生活。他們把寫作看成了成功的一種方式，如果能從其他方面獲得更多的成功和回報，放棄寫作又有何不可呢？」比如他們還揭露以往的詩人「在權力社會中以人民的名義抒情」或者「以『人類』的名義抒情」，「兩種抒情都相約排斥個人，它要求充當喉舌或者器官」。儘管這樣一些精彩的議論都是用於負面的否定，而對其自身創作所強調的「第一次書寫」的基本神髓，沒有進一步的展開和闡釋，但我覺得，即使從其否定的對立面的內涵來對照，也不難理解韓東所說的「最真切的痛感」和「最勇敢的面對」，正是一種當代知識分子個人的自我確認，而且這種自我確認絕對不可能在社會環境相隔絕的「自我」或者「封閉圈子」裡完成。他們對主流社會和世俗社會的自覺拒絕，也應該理解為某種自我精神拯救的企圖，以世紀末式的自我放縱來表達知識分子失落了話語中心地位以後的自負和孤傲。但在一九九五年的小說中，我讀到了韓東的《障礙》，在我個人的感覺裡，這部作品比《三人行》、《西安故事》更明確地表現了他所追求的知識分子自我確認的困境。小說描寫的生活事件很平淡：主人公與一個朋友的女友發生了性的關係，兩人作愛非常自然、和諧和默契，他們熱烈而且纏綿，可是對方是「朋友的女友」這一倫理觀念始終若有若無地梗在他倆感情交流之中，成為一種難以擺脫的障礙，最終他們分手了，幾年以後，那位朋友才告訴主人公，當時他已經拋棄了這個女友，才故意把她「輸送」到主人公的身邊……這個故事相當古典，除了韓東一貫敘事風格的綿實、老到、貼肉，而且引人入勝以外，小說文本也誘人生出許多聯想。那位女友王玉，是一個與現代生活相對立的奇觀，主人公從她的身體聯想到南方、邊疆、神奇的岩溶和眾多的民族，聯想到植物和大自然，與這樣一位女性的肌膚之親會獲得怎樣的心理感受是不言而喻的，王玉的淫蕩就像大地的春光和雨水一樣迷人，沒有絲毫矯情和羞恥，倒是成為向世俗社會道德的一個挑戰；可是作為知識分子的主人公恰恰不能從中領悟生命初元狀態的「第一次」的快感，他無法擺脫世俗的顧忌：四周鄰居的眼光，朋友間的倫理，社會的輿論……他只能是一個世俗文化環境下的俗人，永遠也無法「抽空」社會和文化造成的障礙。這部小說不但將韓東一代知識分子所感受到的文化困境淋漓地表達出來，而且它的意境也比《三人行》等小說闊大得多，在有關方方面面的環境描寫中，讀者不難領悟他們身處的主流社會對他們構成怎樣的威脅。同樣我也很喜歡朱文的《食指》，雖然寫的只是「他們」封閉圈子的一群詩人的生活場景，但「食指」的意象溝通了更為深遠的歷史內容。歷史上的食指（即文革時期的地下詩人郭路生），曾經在「於無聲處」開創了一代詩風，成為朦朧詩的先驅者，他為此經受了時代的殘酷的考驗，至今還在精神病院裡受難；而當代的「食指」，再一次退出了這個文化藝術都已經被深深污染的世界，自覺地轉向沈默的民間大地，企圖實踐把詩歌交還給人民的主張。詩人所說的「人民」，明確不再是被權力者利用來玩弄手段的政治名詞，而是與世俗生活緊密聯繫在一起的，實實在在生存在大地上的民間。詩人在知識分子的主流文化徹底崩潰的那一年飄然遠去隱沒於民間世界，誰又能證明，「食指」已經死了或者已瘋了呢？小說最後部分公布的「食指」遺書是很有意思的，那時他已經站在了民間世界的邊緣，他站在分界線上，一邊是來自民間世界的擋不住的誘惑，一邊是對以往知識分子文化和生活方式的戀戀不捨，我們似乎更應該注意到那封信的時間，正是在那個時間，中國的文化發生了一次轉機。朱文在小說裡故意用混淆文本的手法，把「食指」的作品與「他們」一代詩人的作品互相混淆，暗示出「食指」的精神正散布在這一代新詩人的作品之中，在讀上去似很不嚴肅的敘事風格中，寄予了嚴肅的思考。對這樣一群詩人圈子，因為有了「食指」的精神傳統穿插縱橫其間，已經很難說是個封閉的圈子了，這裡面似乎含混著一種新的信息，在這一批知識分子走向世紀末大門的過程裡，可以隱隱地聽到腳步重新踏在大地上的堅實有力的聲音。

也許我是個主觀性很強的批評家，我在閱讀這些作品時，並沒有真正還原和理解新生代作家的特點，反而冒著可能會歪曲原作的危險，來闡述我自己的理論主張。好在這些作品都客觀地存在著，讀者盡可能根據自己的口味去理解這一代作家的精神。我只是站在批評家的立場上表示我的喜歡和不喜歡，我願意把這些作品中一些隱約可見的創意性因素發揚出來，願意看到這一代作家潛藏在自己內心深處的真正激情被進一步挖掘，而不願意看到一些似是而非的理論去助長新生代創作中的平庸傾向。本來，作為「文革」後成長起來的年輕作家，想通過對前兩代人生命中不能承受之重的使命感的嘲弄和消解，來認定自身的立場，這是可以理解的。但事物並不是必然依照「二元對立」的方向轉化的。就說「遊戲」吧，席勒將遊戲比喻藝術創作，正是取了小孩子遊戲時全神貫注的精神，來排除成人功利世界的污染，使藝術成為一種純粹的審美活動；並不是一提倡遊戲，就可以吃喝拉撒地胡來，把德國人的「遊戲」說篡改成上海人的「白相相」和「淘漿糊」。就說「消解崇高」吧，說到底也不過是揭穿歷史的權力話語強加在這個觀念上的虛偽光環，並非要人一躲避崇高，就應該朝卑鄙頂禮膜拜，奉為拜物教，如果這些基本的理論界定都不明白，一味地強調消解一切，強調遊戲人生，強調後後後現代，其最終的結果是讓平庸的世儈氣麻痺這一代作家本該有的敏銳性和原創性，窒息他們真正的創作才華，同時也窒息了世紀末文學中最寶貴的戰鬥性。

在我看來，媚俗、平庸、無意義，有時也會成為一種時代的「主流文化」。專制時代的另一面，就是市儈氣的泛濫，這在俄國沙皇時代已經被高爾基強調過的。當有些年輕作家自認為反對了原先宏大敘事裡的崇高理想，就能還原人的自由本相時，卻沒有意識到在你所放縱的輕薄、凡俗、卑瑣的自由本相裡，也同樣認同了一種並不完全屬於你的世俗「主流文化」，你仍然是一個代言人或傳聲筒。所以在我面對轉型時期的中國大陸文學時，我深知我所面臨的困難：一方面我明知九十年代文學的變化趨向，人們開始拒絕任何抽象於世俗的「絕對觀念」，拒絕被權力者所操縱的主流文化，放逐原則，還原個性，也就是將鏡子打碎成粉末的片象；但另一方面，人們既然還原人的個性，就應該更像一個正常人那樣認知生活和實踐生活，那麼，人的理性依據從何而來？人的感情生活在怎樣的狀況下能夠有別於動物性？個人與時代生活的關係又將怎樣構成？換個比喻說，碎片與粉末裡能映出個什麼世界？這個問題對一個真正的作家來說，是不必作過多考慮的，一個優秀作家的靈魂的真誠表現裡，自有大痛大愛，感人深切的力量，即使不借助時代大音，也能個人化地表現出來。但是這種作家創作過程中可能是自然流露出來的因素，卻是評論家和研究者應該特別關注的，所以，我希望我的當代文學研究能與生活同步地揀拾起各個碎片來，拼湊、排列、組合，構築起一個無名時代的世紀之門。

二、碎片中的歷史

好像不止一位朋友告訴我，一九九五年小說創作的一個特點是中短篇小說的勢頭平平，像一池平靜的春水，長篇小說卻出現了頗為雄壯的景象。我粗讀幾部，這種對比的印象倒並不強烈，只是覺得這一年的長篇小說成果再次證明了知青一代作家在創作上的爆發力，一些比較優秀的作品，很少是作家以往中短篇創作的重複和綜合；也很少有意迎合主流文化或者社會時尚而刻意編造的故事。作家都採取了以個人方式來理解世界的立場，參與到當下社會的精神構建。

一位朋友給我的信中，著重談了「歷史」對小說的影響，這是很重要的提示。長篇小說不可能以時間的橫截面或心理片斷作為主要表現內容，它的藝術容量決定了作家創作中必須建立起較大規模的時間架構。時間在小說要素裡是多重載體，時間的展示，載負了一定敘事順序，同時，也體現了作家的歷史意識。一般來說，歷史意識不是體現在故事材料和細節中，它躲在時間的背後賦以故事特定的意義。所以敘事與歷史，在時間的同一範疇內構成了密不可分的關係。以李銳的兩部小說為例：《舊址》是通過敘事展示歷史，它敘述了一個家族從大革命時代到「文化大革命」結束的全部歷史過程，讀者即使不了解歷史，也可以通過敘事來了解它；《無風之樹》相反，它通過歷史賦以敘事的意義。它只寫了矮人坪發生的一場風波，時間不過幾天，但因為它發生在「文化大革命」中清理階級隊伍時期，這一特定意義的歷史時間，賦以小說特殊的意義。歷史預設在讀者的腦子裡，讀者通過對歷史時間的回想，加深對小說敘事內容的理解。但是作家李銳無論是創作《舊址》還是《無風之樹》，歷史必須預設在他的頭腦裡，以他對歷史的認知態度決定如何敘事。這是作家的歷史意識。又因為歷史無法割斷，即使作家在表現生活現狀時，他的頭腦裡也必然會產生出「現狀由何而來」的總體觀念，這種觀念若寫進了小說，也同樣是歷史意識。

歷史是已經消逝了的存在，了解歷史真相有兩種途徑：一種是借助統治者以最終勝利者的立場選擇和編纂的歷史材料，如歷來的欽定官史等，由此獲得的歷史的總體看法，我稱它為「廟堂的歷史意識」。它除了站在統治者的利益上解釋歷史以外，還表現在強調廟堂權力對歷史發展的決定作用，等等。還有一種是通過野史傳說、民歌民謠、家族譜系、個人回憶錄等形式保留下來的歷史信息，民間處於統治者的強權控制下，常常將歷史信息深藏在隱晦的文化形式裡，以反覆出現的隱喻、象徵、暗示等，不斷喚取人們的集體記憶。由此獲得的歷史看法，我稱為「民間的歷史意識」。張煒在《柏慧》中反覆寫到有關徐芾東渡日本的民間歌謠的破譯，僅是一例。作家站在廟堂與民間之間，用長篇小說的形式來表達自己的歷史意識時，不能不在這兩種立場上作出選擇：是站在廟堂的立場上，根據主流的歷史觀念來編寫故事情節，還是站在民間的立場上，從大量生存在野地裡的文化形態中，尋找歷史的敘事點？九十年代的長篇小說創作，多少體現了由前者向後者轉移的變化。五十年代以來，歷史學被納入了階級鬥爭的理論範疇，長篇小說所展示的歷史，只能是主流意識形態的圖解。八十年代以後，作家才開始突破禁錮，慢慢地朝民間立場轉移。新的跡象先是出現在中篇小說領域，以莫言的《紅高粱》為代表，形成了「新歷史小說」的創作。長篇小說要到九十年代以後才出現變化，張承志的《心靈史》、張煒的《九月寓言》，都是重修民間史的長篇典範之作，相比之下，一九九五年的長篇創作在總體成就上並沒有更大的突破，但有兩部作品——王安憶的《長恨歌》和余華的《許三觀賣血記》，有意識地開拓了都市民間的新空間。

這兩部小說從不同的視野展示了四十—八十年代中國城市的民間社會場景。「民間」不僅僅是敘事內容，而且還是一種敘事立場。在廟堂的歷史意識觀照下，以往作家們有意無意地認同一個思維模式，認為重大的歷史事件，尤其是政治事件，直接影響了社會的發展進程，所以，重大歷史事件成了歷史的中心。在創作中，假如民間僅僅是敘事內容，就很容易落入所謂「大時代中小人物」的構思套路，即通過對小人物命運的描寫，折射出時代的「大」面貌。而在這兩部小說中作家都有意地偏離和淡化重大歷史事件的影響，在瑣碎的日常生活中，展示民間生活的自在面貌。城市文化與農村文化不同，因為形成歷史短暫，缺乏源遠流長的文化傳統作為其穩定的價值取向。而且在城市裡，市民與政府的關係遠比農村要直接得多，城市的主流文化往往是政府與市民共同參與建設的，所以民間的自在性也相對的小。但因為市民的家族來自各種地區，是攜帶了自己家族的原始文化記憶進入城市的，這種原始的文化記憶（包括家鄉的風俗，生活愛好，以及區域文化造成的性格等等）匯入了城市文化潮流中，形成市民私人生活場景，這就是主流外的都市民間文化。兩部小說展示的城市風貌有很大的差異，但都是從破碎的民間文化出發，構築四十—八十年代的城市民間歷史，這就與以前描寫城市的文學作品，呈現出不同的面貌。

《長恨歌》以四十年代選「上海小姐」為故事引子，這事件本身就包含了現代城市繁華與淺薄的雙重文化特性，儘管它在形成之初也帶有主流文化的色彩（如電影導演勸阻王琦瑤參加選舉時所舉的理由），但事過境遷，它成為王琦瑤們私人性的文化記憶，作為一種都市民間文化的品種保持了下來。五十年代的上海進入了革命時代，革命的權力像一把鐵篦子篦頭髮似的，掘地三尺地掃蕩和改造了舊都市文化。但王安憶的聰慧和銳敏，使她能夠在幾乎化為粉末的民間文化信息中挖拾起種種記憶的碎片，寫成了一部上海都市的「民間史」。雖然她沒有拒絕重大歷史事件對民間形成的影響，如「解放」，「文化大革命」和「開放」，但她以民間的目光來看待這種強制性的權力入侵，並千方百計地找出兩者的反差。她這樣描寫上海的小市民在五十年代初與政府之間的關係：「所有的上海市民一樣，共產黨在他們眼中，是有著高不可攀的印象。像他們這樣親受歷史轉變的人，不免會有前朝遺民的心情，自認是落後時代的人。他們又都是生活在社會的屋子裡的人，埋頭於各自的柴米生計，對自己都談不上什麼看法，何況是對國家，對政權，也難怪他們眼界小，這城市像一架大機器，按機械的原理結構和運轉，只在它的細節，是有血有肉的質地，抓住它們人才有倚傍，不致於陷入抽象的虛空。所以上海的市民，都是把人生往小處做的。對於政治，都是邊緣人。你再對他們說，共產黨是人民的政府，他們也還是敬而遠之，是自卑自謙，也是有些妄自尊大，覺得他們才是城市的真正主人。」可以說整個長篇構思都在敷衍這段議論，時代要求人民成為國家機器的螺絲釘，擰在機器上並完全受制約於機器，而王琦瑤們擅長於把「人生往小處做」，即使身處螺絲釘的境地，也能夠「螺螄殼裡做道場」，做得有血有肉，有滋有味。因為它是以個人記憶方式出現的私人生活場景，芥末之小的社會空間裡，仍然創造一個有聲有色的民間世界。

余華的《許三觀賣血記》描寫的城市場景，並不具有現代都市的色彩，它是傳統城鎮文化的延續，由農村脫胎而來。許三觀雖然是個靠出賣勞動力換取報酬的第二代產業工人，但他的生活文化形態，基本上是由農村家族帶來的個人記憶。小說一開篇就寫許三觀返鄉看望爺爺，這是小說中唯一描繪的許三觀與農村家族相聯繫的場面，不但點出了這個城市貧民私人文化場景的特點，而且也揭示出，許三觀一生賣血慘劇，正是從農民光靠出賣勞動力還不夠，必須出賣生命之血的生存方式中繼承而來。當然不是說，城市裡沒有靠賣血為生的例子，而且許三觀也並不靠賣血為生，賣血只是像一個人生的旋律，伴隨了許三觀平凡而艱難的一生。我曾指出過：《活著》的敘事視角和敘事方式，是借用了民間敘事歌謠的傳統，有意偏離知識分子為民請命式的「為人生」的傳統，獨創性地發展起民間視角的現實主義文學。《活著》是從敘事者下鄉採風引出的一首人生譜寫的民間歌謠，《許三觀賣血記》雖然沒有出現敘事者角色，但許三觀的人生之歌，依然是重複而推進了民間的歷史意識。許三觀一生多次賣血，有幾次與重大的歷史事件有關，如三年自然災害和上山下鄉運動，但更多的原因是圍繞了民間生計的「艱難」主題生發開去，結婚、養子、治病……一次次賣血，節奏愈來愈快，旋律也愈來愈激越，寫到許三觀為兒子治病而一路賣血，讓人想到民間流傳的「孟姜女哭長城」的歌謠，包含了民間世界永恒的辛酸。小說所展開的「人生艱難」的主題與時代的重大歷史事件之間，不再是那麼直接的限制為「決定與反映」的機械關係，就像「孟姜女哭長城」的悲慘故事一樣，秦王暴政已經抽象為一般的廟堂權威對民間構成的根本性威脅，苦難和悲慘，都成為民間自嘆自怨的命運主題。這部小說所表現的民間私人場景也是饒有趣味的，處處充溢著幽默與歡悅。民間的生命力並不表現在受賜於外界的「幸福」和拯救之中，恰恰是在日常生活中為抵抗、消解苦難和絕望而生的超凡的忍耐力和樂觀主義。「許三觀過生日」一段，用想像中的美味佳肴來滿足飢渴的折磨，這是著名的民間說書藝術中的發噱段子，移用在許三觀的私人場景，很恰切地表現出民間化解苦難的特點。

因為歷史是已經消逝了的存在，廟堂和民間可以同時展開對它的記憶、梳理和描述。就彷彿是同一時間空間中並行著兩個完全不同的話語世界，背後所支撐的，正是兩種不同的歷史意識。雙方以各自的立場對歷史現象的規律性作出解釋，並將各自的解釋推向普遍性。但這對峙著的雙方於知識分子來說，都是局外的世界，知識分子站在兩者之間，只是被動的進行選擇，是按廟堂的歷史意識修史講史，或是按民間的歷史意識進行創作。就像張承志毫不猶豫投向哲合忍耶的民間宗教來敘述歷史一樣，王安憶、余華的創作，也許是無意地遵循了城市民間的歷史意識。如果從文學史上去找淵源，那麼像三十年代的老舍和四十年代的張愛玲的創作，多少可以看作是他們創作的前導。

那麼，接下去的問題是，「五四」以來，現代知識分子（作家）在創作實踐中有沒有建立起自己的歷史意識，至少是對此作出過努力？他們站在兩種他者的歷史意識之間，有沒有在被動選擇的同時，還利用或借用其立場來表達自己的歷史意識？這是很值得我們在學術上作認真探討的問題。郜元寶將長篇小說創作上的薄弱歸咎為「五四」一代知識分子歷史意識的薄弱，也正是從一個極端立場挑開了這個問題的現實性，若要全面論述它，本文的簡短篇幅是無法勝任的。我只能通過當代長篇創作的個案研究，來談一些初步的看法。所謂的歷史意識，不是一個孤立的意識存在，它與整個社會意識是相聯繫的。在古代儒家的史學傳統裡，就存在著高於廟堂權力的歷史意識，被文人所美談的「在齊太史簡，在晉董狐筆」，正是這一史學傳統中的典範。但由於在封建社會制度下，文人的價值本身就是通過廟堂來實現的，所以文人的歷史意識根本上說，仍然是廟堂文化的派生。「五四」以來，知識分子建立了啟蒙主義的立場，在史學領域也爆發了一系列的革命，如果從學術的意義上講，遠比文學革命要精彩，但是由於現代知識分子受到急功近利的現實政治思潮的擠壓，長期滯留在價值取向相當虛妄的「廣場」上吵吵鬧鬧，對自己的傳統梳理，學術定位，民間崗位及其價值體系，均未很好地解決[1]，他們的思想勞動不能不依附在新的廟堂文化形態中得以表現。因此，其不可能在局部的歷史意識方面獲得完整的成果。胡適在引進西方新的史學觀念來研究歷史上有過首創之功，但胡適的史學研究仍然是相當破碎的；王國維從甲骨文中考證出西周以前的歷史真實，這本是改觀中華歷史的偉大之舉，但其學術成果在思想文化上並沒有帶來新的革命，遠不能與歐洲的文藝復興運動相比；郭沫若用馬克思主義觀念來研究古代社會，雖然新意迭出，但其成果只能為現代廟堂文化所利用[2]；著名的疑古辨古派大師顧頡剛的歷史意識，也長期徘徊在廟堂文化與民間之間❸。現代史學沒有建立起一個強大的豐厚的知識分子傳統，這是事實，所謂「獨立之精神，自由之思想」的個人學術立場，也僅停留在理想境界，心嚮往之，卻不能至。如果把這個背景移到文學創作，就不難理解，為什麼一九一七—一九四九之間，中國長篇小說創作這麼貧乏，且長篇歷史小說更為貧乏。

但是，現代知識分子歷史意識薄弱，不是說它根本就不存在。知識分子在批判廟堂文化和民間文化的過程中，也曾零零星星地積蓄下有關歷史的記憶和見解，更何況在中國現代文學深受影響的歐洲文學傳統裡，法國大革命以來形成的自由和民主觀念和俄羅斯文學裡豐厚的知識分子傳統中，都深藏了知識分子對歷史的獨立立場。這對中國現代作家在創作上的影響，遠較歷史研究方面深刻。在現代長篇小說創作中，對知識分子的歷史意識作過自覺追求的，至少有三個作家：巴金、李劼人和路翎。雖然在四十年代以後，知識分子被戴上「小資產階級」的帽子，其思想意識無法自由獨立地展開，這三位作家在歷史意識方面所建構的精神遺產也沒有被人們充分地重視和理解；雖然五十年代以後，強大的主流意識形態完全支配了歷史學領域，作家在長篇創作中為了擺脫廟堂的歷史意識的桎梏，唯一的途徑就是借助民間或者隱身民間，而無法獨立地支撐起歷史，但我仍然願意看到，知識分子在借鑒和批判廟堂和民間的歷史意識過程中，對建構自己的歷史意識作出的嘗試性努力。

要探討這個問題，一九九五年有兩部長篇小說都值得我們重視。一部是張煒的《家族》，一部是李銳的《無風之樹》。關於《家族》❹，就客觀的藝術成就而言，沒有超過《九月寓言》，這是可以理解的。《九月寓言》展示的，是民間自在的歷史意識，其關於宇宙、生命、生存、苦難都有完整且完美的內容，張煒慧眼獨具地從民間發覺並表現出它的狀態，這本身就已經獲得了成功。而《家族》中張煒描繪的是知識分子自身的命運，這就不能不面對並無遺產的知識分子的歷史意識。這一點上，《家族》又重新面臨了李銳前幾年創作《舊址》時面臨的困境，這兩位作家都是通過家族史的寫作，擊破廟堂歷史所構築的神話，但是在歷史的敘事過程中，又不得不借用了廟堂的歷史意識的思路，他們無法像《九月寓言》、《許三觀賣血記》那樣，偏離和淡化重大歷史事件的影響，展示出民間自在的歷史發展方式。他們筆下的知識分子，沒有形成自己的精神傳統，沒有對歷史的獨特敘事方式，因此，只能被束縛在廟堂文化製造的困境裡歷盡磨難。作家雖然滿腔同情，卻沒有武器可以制止慘劇發生，所以一股悲憤欲絕的急促之氣彌散在兩部作品的文字之間，是可以理解的。如果對照《日瓦戈醫生》，這裡的差距就更加明顯。《日瓦戈醫生》也描寫了知識分子革命的歷史糾葛和歷史最終導致的悲劇性結果，但那些從舊文化傳統中脫胎而來的俄羅斯知識分子，始終帶著飽滿的歷史意識去觀察和參與歷史的變動，他們對歷史和現狀的思考，擁有強烈的主動性。雖然如此，張煒的《家族》仍然體現出作家撿拾歷史碎片，企圖拼接傳統的可貴精神。特別是它通過這個家族幾代人的悲慘命運的重複，提出了對人類精神遺產的繼承性問題，並揭示了這種繼承遺產的規律，就是在不斷自我犧牲和接受失敗的命運中，慢慢延續下去。

我不知道張煒這一觀察能否經得起歷史的檢驗，但這是一個很重要的發現，如果知識分子的歷史意識還將被人們探索下去，這個思想會愈來愈受到注意。

李銳的《無風之樹》則提供了另外一種思路。我之所以重視這部作品，是因為還沒有一部長篇小說這樣深刻地展示歷史意識的對立：像《九月寓言》、《心靈史》都是渾然一體地表達了民間的歷史意識；像《家族》、《舊址》都是在一元的廟堂歷史意識籠罩下發出抗議之聲，並沒有構成與之對抗的歷史意識。《無風之樹》則清楚地對立著兩種歷史意識：廟堂的與民間的。小說裡沒有知識分子的角色，唯一有點文化的苦根兒，完全沒有思想價值，不過是專制時代教育模式下的行屍走肉，一個主流意識形態的傳聲器和執行者。所以，如果一定要找知識分子的聲音，那聲音就是李銳自己的聲音，可是又被他有意地消去了，小說交替著第一人稱（我）和第三人稱（他）兩種敘事形態，「我」承擔了民間諸種角色，矮人坪的各色男人、被賣到矮人坪的「公妻」暖玉，行將崩潰的舊廟堂代表劉長勝，以及毛驢和傻子，也就是說，作者暫時消去了知識分子的獨立話語和立場，隱身人似的隱在民間世界的形形色色之中，借助不同的聲音。「他」的角色只有一個，就是代表著廟堂歷史意識的苦根兒的話語。這兩種敘事角色的對立，鮮明地突出了作者主觀立場的認同與拒斥。

在這部小說裡，李銳第一次寫出了廟堂以外的民間世界的完整性，以及它與入侵的廟堂勢力的對立。小說一開始，矮人坪的拐叔就憤怒地說：「你恁大的個，苦根兒恁大的個，跟你們說話就得揚著臉，揚得我脖子都酸啦。你們這些人到矮人坪幹啥來啦你們？你們不來，我們矮人坪的人不是自己活得好好的。你們不來，誰都知道天底下還有個矮人坪？我們不是照樣活得平平安安的，不是照樣活了多少輩子了？瘤拐就咋啦？人矮就咋啦？這天底下就是叫你們這些大個的人攪和得沒有一塊安生的地方了。自己不好好活，也不叫別人活。你們到底算不算人啊你們？你們連圈裡的牛都不如！」矮人坪的「瘤拐」與上面派來的「大個」幹部在生理上的對比也許暗示了民間與廟堂的關係，矮人坪自在著一個民間世界，瘤拐們有自己的生活方式、道德觀念和文化習慣（包括婚喪風俗）。他們的藏污納垢，在有知識有文化的人眼中是不能容忍的：如隊裡集體供養暖玉。這件事，在一般的社會道德標準看來是醜陋的，暖玉不但與矮人坪裡光棍保持性的關係，與有妻室的男人也保持性的關係，但這種秘密供養「公妻」的制度卻成了矮人坪民間社會的一個精神凝聚點，是矮人坪社會的「烏托邦」。拐叔的自殺除了出於對運動的恐懼，更主要是出於對這個「烏托邦」的維護。從矮人坪的民間社會關係看暖玉的處境與遭遇，它構成了對人性的嚴重損害與侮辱，但矮人坪男人在守護暖玉這種恥辱的秘密中恰恰又體現了對人性的尊重和愛護，因為與權力者苦根兒企圖通過整暖玉的黑材料達到政治上謀權的卑鄙行徑（儘管作家不斷用「理想主義」來掩飾苦根兒的卑鄙動機，但客觀上仍然揭示了這種在「文化大革命」中極為普通的現象）相比較，矮人坪的民間社會處於極端貧困和軟弱的境地，他們幾乎沒有任何能力抗拒來自外界的天災人禍，但他們並不因此放棄生存的權力和自在的方式，他們在認命的前提下，維護著特殊的文化形式。尤其當拐叔為了保護暖玉而自殺以後，矮人坪的農民們在葬禮儀式中完整地顯示了民間自在的道德力量和文化魅力。他們不顧苦根兒用「階級鬥爭」理論來恫嚇，一致同意將富農拐叔的遺體葬進他們家族的土地，並且在一系列的葬禮過程中飽滿地體現出原始的正義感。我認為這一組場面的描繪，是小說中最精彩的篇章。

然而，更值得注意的是，作家的敘事立場似乎出現出一種矛盾態度：從理性上說，作家鮮明地站在矮人坪民間世界一邊。小說通過「樹欲靜而風不止」的主題，表達了對那些人為製造社會動亂、擾亂民間正常生活的政治運動的厭惡和批判；但是，如果細心注意到小說在敘事風格上的某些特點，會發現作家創作中無意中流露出來對苦根兒的同情。小說的故事背景，是「文化大革命」期間清理階級隊伍，某山村公社發生的一場政治權力轉移的陰謀，苦根兒為了奪得公社領導權，打著「階級鬥爭」的旗號來矮人坪搞逼供信，目的是整原公社主任劉長勝的黑材料，結果釀出了拐叔自殺的慘劇，如果發生在劉震雲的小說中，從「草民」的立場看這又是一場狗咬狗引起的小民遭殃的故事，但在李銳的筆下卻是另一番景象，他把苦根兒塑造成觀念形態人物，即被理想主義所異化的知識青年，苦根兒在矮人坪所幹的蠢事（改造自然環境）和壞事（搞階級鬥爭），都是錯誤理解所致，只是一種幼稚可笑的行為。而對這個人物身上應該具有的政治流氓特性完全忽略了。作家不斷強調這個人物內心真誠的痛苦，是來自於矮人坪農民們的不理解，這彷彿又回到了傳統文學作品中關於知識分子與民眾相隔膜的老話題。其實苦根兒的下鄉，並非一般知識分子到民間去，也不是知識青年上山下鄉，帶著善良的啟蒙觀念去接近民眾的，他本身是帶了權力下鄉，代表著某種政治陰謀和權力意志，權力是用不著民眾來理解的，所以，苦根兒身上的矛盾是作家製造出來的。這只能說明，作家無意中對苦根兒的立場流露了同情，甚至部分地認同。相應的，作家對民間世界的態度中，也存在著矛盾。小說運用「擬民間」的語體，由第一人稱「我」分擔了矮人坪的各色角色，但熟悉李銳的讀者不難讀出，所有角色的敘事都保持著李銳作品一貫的幹練、激越、簡潔等相融會的特點，縱然是夾雜著民間的粗野鄙俗，也是經過精緻藝術加工的文學語言，換句話說李銳雖然把自己融入民間世界，借用了矮人坪各色人物的聲音，但這些聲音所表達出來的，仍然是作為一個知識分子的立場。作家通過暖玉的眼睛和口吻對矮人坪男人們充滿鄙視的描述，通過暖玉最後離開矮人坪的選擇，以及通過對曹天柱一家（傻女人和她的大狗二狗）和矮人坪世俗社會的描繪，都保持了知識者作為民間的局外人的立場。這是李銳與張承志、張煒、王安憶等人的最大差別。

「五四」的文學傳統中，李銳所持的立場並不是新開拓的，但經過幾十年來社會發生的重大變化以後，能夠堅持這樣立場寫作的知識分子，已屬鳳毛麟角，李銳可能是僅存的少數作家之一。在苦根兒所代表的廟堂的歷史意識（英雄創造歷史論與階級鬥爭推動社會進步論的混合）與矮人坪農民們所代表的民間的歷史意識（在認命的前提下，尋找自在的生活方式）相對立的圖景中，作家願意像一把雙刃利劍，一如既往地展開知識分子的理性批判。但是由於我前面所論述的，現代知識分子沒有產生完整的歷史意識，我對李銳寫作道路的前景依然感到迷茫，因為在李銳的《舊址》中，我分明感到有一股急切短促的感情激流在文章中左衝右突，困獸猶鬥，雖然激動人心，但缺少了長篇小說藝術應有的舒卷長遠的浩然大氣。《無風之樹》要好一些，也許正是踩著民間的「大地」，但知識分子在夾縫求生的局促心態，仍是依稀可見。李銳是自覺選擇了一條艱難的寫作道路，我很尊重作家的這一選擇，同時也真誠地希望：當代作家能夠從巴金、路翎等前輩開創的道路上走下去，站到豐饒的民間大地上，繼續去追求和構建現代知識分子理想和歷史意識。

＊原載《逼近世紀末小說選》（卷三），上海文藝出版社一九九六年版。

❶ 請參閱拙作《知識分子轉型期的三種價值取向》。

❷ 這裡所指的「現代的廟堂文化所利用」，可參考他後期著作《李白和杜甫》及「文化大革命」期間有關出土文物的考證文字。

❸ 說顧頡剛的史學意識長期徘徊在「廟堂」和「民間」之間，「廟堂」指的是三四十年代的國民黨政權，顧頡剛曾用他的史學研究成果參與向蔣介石獻鼎的活動。可參考《顧頡剛年譜》。「民間」指顧頡剛關於中國民間文化的整理和研究，這部分工作相當有價值。可參閱洪長泰《到民間去》一書，上海文藝出版

社出版。

❹ 關於《家族》，筆者曾有專文評價，見本書《良知催逼下的聲音——關於張煒的兩部長篇小說》，所以這裡不再作詳細探討。

第三輯

苦風苦雨說知堂

錢理群兄：

正讀著大作《周作人傳》，又收到倪墨炎君的《中國的叛徒和隱士：周作人》，你們倆的書幾乎同時出版，雖屬巧合，也不失為一種緣份。窗外冷雨如絲，淅淅瀝瀝落在陽臺上，為室內增添了幾分寂靜。桌上的茶水已涼，兩本傳記都翻開著，一本放在膝頭上，一本取在手裡面，一章一章對照著讀下來，也不覺得怎樣的重複和枯燥。這也許是你們倆的秉性不同，研究思路與專長亦相異的緣故吧。

有人說，一部優秀的傳記著作裡，傳主不但要復活他本來的精神面貌，還應該起「借屍還魂」的功能，將作者的生氣也煥發出來。所以傳記不是純客觀的材料展覽，它需要「對話」，作者與傳主間的一種高層次的精神對話。在你這部書裡，這對話豈止是兩個知識分子？無論是你，還是周作人，都不是孤單單地面對面站著。你是屬於這樣一類知識分子：一方面清醒地追求自己的個性價值，另一方面又從不肯把這種追求看成是個人的行為，或者說，個性的追求也是通過集體的行為來表現的，你在書中扉頁上的題辭（謹獻給我的同學及同代人），便是一個證明，在你的筆下，周作人也不是孤立的，你力圖從他身上揭示出一代人——二十世紀中國的自由主義知識分子是怎樣在殘酷的政治鬥爭中痛苦地掙扎，寂寞地沉落。這將是兩代人的共同話題：在五四一代的知識分子悲劇裡，熔鑄了你和你的同代人在八十年代的嚴肅思考。

周作人是現代文學史上最沒有傳奇色彩的傳奇人物，他的一生基本上是在書齋裡度過的，平平淡淡，為了那一段不光彩的歷史，他的名字總是與某種曖昧的陰影聯繫在一起。生前黯淡，身後寂寞，但作為一個哲人的墮落，其內心隱秘就像司芬克斯之謎一樣誘惑著許多研究者，也許正是出於這種探索動機，你在傳記裡有意把傳主思想化了，我直到讀完這本書，才發現它的真正傳主不是周作人的肉身，而是人格化了的靈魂，它並不需要故事細節，也沒有什麼戲劇性場面，你剖析的是一條被隱藏得很深的心路歷程。傳主的心靈，思想，感情都一一被抽象出來，匯積成一道汪洋恣肆的精神長河，在各類因素的互為滲透，互相消長的演變中磅礴地穿過全書。我同意你的思路，因為中國自由主義知識分子的悲劇，是從其精神痛苦中揭開序幕的。

在四十萬字的《周作人傳》中，前四章敘述了周作人出生到五四前夕的生活，材料相當豐富，刻畫也算細膩，但因為那段時期是周作人登上人生輝煌點以前的準備階段，太詳細反倒有些瑣碎。最後二章是寫周作人抗戰勝利後進監獄和一九四九年以後的晚年光景，由於這是他精神萎縮時期，按照你的「精神傳記」的體例，又難免寫得過於匆忙了一些。而第五章到第八章——「五四」到抗戰，就是周作人一生最飽滿，也是最複雜的時期，精神長河呼嘯奔騰，是這部傳記最見功力的篇章。說句笑話，我在讀這些文字時也「投入」了，眼睛好幾次發潮，內心有一股感情被洶湧地喚起。我關心的是書中對這樣兩個問題的探索；一是周作人在「五四」退潮時期以怎樣一種心理基礎去完成由叛徒向隱士轉化的；二是周作人在淪陷區裡懷著怎樣一種心理準備下水事偽的。對於這兩個問題，我向來有自己的想法，現結合你的探索一併寫出，以求賜教。

第一個問題。周作人在「五四」後期的轉化，不是個別的行為，它體現了一代自由主義知識分子的共同悲劇。周作人完成這種轉化的心理背景要複雜得多，遠非用「叛徒與隱士」，或如他自己概括的「流氓鬼與紳士鬼」的衝突所能涵蓋。像周作人那樣的一代知識分子是很難忘記「五四」新文化運動初期的輝煌的，儘管他中年以後心儀王充、李贄、俞理初，但那都是後來的事情。世紀初的中西文化撞擊培養出周作人這樣一批接受了西方民主思想的知識分子，他們在中國文化史上破天荒地不依賴政治力量發起一場旨在改變中國社會性質和文化素質的運動。不像康梁那樣去搞宮廷變法，也不像孫文那樣去從事推翻政權的活動，他們找到了一個新的領域——文化領域，在這裡他們感受到前所未有的自如，發揮了前所未有的力量。肆無忌憚的批評，揮斥方遒的勇氣，就像神話中突然獲得了神力的人一樣，他們為自己身上釋放出如此大的力量驚詫不已。這股神力，不是別的，正是「人」的觀念的發現，或可說是建立在個性基礎上的人道主義。由於個性解放是作為一種思潮進入中國的，所以個人主義本身成為知識分子集體的理想主義。但是，這樣的文化背景是來自西方文化史的傳統，與中國現時的文化背景絕不吻合，正當「五四」一代知識分子為羅曼·羅蘭等歐洲知識分子所標榜的精神獨立宣言激動不已的時候，中國現實的政治鬥爭因為激化而迅速瓦解了這個西方式的文化陣營——知識分子要對中國改革發言，還不得不依賴於政治的力量，無論像吳稚暉、蔡元培、胡適，還是像陳獨秀、李大釗以及稍後的魯迅，他們對政治力量的選擇目標不同，但通過政治來實現改革中國的理想，以至實現自身價值的思維方式是一樣的，他們都不屬於我們通常說的「自由主義知識分子」的範疇。二十年代新文化陣營的分化，這是當時的政治對文化干預的結果，大多數知識分子在這次分化中都向傳統的文化模式回歸了，而唯有在這種背景下，我們才能理解周作人一代人的苦衷，它除了政治分野上的兩軍對壘以外，還包含了另一種分化，那就是知識分子所面對的選擇：到底走通過政治力量來實現自身價值的道路，還是堅持在文化陣地上的個人主義？

只有拒絕了對任何一種政治力量的依賴，堅持用個人主義的立場和觀點去批評社會，推動社會的進步，這樣的知識分子才是自由主義知識分子。但是從自我價值的確認到用個人的影響去推動社會進步之間，並不是一步就能夠跨過的，這中間有個環節，就是價值觀念的轉化，即知識分子的價值究竟在哪裡？這個問題，「五四」一代的知識分子並沒有解決好，他們中無論是否走具體的政治道路，基本思路都沒有走出傳統的軌道：認為唯有對政治，對社會進步發揮作用，才是知識分子的價值所在。近年來學術界引進過一個關於知識分子的定義，知識分子是指「以某種知識技術為專業的人」，「除了獻身於自己的專業以外，同時還必須深切地關懷著國家、社會，以至世界上一切有關公共利害之事，而且這種關懷又必須是超越於個人的私利之上的」。這道理自然是不錯的，但中國知識界的認同中難免有偏向。因為西方自有它們的文化背景，他們強調知識分子關心公共事物的前提，已經包含了「獻身專業」的傳統。從古希臘哲學起，西方的學者就有一種超越本體，或者對永恒真理的探索熱情，就像歐幾米德對幾何圖形的獻身熱情。在西方知識分子心目中，知識本身就是力量，具有足以抗衡宗教和權力的價值。記得過去讀過一本小說，伽利略在宗教法庭上被迫認錯，但他說，儘管我可以認錯，地球照樣是繞著太陽轉的。如果不是出於對知識能夠超越宗教與權力的絕對信任感，十七世紀的人決說不出這種無畏的話來。近代知識分子與職業政治家的區別之一，是他們首先在專業上創造了巨大的價值，他們是用另外一種價值標準（知識即理性精神）來參與社會公共事務。如果忽略了知識是知識分子的前提，僅以「關懷國家、社會和一切公共事務」作為知識分子的標準，未免是皮相之見，因為在中國，除了政治以外向無其他價值標準。在封建社會中，知識技術非關經國大業，無法引起權力者的重視，更不要說能在價值觀上與皇權分庭抗禮。中國知識分子來源於「士」的傳統，探究「士」的本來意義，它總是與某種政治階層聯繫在一起的，一開始就會有與生俱來的政治價值。傳統的知識分子唯攻讀經濟之道，通過仕途，才能實現自己的價值。這種心理積澱，二十世紀初的一代新文人身上遠未消除，而且當時的社會也未給他們留有這樣的機會，由於新的價值觀念和標準都未建立，當中國的自由主義知識分子一旦拒絕了對政治力量的依附，他們就失去了對社會發言的影響力，唯一可做的，就是退回書齋去過默默無聞的寂寞日子。像劉半農、錢玄同等人，都曾經是風雲一時的人物，但他們後來在語言學、音韻學方面的工作與價值並未再被社會重視，人們只記得他們曾經在新文化運動初期作為一名戰士的價值。這就很自然地把他們劃到了「落伍」的行列。周作人應該說是這一群人中唯一在價值轉換中獲得成功者，他在拒絕了政治力量以後，奇蹟般地在自己的專業——散文創作上建立起新的獨創的價值標準：美文。即便是他的批評者，也無法否定他是「第一流的散文家」。但即便如此，周作人為他的選擇畢竟是付出了沉重的代價，他的散文中一再流露的苦澀之情，正源於此。

基於上述認識，我在讀第五、六、七三章時就特別受到感動，你寫出了一代自由主義知識分子如何在風雨如晦的政治鬥爭下痛苦掙扎的經歷。「小河的憂慮」、「信教自由宣言」的風波，二章可以說是了解周作人思想發展的關鍵，前一章節寫周作人對新文化運動發展的可能性後果產生的隱憂，後一章節則寫出了這種憂懼成為現實，自由主義知識分子第一次在政治力量面前顯示出獨立的行動。如果說這是周作人對左的政治力量的拒絕，那麼「捲入時代漩渦中」「在血的屠戮中」等章節，又寫出了周作人同右的政治力量的鬥爭，一個自由主義知識分子的形象，正是在這種特立獨行的行動中形成的。

然而自由主義知識分子在中國一旦形成也即意味著失去，因此他們的苦澀心境唯有在充分理解他們的基礎上才能給以準確的把握，寂寞的沉落本來是痛苦的掙扎的結果。我覺得你在第七章裡很成功地傳達出了這種心境。你是出於同那一代知識分子同樣的價值觀念來再現這種心境的，它表現為對新文化初期的中國知識分子黃金時代的強烈追慕，周作人們在追懷，你在追慕，兩種情緒濃濃地織在一起，才使你寫出像「五十自壽詩」、「風雨故人來」這樣精采的篇章。「五十自壽詩」是中國文壇中的一樁公案，過去一向被左翼批評家指責為「五四」一代精英「由叛徒變隱士」的鐵證，否定居多，後因公布了魯迅的「諷世」之說，激情稍平，但「群公」的肉麻相，照舊不得原諒。而在你，獨獨在那「群公相和」中看出的是：「這是中國一代自由主義知識分子對於自我內心的一次審視。」在「風雨故人來」中，你居然把周作人的書齋生活寫得如此有生趣，寂寞的苦讀反成了非凡的精神對話：「周作人冷落的苦雨齋經常『高朋滿座』了，時有朗朗的笑聲飛出窗外，驚破滿院的寂靜；更多的則是會心的微笑，每當賓客散盡，周作人就連忙把這會心之處，連同微笑，一齊記錄在紙上……」歷來認為周作人這一階段的散文創作趨於枯竭，不過充當了「文抄公」的角色。而在你的筆下，讀書是有生命的讀書：拒絕了政治力量的依附，恐懼著「小河」的泛濫，周作人在精神上轉向中國文化傳統，企圖從文化傳統中的民主精華尋求安身立命的支撐點，並以他在散文創作上的價值，企圖打開一個批評社會，關懷公共事物的局面，繼續履行一個自由主義知識分子的使命。

周作人這種努力自然是失敗了，原因是抗戰的爆發終止了他成為一個真正的自由主義知識分子。

第二個問題。接下去我們可以探討周作人淪為漢奸的心理因素了。關於這個問題，大作與倪墨炎君的《叛徒與隱士》都作了一些解釋，相比之下，你的責備更加苛刻與嚴厲。你是接著前一個問題的話題引申過來的，你說：「學而優則仕，讀書求仕這本是中國儒家知識分子的傳統道路，『五四』以後，又有知識分子從政這一條道。應該說，這條道本身並無可非議，在某種程度上，知識分子總要通過各種途徑將自己的思想轉換為現實。這其中就包括有從政這一條路。問題是，歷史的事實總是這樣：文人一為吏，知識分子一從政，總要被異化、工具化，失去個體的自主與自由，即魯迅所說，一闊臉就變，周作人戲劇性的角色轉換，以及由此產生的悲喜劇，即是一個典型。」這可謂是「誅心」之論。圍繞這一思想，你不斷從道義上責備周作人的漢奸言行和對「五四」傳統的背叛，你指出：「周作人參預開創的五四傳統一是愛國救亡，一是個體自由，現在周作人於這兩者都徹底背離，說他『墮入深淵』即是由此而來。」我完全理解你的悲憤，但這種指責是過於情緒化的。倪墨炎君在解釋這個問題時態度比較平和，多從材料出發，作了不少具體的分析，如周作人幾次參加華北治安演化運動的表現，畢竟與其他漢奸有不一樣的地方；對周作人提倡「中國思想問題」與日本主子的意圖之間的差異，對周作人幫助過革命者特別是李大釗烈士遺孤的事情，對周作人在這一時期的文學活動和保護教育設備和圖書……等等，倪作都有比較詳細的說明，這為我們進一步研究周作人提供了重要資料。

我這麼說，決沒有要為周作人做漢奸一事辯解，倪墨炎君也沒有這個意圖，因為這是一個事實，誰也否定不了。令人感興趣的只是構成這事實背後的原因，像周作人這樣一個自由主義知識分子怎麼會甘心淪為漢奸又終生不悔？是怎樣一種心理支配著他？倪墨炎君曾歸咎於他思想上的「歷史循環論」，不錯的，周作人一向看重晚明那一段歷史，一向認為今天就是崇弘時代的重複：風雨飄渺的明王朝就是國民黨政府，李自成、張獻忠等於土地革命時期的紅色割據，日本占領了東三省，滿洲國又死灰復燃，禍國殃民的特務政治猶如東廠西廠，大批的知識分子如東林黨人慘遭殺戮，清醒之士躲進藝術的象牙塔中講性靈，崇自由……而自己也不過是「復社」裡的一個人。於是他說，「假如有人要演崇弘時代的戲，不必請戲子去扮，許多腳色都可以從社會裡去請來，叫他們自己演。」從這種歷史循環論看時事，得出中國必敗的絕望是可想而知的，周作人不願隨其他人南遷而留守北京，除了有家庭原因外，也是有思想根源的。但問題是讀明史即使讀出了中國必亡於日本，也未必就要去當漢奸，明末士林中有顧亭林、黃宗羲、王夫之，當然也有錢謙益，歷史已為他們安排了各自的位置，難道周作人還不知道麼？

所以我想，要討論這個問題必須跨過一個概念，即所謂氣節。我們批評周作人事偽，依據就是他喪失了民族氣節，我們在評論顧、錢諸人的功過時，著眼點也在氣節，因為錢謙益貪生怕死，沒能為大明朝守節。但是在周作人的道德觀念裡，氣節的概念本不存在，他在一九四九年給周恩來寫的《一封信》裡，大談自己對共產主義的理解來自歸女解放問題，這是事實，有「五四」時期在《新青年》上寫的《隨感錄・三十四》為證，但他顯然醉翁之意不在酒，馬上筆頭一轉，就批評起「夫為妻綱」的禮教來，進而引申說：「事實乃是，君為臣綱這一項正是由此而出」，「所謂忠節、氣節，都是說明臣的地位身份與妾婦一致，這是現今看來頂不合理的事。在古時候，或者也不足為怪，但是在民國則應有別，國民對於國家民族得有其義分，唯以貞姬節婦相比之標準，則已不應存在了。我相信民國的道德唯應代表人民的利益，那些舊標準的道德，我都不相信。」後而他還特意地說明，「我的反禮教的思想，後來行事有些與此相關，因此說是離經叛道，或是得罪名教，我可以承認，若是得罪民族，則自己相信沒有這意思。」這封信雖出於為自己辯解，但對了解周作人的思想的發展環節是很重要的，因為他自己所辯解的，很符合他一貫的想法，並非強辯。我過去對周作人事偽的思想動機作過一些猜測，待這封信公布，才算得以證實，所以我很重視它。但我發現對這封信所表達的思想你沒有給以充分的注意，是否是認為其大節已失，自辯也無濟於事了呢？

其實，否定禮教與氣節，正是中國自由主義知識分子的一個思想特徵，所謂節，抽象的說是志氣與節操，沒有什麼不對的地方，但具體的運用氣節時，通常是指為一個虛名而犧牲實在的價值，或為已過去者犧牲現在的實有，這是以個性為基礎的人道主義者們所不能容忍的。在個人主義看來，小到女人為亡夫守節，大到臣子為忠君愛國的虛名守節，都是用一種空洞的名義來壓制個性，甚至是毀滅個人的生命，這根本是反人道的。封建社會裡通常的情況是男人活著的時候並不把女人看作人，一個朝廷盛興的時候皇帝也沒有把治下的臣民當作人看，不過是當作一個私人之物占有著，一旦到自己完蛋了，就希望那些私人占有物統統陪葬，要麼砸碎也可以，總之是不甘心落入他人之手。反之，男人決不會為女人守節，主子也決不會為臣僕守節，縱有類似的事發生，也不被認為是守節。史可法失守揚州，自知明朝將亡，便戰死殉身，這是守節；項羽兵敗，無顏見江東父老而自刎，江東也隨即落入劉邦手中，但誰也沒有說項羽是為江東父老守節。其主賓關係極為鮮明，本義上就包含了不平等的關係，所以一代知識分子莫不以反守節為戰鬥使命之一。但到三十年代中期，由於民族矛盾上升，國內在宣揚愛國主義與民族主義的時候，不免又大談氣節，大談文天祥、史可法，偷梁換柱地把一套忠君愛國的封建倫理道德捧了出來，這只能是對當時的統治者有利。在周作人這樣的悲觀主義者看來，當時的中國社會如此黑暗落後，中國的政府如此腐敗殘忍，其失道寡助，敗局已定，憑什麼要人們去為它守節：其實這話魯迅也說過，出處一時想不起了，你一定記得，大意是不要在宣傳做異族的奴隸的苦難時，讓人覺得倒不如做本族統治者的奴隸好。周作人曾嘲笑那種「愧無半策匡時難，惟餘一死報君恩」的不中用、沒出息的傢伙，認為劫難臨頭，與其為一種虛名而死，倒不如投身苦難中做一點實在的事情，也即是「捨身飼虎」的意思，這種思想由三十年代發展到抗戰，他不願南下，苦住北平，以至於下水事偽，都是有其不得不然的原因的。

這只是從一個自由主義知識分子的思想根源處看他們對氣節的態度，其實再進而論之，中國的統治者也明白得很，氣節不過是用來哄下面一些呆子的話，當不得真。真正的思想道統裡也不怎麼認真地對待這個問題，《左傳‧襄公二十五年》記載崔杼弒齊莊公事，當時發生兩件事，一是管記載歷史的太史兄弟數人，堅持要把「崔杼弒其君」五字寫入史冊，一個一個都被殺死，但他們忠於史德，前仆後繼，終於讓崔杼也無可奈何了。另一件是當時的宰相晏嬰聞莊公死，便跑去「枕屍股而哭，興，三踊而出。」（《史記》說他「伏莊公屍哭之，成禮，然後去」。）哭後他依然做他的官，為新主服務。有人問他，他看看天，說：「嬰所不唯忠於君，利社稷者是與，有如上帝。」他並不去守節。這兩件事《左傳》都持肯定態度，太史兄弟的獻身是為了說真話，堅持一個真理，他死得其所；晏子不死是因為他把國家利益看得比君主高，政治家應為國家人民做事，不必在乎守不守節，他不死也是應該的。這段史料把這層道理講得很清楚，古人所謂「聖達節，次守節，下死節」（《左傳‧成公十五年》），把死節作為下策。所謂達節，不過是不拘常格而已，即便是孔子本人，也有過這種「達節」的行為。《論語‧陽貨》載：公山弗擾以費畔，召，子欲往。子路欲阻其行，孔子曰：如有用我者，吾其為東周乎？我過去讀這段話，總是百思不解其意，想不通孔子怎麼會這麼下賤，為了做官竟想去投靠亂臣賊子。至人到中年後，多少有些懂孔子的苦衷了，想不想做官是另外一件事，至於講到做誰的官，如果跳出名份的圈子，各國諸侯又何嘗真有「為東周」的可能性？真命天子與亂臣賊子，不就是以勝負而定論的麼。

這樣，周作人事偽前的思想脈絡基本可理清了，如果說，歷史循環論是從消極的一面解說了周作人，那麼，超越氣節的思想傳統是從積極、進取的一面去解釋的。北大南遷時，周作人由歷史循環論得出了中國必敗的看法，不願把自己的命運拴在他早已絕望了的國民黨政府的成敗之上，同時，他對於當時民族救亡力量也是不信任的，再加上家室拖累（當時許多人都曾拋婦別離，周作人居然無法做到這一點，我猜想除了他被自己一手造就的苦雨齋的安靜環境異化以外，羽太對他的制約也是一個重要緣故，周建人在《魯迅和周作人》一文中說過周作人夫婦之間的一些事情，我沒有不相信的理由，因為家庭對一個現代中國人的制約，有時會勝過國事的力量），周作人又仗著自己是日本通，對日本人的進駐不會有什麼恐懼，所以他決定留北平苦住，準備當一個殖民地的遺民。可是當日軍占領以後，北平作為淪陷區的北方中心，政局相對穩定，政治措施相繼推行，文化侵略政策也步步相逼，不容周作人不與當局虛以周旋，如出席「更生中國文化建設座談會」和「保護北大理學院校產」等事，雖性質不同，都可說明這段時期他與敵偽周旋的情況。但到了他賴以為生的中華教育文化基金董事會編譯委員會南遷，元旦遇刺又是雪上加霜，連燕大教職也不敢擔任的時候，他的經濟發生了恐慌，這才使他不得不重新考慮自己的出路。元旦的刺客未必就是日本特務，但他既然被對方當作獵取之物，威脅的陰影總是籠罩「八道灣」，作為一個個人主義者，他並不想為國家民族的名份去犧牲個人的生命，這時候，「聖達節」的思想會是他最好的下水理由。周作人豈不知道後方文化界為他下水而憤怒、而聲討的情況，但他所謂「我不相信守節失節的話，只覺得做點於人有益的事總是好的，名份上的順逆是非不能一定」的辯解，在那個時候是最能燙平他心中的慚愧與知罪感了。順便說一下，我在你寫的《周作人傳》裡還注意到另一種原因，這屬於個人品性上的問題，就是在表面上瀟灑淡泊的周作人身上，依然有很庸俗很小器的一面，按現在的話說，是「上不了臺盤」的性格。你的《傳記》寫得很細，例舉的一些事我過去都不甚注意到：一件是一九二九年他女兒若子病死，周作人連續兩天在《世界日報》上大登廣告，來搞臭誤診其女兒的山本大夫名譽，這廣告我過去從劉半農雜文中看到過，但未曾注意其因果，現知情後感到是大可不必的事。第二件是三十年代周作人與胡風等左翼青年發生過爭論，可是到六十年代，胡風被迫害入獄，周作人竟在《知堂回憶錄》中稱其「專門挑剔風潮，興風作浪」，加以誣蔑，這行徑雖有當時風氣使然，但落井下石的事，實在與當漢奸一樣下賤。我過去讀《回想錄》未曾注意，這次讀你的《傳》才知道有這麼一回事，令人嘆惜。第三件是敵偽時期，周作人因受傾軋而下臺，遷怒於漢奸朱深，待朱深病死，他在日記裡幸災樂禍，加以報復，也實在是小人之為。類似的事情還有一些，把周作人性格的另外一面：斤斤計較，睚眥必報，甚至有些「破腳骨」的無賴和紹興師爺的刁蠻，都暴露無遺，這雖屬於性格上的小疵，但計較小利者，眼光難以長遠，胸襟難免狹隘，平時在理性制約下無足輕重，但在人生道路的關鍵抉擇之時，理性失去判斷價值之後，它就會起重要的作用。思想上的超越氣節與性格上的實利主義，我覺得是周作人下水的重要原因構成。

周作人本身是個自覺的自由主義知識分子，即站在個人主義的立場上，一面在專業領域創造美文的價值和自身的地位，另一面又以這價值和地位為資本對社會作批評。雖然這批評是以諷世的形態出現，但三十年代他對中國社會現狀所持批判態度，是沒有疑問的。下水以後，他開始提倡「道義事功化」，雖然是精神上的自我麻痺，但也不能懷疑其真誠性，如他給周恩來的信中所說：「我想自己如跑到後方去，在那裡教幾年書，也總是空活，不如在淪陷區中替學校或學生做得一點一滴的事，倒是實在的。」這話的前提是他起始並沒有打算這麼做，但事偽以後，既然形勢逼迫他出來做事，那他就接受偽職，在自己職權範圍內做一點一滴有利教育的事。這種思想應該給以充分理解，因為它概括了淪陷區出任偽職的人員中相當普遍的思想。這自然是指天良未泯的人員。然而周作人有比一般人更高的理想境界，那就是他在《中國的思想問題》、《中國文學上的兩種思想》、《漢文學的傳統》中所表達的中國自由獨立的文化傳統，那就是儒家安邦利民的民生主義，有這種思想傳統在，中華民族不會亡。或者說，亡的僅是國民黨政府，而非中華民族。周作人視文化的涵蓋面高於政治以至政權，是有歷史依據的，中國漢民族在歷史上經五胡十六國之亂，金、元入侵，以及滿族進關，但中國文化不但未亡，還同化了異族，使中華民族生生不息地發展下去。在周作人看來，日中戰爭在軍事上政治上勝敗已定，而從文化上說，孰勝孰負還未可知，所以雖事日而鼓吹中國的思想傳統，這也是周作人一貫的思想。早在他留學日本時期，他在《論文章之意義暨其使命因及中國近時論文之失》的文言長文中就表達了這種思想，他認為「國民性」（nation其實指民族）有「二要素」，「一曰質體，一曰精神，質體之者，謂人、地、時之事」，然而「質雖就亡，神能再造。或質已滅而神不死者矣」。他從古代埃及雖亡國而文化尚存的例子，又從古代精神不絕這點來尋求近代希臘復興的例子，來證明他對當時東歐的預見：現在亡國的東歐各國，精神尚存，因而抵抗不止。這些思想用在敵偽控制下的中國，就是所謂「古的中國超越的事大主義」，自然會與日本侵略政策相抵觸。作為一個出任偽職人員的此時此地心理來說，這樣做也多少能平衡過去。記得幾年前我在太原訪常風先生，常先生告訴過我一件事，抗戰勝利時，沈兼士任國民黨在北平的文化接受大員，周作人曾對常風表示：他認為沈兼士可以派他到日本去負責清點從日本歸還的文物工作。可是第二天他就被國民黨逮捕了。可見他並沒有把自己與一般漢奸等同起來，自以為還有功於文化教育。倪墨炎的《叛徒與隱士》中寫到了周作人出任偽職期間對國共兩黨的地下人員都有過幫助，但事後在法庭上周作人並未舉例為自己辯護，反覆所舉的就是《中國思想問題》等文章以及保護校產，這是一個相當令人深思的現象，我想周作人不會忘記這些事情，尤其是在病篤亂投醫的當時，也沒有什麼不便說的地方，他之所以不說，我猜想是他並不把這些政治行為看作是他份內的職責。那些事不過是說明他非死心塌地的漢奸而已，唯文化上的工作，才是他經過認真思考而選擇的，是敵偽時期作為一個自由主義知識分子唯一可做的工作。儘管這文化的工作，特定條件下也包含著政治的含義。

兩本傳記都把周作人這一時期提倡道義事功化與他在以前作為自由主義知識分子的言論比

較，認為他在思想上有了一百八十度的變化。我倒不這樣看，因為儒家思想本身就有兩面性，所謂達則兼濟天下，窮則獨善其身，他在二十年代末的白色恐怖下看破政治鬥爭的殘酷，稱「苟全性命於亂世」，如閉門讀書，從民俗等方面著手清理中國文化，並寫作閒適小品來重新確定自身價值所在；在事偽以後，雖非自願，但既然在位，倒也不妨「濟」一下「天下」，在職權範圍中將「道義」事功化，這時期他大談保存中國文化傳統，強調為人生的文學，都源於此。兩者在周作人身上是一劍之兩刃，互為表裡。但問題是這樣一來周作人的身份也改變了，他不再是個不依靠政治力量來證明自己價值的自由主義知識分子，而是兼有雙重的身份：官僚與知識分子。作為知識分子，他依然企圖利用自己的專業來證明不依賴於政治力量（官場）的價值，如關於「中國思想問題」、中日文化的研究、散文和讀書隨筆的寫作，都是以一個學者、作家的身份從事的；但作為官僚他又不能不按上面的調子唱，這些官話或以偽教育督辦的身份，或以官方的羊頭身份來發表，自然是臭氣熏人，但他自己也不怎麼看重，即使在他做官得意的時候，這些文章講話也照例不收入文集，可見他心中是非甚明。這是專制時代知識分子的悲哀，日軍占領下的北平偽政權，不過是刺刀下的傀儡，不要說被統治下的人民沒有任何民主自由可言，即便是那些官僚，又何嘗有絲毫權利？近讀Haunah Areudt的*The Origins of Totalitarianism*一書，關於專制獨裁政體的分析頗有啟發，著者指出權威政府與獨裁政府的區別在於前者的國家政治結構猶如「金字塔」，政治權力立於整個政治結構頂端（即中央政府），以下一層一層的政治權力機構都擁有程度不同的權力，越到底層，權力越小。而獨裁政府則是集權力在一個統治者手中，其他所有人（指政治權力機構中成員）均受這個獨裁者壓迫，因此，所有人都沒有權力，都不過是獨裁者意志的傀儡。「在這個政體裡，權力與權威蕩然無存。被統治的子民根本沒有任何機會組織成團體參與公眾事務，政體權威……只是來自赤裸裸的暴力工具。」我想用來描述周作人時代所處的政治背景，是極適合的，不過那個獨裁者非個人，而是日本主子，而漢奸的大小偽組織雖然沐猴而冠，但並沒有任何主權可言，在位時就必須聽從主子的命令行事，上臺下臺也隨主子的意圖而行。這處境與封建社會正常皇權下的官僚機構意義並不一樣，因為中國封建社會除了皇權以外，知識分子心目中還有一種道統，即儒家文化的思想傳統，知識分子往往先是接受了這套思想再去做官，所謂「學而優則仕」，一個正派的知識分子決不是無原則地做官，而是依據了聖賢的學說去忠君報國，通過政治途徑實現知識分子理想的道統。因此，當皇權與儒家道統一致的時候，君臣相得益彰，也是明君賢臣的時代；一旦皇權落在昏庸荒唐之輩手中，違背了儒家道統，大臣即會依據了道德的標準和力量來反對皇帝（所謂「文死諫」，正是這種矛盾尖銳的產物），儒家思想中一向有君輕民貴，社稷重於君王的民主因素，它使知識分子在選擇皇權時候有一定的自由性。可是在侵略軍占領下的偽政權，除了服從做一個侵略政策的過河卒子以外，沒有任何個性自由可言。所以周作人一旦誤入賊船，就不可能再是一個自由主義知識分子，甚至連雙重身份也不可兼得，「反動老作家」事件就是一個信號。你在傳記裡用一個概念來描寫此時此境的周作人，特別傳神，那就是「官僚化思維」。身在官場，猶能保持人的清醒，然而官僚化思維形成，使人的心理素質、情緒都官僚化了，再改也難。你在第八章第二節裡寫了周作人如何從生活上、感情上、心理上向官僚化蛻變，令人感慨系之。本來「官僚知識分子」與「自由知識分子」是兩個截然對立的概念，它們不可能統一在周作人的身上，但他既然進入這個政治機器，他就必須按照這個機器的操作運轉，不可能再隨心所欲，「欲看山光不自由」，再想在苦雨齋裡保持一個自由主義知識分子的高風亮節，難矣。

你的論述給我一個啟發，即周作人一生的道路，以叛徒與隱士的對立來概括遠不能盡其全貌，因為這兩者就如同他自己所描述的「兩個鬼」那樣，都是自由主義知識分子的兩面，而且做「隱士」或「紳士鬼」也沒有墮落為漢奸的必然因果關係。在他身上，真正的悲劇性的對立是自由主義知識分子與官僚知識分子的對立，這才是知識分子在專制時代的一個失敗，不僅對周作人個人有意義。

你的書中還有許多極精彩的分析，如根據周作人的日記，分析他與乾榮子的情感關係，與羽太之間的不和等，雖尚語焉不詳，卻是犁開了周作人研究中一片空白的天地，從家庭、戀愛的難言之隱放手去研究周作人的散文創作及其研究學問的興趣，也許能揭示這位現代哲人更深層的心理世界，是一個相當有趣的題目。

罷了，一封信寫了好幾個白天與晚上，思維若續若斷，不覺現已東方發白了。

弟 思和

一九九〇年十二月十九日於上海太倉坊

*原載北京《中國現代文學研究叢刊》(季刊)一九九一年第四期。

*錢理群，北京大學中文系教授。著有《周作人論》等論著。他的《凡人的悲哀——周作人傳》由臺灣業強出版社出版。

結束與開端

——巴金研究的跨世紀意義

汪應果兄：

在北京召開的「巴金與二十世紀文化」的研討會上，有幸聆聽兄所作的報告，兄以一貫的深刻洞察，分析了巴金的理想主義及其文學觀念與二十世紀時代的密切關係，以及在其中的地位。巴金是二十世紀中國文化的某種理想主義的象徵，其意義在苦難中國從自身的愚昧和專制的屈辱中擺脫出來的過程中，達到了奇蹟般的輝煌。十年來中國知識分子在反省中、在懺悔中慢慢地成熟起來，終於從一個依附於廟堂的喉舌朝著獨立於社會的批判力量發展，巴金的思想和寫作始終是一面鼓舞人心的旗幟。正如兄所指出的，巴金的生命整個的融入了中國現代文學的全過程，這一生命與文學進程相重合的現象，本身就賦予巴金一生以特殊的意義。我也很贊同兄對即將到來的下一世紀可能出現的時代特徵和文化特徵的分析和批判，尤其是關於「歷史運動向對立面轉化的普遍規律」的闡發，果然發人深省，啟人深思。但我覺得，兄由此得出了「巴金不可能成為新時代的代表」的結論，其理論依據似乎只是來自二十世紀文學史研究中的某些誤導的方面，根據這些被經典的文學史家們誤導的結論來推論，答案難免是悲觀的。當然這問題的關鍵不在於巴金有沒有可能在下一個世紀的文學時代裡繼續成為一種象徵，討論這樣的話題本身是沒意思的，但這個話題卻明白無誤地對我們提出了一個警告：假如我們按照傳統的研究思路來讀解巴金，繼續把巴金看作是五四文學傳統中理想主義、現實主義和愛國主義的代表去發揚光大，那麼，這種研究（包括對整個五四以來新文學的研究）在未來的新時代中都會喪失活力，這錯誤不在時代，而在我們努力擺脫了一套傳統的研究思路以後卻無力再度擺脫我們自己為自己繭縛起來的研究思路。無論我們怎樣鍾情於自己的專業，甚至不惜犧牲一切來堅守這塊土地，都是無濟於事的，任何學術活動都無法與時代的氣脈隔離。回顧巴金研究在近十多年來的道路，也同樣清楚地反映了這一點。

所以，那天在會上聽了兄的高論以後，引出了我的許多想法，一時間頭緒甚多，人又坐在後排，想站起來發言感到不便；到了會後，我們又各忙各的事，連坐下來說話的機會都不多，好容易又到了一次會上，有了一次發言的機會，我只稍稍談了一些想法，本想藉此話題與兄深入討論下去，不料偏偏那天兄外出了，未參加會議，所以討論的希望又落空了。六月份去南京，在南大校園裡和一家什麼樓會餐時都是匆匆忙忙的，無法安心討論一些問題。但我始終覺得兄在會上提出了一個很有意義的話題，對這個話題的深入討論，其意義將遠遠超出巴金研究自身的意義，或可涉及到如何看待五四新文學傳統；如何理解知識分子在現代社會的職責和作用及其價值取向，也將涉及我們自己怎樣從假設的五四傳統裡走出來，重新確定我們這個時代的知識分子應守的崗位和應做的工作。這不但關涉能否激活巴金研究的學科生命力；也將關涉整個二十世紀中國文學研究發展的可能性。

昨天收到兄寄來的論文稿，連忙拜讀了一遍。兄在北京會議上發言的觀點又鮮活地躍然紙上，再一次激起我想與兄討論的欲望。當然不敢說是「商榷」，事實上也不是商榷，我只是想沿著兄提出的話題繼續說下去，對近十年來我們所從事的巴金研究工作作一番反省。這些反省的材料大都得之於我對自己以前的研究工作的重新審視。但因為討論的話題由兄提出，所以還得從兄的高論談起。再讀兄之大作，其觀點仍與會上的報告相同，有二：一是巴金所代表的時代及其涵蓋的歷史跨度；二是為什麼巴金不能同時連接新舊兩個時代，這個已經「撲到眼前」的新時代到底是什麼？連接這兩者有個更有趣的話題是巴金為什麼不能像但丁那樣，既能「成為中世紀的最後一個詩人，同時又是近代最初一個詩人」？兄的論文自有很嚴密的邏輯，而且這些問題裡有許多方面都是我無法企及的，譬如對意大利人但丁究竟是如何既成為中世紀的最後一個詩人，又成為近代的最初一個詩人，我實在是茫然得很，只知道德國人恩格斯這麼說過，如此而已；又譬如巴金究竟有什麼必要要成為連接新舊兩個時代的橋梁，而且作為一個時代的代表究竟有哪些依據？這些也沒有搞得清楚。但有一個話題我似乎有些話可說，也是我經常在想而又不得其解的：即我們是在哪個層面哪個意義上來規定巴金的時代性的。

任何話說出來時都有一個邏輯前提，我們今天討論巴金所代表的時代性，往往省略了一個既定的前提：巴金是個反封建反帝的作家，這與五四的反帝反封建的根本傳統是相一致的，所以他的思想與寫作反映了五四時代（也就是二十世紀這個大時代）對文學提出的根本性的要求。這樣一個結論我們今天誰也不會去懷疑，但是倒退到八十年代初，為了對巴金的思想和寫作達到這樣一個認識，研究者們是化了大力氣的。當時研究巴金幾乎有一個繞不開的障礙：巴金早期所信仰的無政府主義思想是反馬克思主義的國際思潮，如何把它與五四以來的新文學主流（馬克思主義）取得協調。當時的研究者圍繞了這個問題各持己見：一說無政府主義思潮是反馬克思主義的，因而是反動的，巴金信仰無政府主義是反映了他的時代局限性；一說無政府主義在國外是反馬克思主義的，但在中國的特定環境下起到了反帝反封建的進步作用，巴金是在這個意義上接受了無政府主義，因而也是進步的；一說是巴金根本就不是無政府主義者，他只是從鼓吹革命的需要出發借助了無政府主義的旗號，其實他宣傳和鼓吹的內容是與馬克思主義同樣的。記得我與兄當時似乎都持第二種態度，以至兄在今天仍堅持這樣的觀點：巴金早年的無政府主義思想對當時的中國是個偉大的進步，對後來幾十年來封建思想大復辟的中國也是一個偉大的進步，對今天某些毫無思想可言的中國人也同樣是一個偉大的進步。此說我也深有同感。回過頭去說當年，儘管巴金研究領域的見解不一，但出發點是相同的，都是想把巴金的早期無政府主義信仰與五四時代主流溝通，以重新確定巴金在文學史以至二十世紀文化史上的地位。這一點後來在學術界取得了成功，當然不僅僅是巴金領域，而是整個現代文學史的研究領域。學術界粉碎了那種把政黨偏見置於歷史文化和審美之上的觀點，恢復了五四新文學運動的主流是反帝反封建的說法，並以此標準來重新評判作家作品，不僅是巴金，現代文學三十年中一大批作家作品都獲得了重新被認識被評價的可能。——歷史就是這樣，在今天我們看來是約定俗成的一個前提，十年前卻是需要很大的學術勇氣與膽識才能獲得。

我舊事重提，是想說出一個想法，即關於歷史的解釋（什麼本質、主流之類的東西）其實都是後人在一定的時代環境下作出的科學假設，在有限的範圍內自有實踐性的意義，但正因為它只是一種假設，也必將在新的歷史條件下被實踐所證偽。以馬克思主義及其政黨的利益為標準或以反帝反封建的標準來評判現代作家的進步性，都是一種社會科學實驗階段的假設，雖然都能解釋一些歷史現象，但也會對另外一些歷史現象的認識產生妨礙。就如用第一項標準無法認識巴金思想作品的意義一樣，如果片面強調第二項標準，也無法正確把握和認識像沈從文、張愛玲、施蟄存等人的創作。尤其是對文學史，應該有多種研究視角和多種標準的切入，最理想的境界應該是在同一個時代環境下也能出現多種實驗性的假設，以防止一種評判標準的獨斷。正如對新文學傳統的理解，兄自有獨到的描繪，如兄所說：「從鴉片戰爭到改革開放之始，中國人民經過前仆後繼的浴血奮戰，集中解決的是反帝反封建的鬥爭，是中華民族掙脫一切來自內部外部的重重束縛的悲壯的歷程。嚴峻而沈重的歷史任務要求文學充當時代的號角和戰鼓，於是，文學的社會功利性成為這一時代的最集中的文學價值觀念。」以這種假設為依據，兄明晰地描繪了文學史上從康梁到魯迅巴金的一條文學的功利主義道路，並把這條道路視作為二十世紀中國文學的時代屬性，再進而把巴金視作這一時代精神在文學上的偉大代表。在這樣一個假設的前提下，兄所作的文學史解釋具有嚴密的邏輯性。但是——我又想抬槓了，假如我們把作為邏輯前提的假設換一下，比如說，我在幾年前曾對新文學傳統也作過一個解釋，我以為新文學的啟蒙傳統有兩個：啟蒙的文學和文學的啟蒙，啟蒙的文學是指以文學為工具來實行思想啟蒙的文學傳統——如《狂人日記》、《家》之類；而文學的啟蒙是指在文學的本體意義上實行啟蒙，即在藝術審美領域喚起人們對文學的認識——比如《野草》、《邊城》等，為人生和為藝術的兩種文學觀念只有在合一的狀態下，才完整地體現出新文學的傳統面貌。這兩種文學觀的源頭分別可以追溯到康有為和王國維，而在魯迅的作品裡得到比較完美的結合，在二、三十年代，為人生和為藝術、左翼文學和京派文學始終並行發展著。直到抗戰，民族主義文化的復興和政治意識形態的高壓使兩種啟蒙傳統同時遭到顛覆而中止。應當承認，這關於兩種傳統的解釋不過是我在研究文學史中提出的一個假設，有沒有科學性和合理成分，還有待於論證，我在這裡之所以把它重提，只是想說明，如果這兩種啟蒙傳統的說法能夠成立、聊備一說的話，那麼，中國新文學傳統的發展軌跡就不再是單行道，而是雙行軌跡；那麼，巴金的為人生的文學（或如兄所說的理想主義、現實主義和愛國主義）就不是唯一評判現代作家是否能代表時代精神的標準。就好像講唐代文學的可以把杜甫的愛國主義看作是唐詩的代表，也可以把李白的出世遊仙看作是唐詩的最高境界一樣，當然也不妨有人把王維的田園詩看作是唐詩的代表。本來文學史就是一部知識分子面對世界的精神發展過程和藝術審美過程，知識分子無限豐富的精神世界決定了文學史必然會展示出豐富多彩、各呈其貌的思想風格和文字風格，也包括了知識分子對世界的各種自由解釋。只要他不是人云亦云，功利地屈服在時代話語之下作鸚鵡學舌，只要他真正地感受著這個活生生的世界，真正地表達著自己的心聲（也就是巴金所提倡的說真話），那麼，他的創作只有本身的藝術成就高低之分，而沒有必要另外給以一個文學史的標準來褒揚或者貶斥。我這麼說並不是否認把巴金稱為一個時代代表的提法，我想深入研究下去的是，巴金的思想創作道路代表了時代的哪個文化層面？或者說，巴金在二十世紀中國文學史上承當了怎樣的意義？

在中國新文學史的發展中，巴金的道路應該有它特殊的意義。依我對文學史的理解，二十世紀中國知識分子基本上是經歷了由傳統的廟堂意識向現代知識分子轉型的歷程，在實行這個價值取向的轉化中，知識分子一度架構起一座「廣場」——所謂廣場，是知識分子被驅逐出廟堂以後繼續從政議政的價值空間，知識分子在廣場上的主要職能，就是向民眾啟蒙，由廟堂裡為「帝王師」的理想轉換成為「民眾師」的實踐，其價值觀的基本指向仍在廟堂。但由於學統崩潰進而被廢，知識分子失掉了「知識霸權」的傳統優勢，面對新型的中國社會和世界格局，在經國濟世方面政治家與知識分子完全是在同一條起跑線上起步，雙方同時地向西方學習，同時地實踐著各種治國理論，因此，新文學運動的發起人陳獨秀搖身一變又是中國共產黨的領袖，不過是像跨一道門檻那麼容易。所以，五四那會兒，西方各種思潮、學說及理論都在這個廣場上風雲際會，是必然的文化現象。無政府主義應該說是那許多種經國濟世方案中的一種，它經師復等人的實踐、吳稚暉李石曾等人的鼓吹，到五四時代已經初具規模，影響大於馬克思主義，因此我把它看作是一種「廣場途徑」，巴金由於信仰了無政府主義而成為一個廣場上的知識分子。在這條道路上他是走得相當的長久，他常常說自己是五四的產兒，我以為也應該在這個意義上去理解。但是從文學史的發展來看，「五四」作為知識分子群體意識的「廣場」，並沒有延續多少時間，這也是所謂五四新文學陣營的分化。分化者有兩個方向，一是繼續朝廟堂靠近，甚至直接參與到廟堂的破壞或者修建中去，陳獨秀、胡適、蔡元培、吳稚暉，基本上都是走這個方向；還有一條路就是有一部分知識分子看到了廣場意識的虛幻性而脫離廣場，重新確定知識分子在現代社會的位置，在自己的工作崗位上建立起新的價值取向，這也就是我所謂的崗位意識，如錢玄同、劉半農、周作人等，走的就是那一個方向。過去文學史或研究著作裡也對這個現象作過分析，但大都是依了「前進」「後退」等觀念來看問題，我覺得「廟堂」「廣場」和「崗位」，不過是知識分子在彼時彼地價值取向上的分野，本無所謂前進和後退之分，而且從知識分子的崗位意識上說，未必不是一種積極的選擇——這話題扯起來太遠，當作專門討論。但有一點可以理解，在新文學陣營分化以後，堅持在廣場上苦撐的人，漸漸地少了下去，「兩間餘一卒，荷戟獨徬徨」，偉大的魯迅正是一個在廣場上苦鬥的知識分子典型，他一邊橫著站立在廣場上，迎戰八面來敵；一邊又苦苦地在後來者中間尋找著同盟軍。這種孤獨而漫長的精神戰鬥，幾乎耗盡了魯迅全部的精力、智慧和生命，使他不得不放棄了作為文學家和學者的文學創作和文學研究，而成全了文化戰士的象徵。巴金的道路基本與魯迅相同，而與那些無政府主義的元老們所走的道路相反，他在相當長的時間裡充當了一個沒有走進廟堂、沒有確定崗位的「廣場上的知識分子」。一九二九年初巴金從法國回到上海，並沒有打算在文壇上混個作家當當，儘管那時《滅亡》已開始在《小說月報》上連載，獲得了較好的反響。當時的巴金依然對無政府主義運動一往情深，他主持自由書店，編輯無政府主義書刊，寫作《從資本主義到安那其主義》，希望對國內的無政府主義運動有所推動。可惜當時一黨專制體制在政治上已經確立，無政府主義作為一種政治運動已經煙消雲散，許多無政府主義的信仰者也向兩端分化：如吳、李、蔡諸元老轉向廟堂，充當了新政權中「商山四皓」；也有不少人轉向了實在的工作崗位，如一部分人在福建晉江地區辦學校、從事平民教育；也有人到廣東農村辦學，還嘗試著搞農會工作，把農民組織起來。巴金在三十年代初的幾次南下，並非單純為了旅遊，在我看來，多少是帶有考察同一陣營的伙伴的工作意義和可行性。但這些工作崗位對巴金來說，有許多勉為其難的地方，終於未能成為他的崗位。所以，巴金只能久久地留在廣場上，孤獨地探索著一個知識分子應走的路。這一段時期他寫作了大量的文學作品：小說、散文、翻譯，不斷地訴說著他的悲憤、絕望和孤獨，他不斷地詛咒自己的寫作生活、貶低自己的藝術成就，甚至根本不承認自己是個作家，多次宣布要結束這種生活方式……在中國新文學舊文學的作家中，像這樣不安心於作家身份的人，大概也只有巴金一人。直到前不久我去看望他時，他還是誠懇地對我說：「我並不想做一個作家，搞文學不是我的初衷，我是想做些實際的事，對國家人民更有用。」我不禁想，還有什麼成就能與巴金在今天所獲得的崇高威望相媲美？但是唯有深切了解了這一點，我們才能真正理解巴金在三十年代作品裡所傾訴的那許多痛苦，才能理解這些痛苦的真誠性而不是所謂煽情的修辭手法。也就是說，文學創作、文學事業，以及文學上獲得的巨大名聲，都不是巴金所認定的自己的崗位，而只是他久久滯留在廣場上探索過程的副產品。所以我寫《巴金傳》寫到這一節時，我忍不住要說：「巴金的魅力不是來自他生命的圓滿，恰恰是來自人格的分裂：他想做的事業已無法做成，不想做的事業卻一步步誘得他功成名就，他的痛苦、矛盾、焦慮……這種情緒用文學語言宣洩出來以後，喚醒了因為各種緣故陷入同樣感情困境的中國知識青年枯寂的心靈，這才成了一個青年的偶像。巴金的痛苦就是巴金的魅力，巴金的失敗就是巴金的成功。」

我對巴金的文學道路和文學成就作如是觀，並非是故意對它作低調處理，而是想把巴金在三十年代的創作心理解釋得更接近他的本來狀態。過去研究者總習慣於說，巴金在三十年代的創作是反映了他既不滿於社會制度，又找不到正確的出路，所以那麼悲觀和絕望，我現在敢說這種解釋是很皮相的，巴金怎麼會找不到出路？他在小說裡一直企圖給人指出一條路，那就是他的安那其理想，他在二十年代宣傳無政府主義的時候，在法國參加營救凡宰特的時候，都是生氣勃勃，這種生氣正是來自他的廣場途徑，那時候他的崗位就是一個社會運動家，一個安那其戰士；唯有到了三十年代，他在廣場上再也找不到一個安那其運動的位置，同時又找不到自己可以安身立命的工作崗位（他始終沒有把文學看作是他的崗位），他才會那麼痛苦、矛盾和焦慮。我認為巴金真正找到自己的崗位是在一九三五年以後，也就是吳朗西等人創辦文化生活出版社以後。文化生活出版社是一個在現代出版史上值得深入研究的課題，我的初步研究結果是：一、它是中國知識分子在現代轉型過程中重新確立自己的崗位來傳播人文精神的一個實踐性的嘗試，這一點在當時含有普遍性的意義，如張元濟、鄒韜奮等人的實踐；二、它又是幾個具有無政府主義理想的年輕人，在廣場意識向崗位意識轉化的過程中嘗試的一種有意義的實踐，文化生活出版社的經濟結構充滿了理想的成份，其成員均以義務的態度來參加工作，只講奉獻，不講利益，把出版獲得的利潤用於擴大出版事業，在一個處處講利潤的商業社會裡，開創了一條理想主義的道路。我覺得只有第二個特徵，才使巴金找到了一條在現代社會安身立命的崗位，文化生活出版社的成立，與福建廣東等地的平民學校一樣，是中國的無政府主義者失掉了廣場以後最後安身立命的崗位。我們讀巴金在一九三六年以後寫的作品，就會發現那種悲憤和絕望的情緒漸漸平撫下去，促使了四十年代風格的變化。也許是我的描繪過於理想化了，但這條思路也是我面對現代社會轉型所思考的思路。我從這一出發點來讀解巴金，我對巴金在現代文學史的意義的理解可能與兄不太一樣。我覺得巴金的意義不在他的思想作品為我們展示了一種啟蒙的戰鬥的激情（進而代表了這個行將過去的偉大時代），恰恰是為我們展示了一個現代知識分子對中國命運的多種可能的選擇和嘗試；同時還展示了現代知識分子的價值取向從「廣場」向「崗位」轉化時痛苦而複雜的心態。如果從這個意義上去理解，我認為對巴金的研究不僅僅是向昨天告別，還包含了對未來時期中知識分子可能性的啟示。

首先是巴金的道路向我們展示了現代知識分子對中國命運的多種可能的選擇和嘗試。回顧我們在十多年前開始對巴金研究感興趣的光景，其實也包含了這種潛在的好奇心。當時我們對現代文學史以及現代知識分子道路的理解，都停留在教科書的認識水平上，以為教科書所描繪的魯迅的道路——從激進的民主主義戰士向共產主義的轉化，是一條百川歸海式的道路，可以用來解釋一切在現代文學史和文化史上有傑出貢獻的知識分子；同時，這種研究思路也束縛了研究者對研究對象的理解，似乎不能歸納到這種思路上去解釋現代知識分子，就不能算是正確解決了這些課題。我在前面回顧的十年前我們曾經努力把巴金所信仰的無政府主義和我們所假設的五四反帝反封建的傳統聯繫起來，找出它們之間的同一性，正是這種幼稚的思維模式的反映。假如我們今天把對五四新文化傳統理解的邏輯前提變一變，也就是說，不一定要在反帝反封建的角度來理解巴金在五四新文化運動中的地位，那麼，是否這裡還包含了別的什麼更有趣的意義？比如，我們假定無政府主義與反帝反封建的民主主義並不是一回事（事實也確實如此，巴金在《家》寫了覺慧與覺民的分歧，正是為了表現兩者的區別），巴金接受無政府主義的信仰不僅僅是為了反帝反封建的現實性要求，而且是為了更長遠的治國計劃，希望成為未來中國政治模式的藍圖，為了實現這一藍圖他不懈地堅持了理想主義的人生道路。正如兄所說的，巴金早年信仰的無政府主義理想，即使在今天的中國，仍有其偉大的進步性。這就是說，巴金一生所追求的安那其主義理想，與我們的教科書教導我們的所謂歷史的進步性並不是一回事，而且可能有其更加進步的地方（假定）。那就是說，巴金的道路展示了中國的命運本來就有多種實踐的可能，而我們今天所已經走過的道路也並非是唯一的參照系。五四新文化的傳統，是在東西方文化大撞擊大交流的過程中產生的，多元的價值取向比獨斷的價值取向更能夠代表時代的精神特徵。如果再往深裡想的話，我突然發現，我們這批十年前對研究巴金思想發生強烈興趣的朋友，其實都有一個潛在的欲望：即對當時的政治文化抱了很深的懷疑以後，希望能在巴金的理想主義中看到一種更加合乎人性的文化模式和政治理想，我想這是那幾年中巴金研究發展得那麼繁榮、研究思想那麼解放，甚至研究者在人格上的追求那麼明顯的一個主要原因。可惜的是，我們當時能夠達到的理解水平有限，自以為有了重要突破的解釋，僅止於在無政府主義和反帝反封建中間找到某種同一性，從根本上說，仍然是通過歪曲無政府主義的學說和巴金的早年信仰來換取對巴金地位的肯定。——當年我和李輝合著的《巴金論稿》，現在讀來正是這種思路的產物，可是記得那時還在武漢讀研究生的艾曉明給我們寫信，與我們探討假如承認了巴金信仰無政府主義會不會造成自己在理論上的作繭自縛。

——歷史就是這樣發展過來的，誰也無法超越歷史規定的語境來思想和寫作；但這話放到今天來說，歷史是否也必然會通過證偽自身的語境來發展自身，推動思想呢？

假如說，我們承認巴金的早年信仰反映了知識分子在多元價值社會環境中追求理想的可能性，那麼我們再來討論第二點更加顯得順理成章，也就是知識分子在社會現代化轉型過程中如何尋求自己安身立命的崗位。中國自本世紀初封建帝國崩潰以來，一直在尋找向現代社會轉型的道路，知識分子身處這種轉型期中，始終面臨著價值取向的轉化問題，只要知識分子看清楚了自己在未來廟堂中的地位的失落，他放棄了對重返廟堂、通過政治途徑來改變中國命運，從而確立自己的生存意義的價值觀，他都會考慮怎樣在現代社會中重新確立自己的價值取向的問題：這種新的價值取向不是要放棄知識分子對社會的責任，而是重新尋找對社會履行責任的方式；廣場不是知識分子唯一表達社會使命的場所，啟蒙也不是知識分子顯示知識力量的唯一途徑。巴金從「廣場上的知識分子」的痛苦心境到確立了自己在文學上的崗位、通過出版工作來發揚理想的轉化，很生動地說明了這一問題。商品經濟不是第一次降臨中國，資本主義的文化環境也不是第一次纏繞中國的知識分子，任何時期都會有利欲薰心，都會有哥哥妹妹，也都會有知識分子人文精神的失落，這是很正常的現象。我以為知識分子的使命在於完善社會的良知，這不僅僅是對政治壓迫而言，更重要的可能就是體現在拯救日常生活的野蠻之中。我不是說巴金等人創辦出版社是知識分子唯一可行的崗位，但巴金等人的實踐確實為我們這一代的知識分子提供了一條思路。無政府主義在廣場上的失敗自有其必然的原因，這裡姑且不談，但是當這些年輕人以崇高的人格理想在出版事業上有所實踐的時候，其中的意義就不單單是出版事業上的成功，而是在當時烏煙瘴氣的商業社會裡樹立起一個榜樣：不是任何人都拜倒在金錢利潤的權威之下，也不是任何知識分子在放棄了政治上的理想主義以後都會自暴自棄，以至放棄知識的力量。巴金們不是在文化受到社會的普遍重視，文化事業有利可圖的時候去創辦出版社的，而恰恰是在文化大蕭條的當口，作為幾個文化人自救行為才去做的，他們成功的例子，於現代社會中知識分子確立崗位意識的意義，實在是比五四新文學史上被後來者譽為主流的「戰鬥意識」重要得多。從中國現實發展的狀態看，知識分子再要回到五四時期，所謂「振臂一呼，令武夫倉惶失措」的盛景，那簡直是不該有的幻想，接下去的道路，是需要知識分子腳踏實地、很寂寞也很堅韌地在自己的崗位上發揮社會良知的作用。

或許是我對目前的知識分子狀態尚覺樂觀。前些時候刊物上對知識分子怎樣發揚人文精神的話題說得較多，或有人以為這是知識分子出於對當前處境憂慮所致，即所謂商品大潮掩蓋（一說遮蔽）了人文精神，其實幾十年來知識分子早已將人文精神換了一口安生飯，不過是如今連這口飯也吃不安份，才想起先前的交換太輕易太便宜，才重新提出來評估。我身在討論中，總希望讓人明白，今天之所以討論知識分子的人文精神就是因為在商品經濟的環境下，知識分子終於有了改變自己附於政治權威這張皮上充當「毛」的可憐生存狀態，有了像當年巴金那樣從廣場向崗位轉換價值取向的社會機制，知識分子不應該再對廟堂意識抱有過多的幻想，也不應該沉溺在廣場的虛假光榮中不可自拔，使自己與時代的氣脈隔離開去；人文精神是要靠知識分子在具體的實踐中逐步發揚的，它不僅在陳獨秀們辦《新青年》中體現，也在王國維對古文字的研究中體現；不僅在巴金的那些長歌當哭的小說裡得以呼喚，也在巴金們踏踏實實的編輯出版大量優秀著作的工作中得以保存。總之，不能因為商品經濟使廣場上的知識分子感到了寂寞，就以為知識分子的使命和責任感就從此完結了。誠如兄所說，下一個時代的文學，可能是出現拉斯蒂涅、安娜·卡列尼娜、阿巴貢這一類人物形象的時代，那樣的時代不正是由對社會履行批判使命的優秀知識分子來體現的嗎？從本質上說，這與魯迅、巴金的文學道路又有多大區別呢？因此我想，巴金研究這一學科所包含的豐富複雜的內涵，我們可能還遠未窮盡，不過是需要在研究思路研究方法上有所改變，不能滿足於把巴金歸納到所謂的時代主流模式裡去（諸如談巴金的愛國主義、反帝反封建等），也不能停留在「廣場上的知識分子」的意義上談人格力量（恕我直言，這次北京會議上提交的論文與發言，老話題太多，新思路太少，以至會開得有些沉悶，許多話題的討論都展開不起來）。但我知道，這現象不僅在巴金研究中存在，在其他現代文學學科的研究中也是存在的，所以積累一些想法，藉著拜讀大作的體會而說出，一併求教於兄。

近日上海天大熱，電腦不能久用，寫寫停停，不覺多日已逝，遲復為歉。

謹祝

暑祺

陳思和 敬拜

一九九四年七月二十日夜

*原載《世紀的良心——巴金九十華誕紀念集》，上海文藝出版社一九九六年版。

*汪應果，南京大學中文系教授。著有《巴金論》等論著。

關於烏托邦語言的一點隨想

元寶兄：

關於王蒙的評論，真是很要命的事，原以為你近年來一直在跟蹤著讀王蒙的作品，寫這麼一篇評論不會很難，就代你答應下來了，沒想到你剛剛完成了一篇談王蒙小說語言的文章並交《作家》發表，再寫起來怕有重複之嫌；這樣，這篇文章就只好由我寫了。而且時間又是這樣緊迫，王蒙又是那麼的多產多才；而我，又恰恰是那樣的一種散散漫漫的脾性。說句老實話，在一九八七年讀了《活動變人形》以後，我再也沒有像前幾年那樣懷著極大的新鮮感和好奇心去追蹤閱讀王蒙發表的每一篇文字，除了一些後來引起官司的作品外，我一般讀得也不多。這種閱讀興趣轉移的主要原因，是我在那時起著手準備一部二十世紀文學史的寫作，準備工作做得很困惑，越是做下去，越是覺得疑難重重，後來惹出許多從不研究文學史或者研究得莫名其妙的人大憤怒的「重寫文學史」之說，就不過是這些困惑中極小的一部分。這些困惑使我無力消費更多的時間去閱讀大量的當代作品，可現在突然要我對王蒙這樣一個豐富而複雜的文學存在說話，我不能不感到躊躇。何況你是知道的，在從事評論工作時我決不「瀟灑」。

張未民兄也理解我的難處，他主動向我提議：一、我的任務是評論王蒙在《活動變人形》以前的作品；二、可以從我自己研究的項目，即文學史的角度來談王蒙的創作。這樣一來我似乎沒有理由再推辭，即使衝著這種朋友間的信任，我也不該辜負《文藝爭鳴》這家辦得很有生氣的雜誌。不過話說回來，挨到真要寫的時候，這兩條提議似乎又不發生什麼有利的效用了。因為要從文學史的角度去理解王蒙這樣一個作家是相當困難的，在五十年代和文革後兩個時期的文學史上，幾乎沒有一個作家能夠像他那樣——無論是曇花一現的青春時期還是寶刀不老的重放時期——在創作上保持了經久不衰的新意（這種新意首先是來自他對生活特有的敏感，其次才是藝術上的兼收並蓄）。王蒙畢竟不是巴金、冰心、夏衍，甚至也不像他的同代作家那樣，可以用一種過去式的語言來描繪他在二十世紀文學史上作出了哪些創造性的貢獻，或者總結其作為一個時代所共有的不足。流動的水在不同地形的河床裡不斷變換著它的姿勢，誰也無法預料王蒙在今後的創作裡還會翻出什麼新的花樣來。就說他的《戀愛的季節》吧（這似乎又涉及到第二個問題，雖然未民兄允許我只論王蒙一九八七年以前的創作，但我仍不能不看他近年的創作），我把它看作是《青春萬歲》的辯證形態的否定式，它以模擬的方法重新解釋了作家曾經真誠謳歌過的五十年代。有了《戀愛的季節》，對王蒙早期小說的全部評價都需重寫。然而《戀愛的季節》這僅僅是王蒙的

「季節系列」小說計劃的第一部，如果參照王蒙自己對長篇小說特別看重的態度❶，那麼這個作品還只是王蒙未來創作歷程的一道序幕，以後還會有長長的發展。現在匆匆忙忙來談它的文學史意義，未免有點太冒失。

就在猶豫躊躇之時，我讀到了你發表在《作家》上的文章❷，題目很長：「戲弄與謀殺——追憶烏托邦的一種語言策略」。開始我並不明白你在標題上所展示的概念，但越讀下去越覺得有意思。你所找到的不僅是一種對王蒙小說語言特性的解釋方法（在我看來，這是所有關於王蒙小說語言的研究和評論文章中最有說服力的一種解釋）；而且是關於王蒙小說語言和它所表達的時代之間關係的最佳切入點。儘管你以你一貫的文風在語言概念的發揮上多少有點晦澀，有點混亂，但你對五十年代作為主要時代特徵的烏托邦語言的揭示，並以此為基礎來分析王蒙小說語言的價值，於我確是感到茅塞頓開。當然我與你的人生閱歷不同，對王蒙小說的興奮點及其理解也不一樣，但你的研究成果啟發了我，使我找到了進入王蒙小說的入海口。任何一個優秀的作家都有自己最顯著、最不容忽視的藝術追求作為標記，王蒙的藝術標記在哪裡？是他的「少年布爾什維克」？是他的「東方意識流」？還是他常以此自矜的「幽默」？也許這些都是構成王蒙藝術風格不可或缺的要素，但似乎還算不上構成王蒙之為王蒙的藝術標記的本質。這些方方面面的要素只有在最根本的制約——模擬烏托邦語言的總體調動下，才按其獨特的規律活躍起來，展示出王蒙小說的鮮明特色。

什麼是烏托邦語言？你對它的概念已經闡發得很清楚，你說：任何一個時代的主導情感都不是赤裸裸的，它有它的寓所，烏托邦時代的浪漫主義就寄寓在那個時代同樣散發著濃郁的浪漫氣息的語言中，烏托邦語言不僅是烏托邦情感的表達方式，還是烏托邦抒情現實的存在方式。烏托邦的主導感情和感情化的現實就是烏托邦語言。烏托邦首先是語言的烏托邦。一切靠語言運轉，一切都在語言之中，這本是烏托邦時代公開的秘密。你的概括相當精闢地說明了五十年代到七十年代以至更晚近的中國，它在當代中國是一種具有最高政治權威性的語言，它可以毫不留情地排斥其他語言，並且長驅直入任何一個領域、任何一個角落，包括你的思想、意識和心靈。

一種靠革命理想、革命激情支撐起來的烏托邦語言，在邏輯上可能是令人信服的。但是當這種語言通過其自身的魅力或者外在的權力，不僅煽起了人們對未來理想的熱情，而且把人們從理性的大地上拔根而起，傾巢驅入盲目的不可知的時代旋風，那種情景就變得很可怕了。我出生於五十年代，太早的事情不甚了然，但文革是親歷過的，烏托邦語言對那個時代的教育、精神以至現實存在的包容力即使在今天回憶起來仍然驚心動魄。烏托邦時代的最大特點是人們沒有或者根本就不讓有現實的奮鬥目標，「今天的蘇聯就是明天的中國」「二十年超過英國」「暢想共產主義的美好明天」「解放世界上三分之二還在水深火熱之中的勞動人民」「把毛澤東思想紅旗插遍全球」「三年大見成效」……就彷彿是一個碩大無比又神秘莫測的黑洞，它既有無窮誘惑力又有巨大可怕性，一種勝者為王敗者為寇的絕對權威，一種把烏托邦語言既當作行為出發點，又當作行為的最終目的的時代旋風，人們除了以自己的激情為唯一可信物以外對這種黑洞一無所知，可是自己的激情一旦被時代旋風捲入，那它是否能靠得住也變得可疑起來。你是六十年代出生的，可能對那個大講階級鬥爭的時代沒有太深的印象，那時候的烏托邦語言就像符咒，人都被劃成了許多等級和層次，圍著那個至高無上的黑洞一圈圈排列。當這種烏托邦語言的旋風席捲而起的時候，符咒便起了效力，彷彿是魔笛被吹響，所有的人，不管你身處哪一圈，都陷入了激情的狂舞，所有的人都會不顧一切的往那黑洞狂奔歡呼，爭先恐後，猶如奔赴節日的慶典。一批批人在黑洞裡消失，一批批人緊急著跟上，他們被後面人驅使著推動著又不斷地驅使著推動著前面的人，理性早就化為烏有，激情也終於失去了意義，只有一個碩大無比的黑洞，黑洞……在眼前越來越大。這種情景說悲壯也挺悲壯。但我曾不止一次地疑惑過：究竟是什麼力量，能使整整一個時代的男女老幼，無論貴賤，無論智愚，都會如此的著魔？是迷信？是忠誠？是激情？是理想？答案當然是多樣的，但在讀了你的文章後我若有所悟：所有這一切，真正的負載體不就是一種充滿魔力的烏托邦語言嗎[3]？俱往矣，今天再來回顧當時的情景真是恍如隔夜之夢，但作為過去時代的本質構成即它的烏托邦語言，不仍然在我們的日常生活中時隱時顯，在我們的心靈深處沉沉蟄伏？這也許是我們今天讀王蒙小說所能獲得的快感，也是讀王蒙小說中所能體會的歷史感和文化意味。

如果後人需要從文學中了解當代中國的政治文化史，了解這一段少年清純是怎樣在時代的和自我的風暴中發生蛻變，是怎樣在與現實的淤泥擁抱中變得污濁不潔，又是怎樣在千瘡百孔的慘劇以後變得成熟、豐富、藏污納垢而又有容乃大，那麼，王蒙的作品會是最理想的讀物。對於當代中國這一龐然實體的複雜多難歷史，在中國作家中並不缺少嚴竣的書記官，也不缺乏它的歌功頌德之音，但說到要在藝術審美領域樹立起這個時代風範的紀念碑作品，實在是非王蒙莫屬。在當代的廟堂與廣場之間，王蒙始終以低調的姿態穿行其間，在這十多年來齟齬日愈加劇的兩者中間左右逢源。他從沒有像那些廣場上的伙伴們一樣對當代社會發出獅子吼般的批判和充滿知識分子精英意識的理想呼喚，但他又決不是那些不善於表達政治激情，掉頭另找山水風景的民間尋美者，他早年的政治生涯以及在政治運動中「不幸中有幸」的特殊地位，都使他對這個時代的烏托邦精神懷著極其複雜的感情：一方面他整個身心被這種意識形態所浸透，他的藝術構思中不由自主地會流露出對為此奉獻了他青春、理想和愛情的歲月最真誠的抒情（這種真誠性也使他在對當代社會履行知識分子的批判使命時抱著寬和的態度）；可另方面他也為自己曾經付出過、然而被歷史證明是無謂的代價惱怒不已，並且常常在文字中以嘲弄和顛覆它的神聖性為情不自禁的快事（後者使王蒙多少有點與王朔相接近，儘管他們身處廟堂與民間的兩端，地位是如此的懸殊）。這兩個特點都決定了他不是站在這個時代之外來批判這個時代，用個不雅的比喻，他不是一個乾淨著自己的身子去檢查衛生者，他是把自己投入到他所要清洗的污池裡翻江倒海，他用他那特有的——浸淫著烏托邦時代精神的語言來誇張這樣一個時代的精神，戀舊與反省、真誠與嘲諷、嗜痂成癖與掏心自剖，幾乎都混合成一個難分難解的整體。順便說說，在表達這些特點時，王蒙前些年吸收的某些西方現代主義技巧可幫上了大忙，儘管他吸收這些手法的初衷也許是為了避開一九七九年知識分子精英意識的初次受挫，也可能是為了更加豐富地表現作家的人生經驗和心理歷程，但這些藝術技巧最終給王蒙帶來寫作上的便利，是他對各色烏托邦語言作任意排列和任意實驗的極大自由。

對了，也許你會反駁我，我現在對王蒙所作的理解，難免打上了「正在進行時」的標記，並不能說明王蒙文學活動的「過去時」情況。這是自然的，過去時的王蒙早已有許多專門的研究者發表過意見了，毋須我來重複。其實我開始從事當代文學評論起，就一直注意著這位作家的創作動向，可我沒有對他的創作發表過完整的看法，因為我在讀這些作品時始終沒有消除過困惑。今天我之所以能寫信跟你探討王蒙的創作，並答應張未民兄所囑的從「文學史範圍」來談些看法，就是因為「正在進行時」中的兩個因素：一是我在研究當代文學史時思考了當代中國文化「三分天下」的問題，使我對王蒙創作的整體把握有了依託；二就是王蒙終於創作了長篇系列的第一部《戀愛的季節》，揭示了王蒙小說中長期困惑評論家的「少共情結」真相。你還記得，八十年代初評論家李子雲指出王蒙小說中最主要的特點依然是他的少年布爾什維克的心，而王蒙則在給評論家的答覆中委婉地拒絕了關於「少共」的評價，儘管他仍然承認「少共精神」是他創作的整體精神之「根」❹。這場作家和評論家的對話給我留下了很深的印象，因為一直到好幾年以後，我還是覺得李子雲的評價是不錯的。但問題是王蒙為什麼要拒絕？而且所拒絕的理由——諸如生活複雜性之類——也都是無足輕重的。我現在有點明白了，不管王蒙當時是否已經自覺到，他在七十年代末出版《青春萬歲》和寫作《布禮》時，雖然對自己在一九四八—一九五二年的革命經歷一往情深，滿溢讚美之情，但實際上他分明感受到了命運的苦澀。或許是他還沒有梳理清楚這種苦澀與他所全力謳歌的「少共」之間有什麼實在的聯繫，或許是他不願意把感性的東西說得太明白，但他對別人以他所讚美之物來解釋他的作品，如實地感到了不滿足。《青春萬歲》是一九五三年創作的作品，屬王蒙少年時期的試筆之作，有些幼稚的地方在所難免。但它正式定稿時間已經是一九五六年了，這年頭正是王蒙寫出了五十年代中國文學史上最優秀的小說《組織部新來的年輕人》的時候。有了林震在組織部的遭遇，鄭波、楊薔雲們的清澈透明就彷彿是一場春夢，更何況早在一九五三年動筆創作這部小說時，王蒙已經感受到「這樣一代青年人是難以重複地再現的了」[5]，他的創作本身於生活已經不再是寫實，而是對以往生活的感受、懷念和嚮往。一九五三年對少年王蒙的精神發展來說是個相當沮喪的年頭，他不止一次地在小說中寫到，從這個年頭起春夢已逝[6]。而那一年他不過才十九歲。這也就是說，在王蒙的生命旅程中至關重要的時期，即他的「少共情結」賴以發生成長的歲月，不過是他十四歲到十八歲的四年。讓我們設想一下，一個十幾歲的中學生在某種秘密組織的影響下，接受了有關革命的思想，並參加其中一些地下活動。所謂的「少共」就是如此而已。無論從王蒙當時的年齡還是他所參與的社會活動範圍，與一個成熟的革命者距離畢竟還相當遙遠，他所念念不忘的「少共」，只是他少年時代對烏托邦理想的一種朦朧期待。《如歌的行板》裡他終於讓主人公在一九五三年真正地面對現實生活的本身，悲哀地問：那四年的革命生活到哪裡去了？接下去是這樣一段主人公的獨白：

> 我好像丟失了什麼最寶貴的東西。我在追尋，我在追憶我在苦苦的思念。我痴情地在每一個尚未入睡或者半途醒來的夜晚，為自己細細地、苦苦地描繪那四年的最崇高最動人的經驗，我唱起那四年當中最愛唱的歌，滿含眼淚。誰能理解我？誰能分享我的思念和深情？誰能證明我在那四年的存在？[7]

烏托邦理想只有在少年人的心靈裡才會產生真實的價值，由於少年青春在人的生命中有著永恒的回憶價值，所以當烏托邦隨同青春期待一起進入回憶時，它也多少沾了些神聖的光。但在成熟的年代裡如果還要把烏托邦視作一種價值並想有所堅持的話，那除了沉溺到烏托邦語言中去重溫舊夢，就不能不走到這種理想的反面。那位周克在以後反右運動中的卑劣作為，就是一例。王蒙正是在一九五三年敏感地意識到這一點，他才寫作《青春萬歲》，向自己那一段幼稚的烏托邦告別。很顯然，在一九五六年創作的林震身上，左的可愛之處有之，青春的美好抒情也有之，但如鄭波、楊薔雲們的烏托邦語言已經是很淡薄了。

如果說，一九七九年王蒙出版《青春萬歲》是在對歷史的了卻中夾雜了絲絲舊夢，那麼，同時期作的《布禮》則有了不同的追求。我不相信一九五三年已經敏感到少共精神將一去不復返的王蒙，經過了文革的污泥濁水洗禮後還會如孩子一般天真地呼喊：向……同志致以布禮！但在這部小說裡烏托邦語言使用的程度超過了一九五六年和一九六二年寫的作品。這恰恰說明王蒙在《布禮》裡要追求的並不是舊夢重溫。烏托邦語言不再是生活本來面貌的一種描繪，也不再是作家為取悅社會而採取的寫作策略，毋寧說它已經成為作家寫作的一種修辭手法，毋寧說它是作家在烏托邦政治社會環境下長期生活裡形成的特殊藝術語言才能。那時候大概還談不上你說的什麼「戲弄」與「謀殺」，但王蒙應該是隱隱約約地感覺到這種烏托邦語言將在他的創作中構成什麼樣的意義。《布禮》的結構看去有些顛三倒四，其實很有序，除了首尾兩章，中間各章大都是正反結構：以「少共精神」的讚歌起，以文革時期對前者的否定終，其中還插入了跨年代的政治抒情。但無論正反結構還是政治抒情，作家通篇使用的語言都帶有烏托邦時代的特徵，正方的語言往往被反方所否定，所駁斥，而正方又同樣義正辭嚴地否定、駁斥現代生活中的消極言論（即灰影子的話）。正反兩方都是以革命的名義在說話，鍾亦成、老魏、宋明、淩雪、紅衛兵、批評家，幾乎都是用同一種語言，唯一的區別是說話者主體角色的輪換。烏托邦語言並不在乎是誰在說話，它只是一種時代的咒語，目的是鼓舞起所有人的激情。我幾年前在談當代文學的懺悔意識時曾舉過這篇小說為例，那是為了從鍾、魏、宋的輪迴受迫害的遭遇中展示人們在專制暴力面前的卑瑣心理，但對於這種輪迴的政治命運何以形成，我實在是無力回答，只好嘆息「天作孽，猶可違；

自作孽，不可逭」，從人格的殘缺上尋找原因[8]。但在讀了你關於烏托邦語言的論述後，我似乎悟到了什麼，所謂懺悔意識是屬於知識分子傳統的術語和概念，用來解釋王蒙筆下的人物未必準確，鍾、魏、宋諸人都是烏托邦時代的產兒，是烏托邦語言驅使下精力充沛的狂舞者，他們不過是站在不同層次的位置上，喊著跳著、一批批地消失在烏有的黑洞裡。王蒙顯然是有意抹煞了這些人物之間在人格本質上的區別，有不少研究者曾批評作家忽略了人物的性格塑造，或許這正是作家所想達到的意圖：對一個烏托邦時代的精神塑造，遠較對那個時代中的人物性格塑造艱難得多，也重要得多。因為在一個人格魅力普遍喪失的時代裡，其精神的寄寓體只能是超越個人意義的共性語言，只有揭穿這個時代語言的實質，才能看清這個時代的真相。

我剛才已經說過，王蒙不是一個站在廣場上用知識分子的語言對社會施行批判使命的精英式作家，他是以低調的姿態側身於廟堂，通過對烏托邦語言的模擬達到對時代的反諷。所以，自《布禮》起，他對烏托邦語言的模擬已經失去了語言應有的嚴肅性，他的小說語言的幽默效果，常常就是在誇大了烏托邦語言的所指與其語境之有機聯繫而產生的。但是這種反諷意圖在一開始並沒有輕易地表現出來，有時反而給人造成另外一種印象。你可能還記得，在你們讀大四的時候，我組織過你們班上同學討論王蒙的小說，討論的發言紀要後來發表了，並收入《夏天的審美觸角》書中。那時有個同學發言（是誰？我已經記不清了），很激烈地批評王蒙的小說，意思就是說王蒙所歌頌的少共精神，即使在五十年代也不值得如此推崇。當時我覺得這個觀點太尖銳了一點，但也沒有刪除。現在與你談王蒙使我又想起了這件事，我們當時的認識固然太膚淺；然而王蒙在小說裡表現烏托邦時代的態度也實在太曖昧。《布禮》用正反語言同類的手法暗示了烏托邦語言的普遍性，但人們卻只能從他滿懷激情的敘事中讀出了少年布爾什維克的讚美，這樣的讀法一直延續下去，直到《如歌的行板》，青年讀者對他的誤解仍然在加深。儘管王蒙繼續口若懸河發揮他的說話才能；儘管他依然敏銳地發現各種社會新問題，但他所持的烏托邦語言一貫含有強烈的意識形態性質，左右了他對社會生活的態度。譬如，對青年一代的理解上，王蒙在寬容、理解的背後總是情不自禁地流露出五十年代的青年的優越感，他真正能夠理解的當代年輕人，如《風箏飄帶》裡的佳原和素素，依然是被理想化、含有教育意義的青年形象，一旦超出了這個範圍，連他的寬容理解都含有居高臨下的態度，這可以從《湖光》到《高原的風》的一系列小說為證。在兩代人的「代溝」之間，王蒙的感情和立場都不知不覺地混同於老人的一邊，不過是代表了李振中那樣的開明人士。我們不妨把《最寶貴的》和《如歌的行板》、把《湖光》和《深的湖》對照起來讀，同樣是出賣人格的背叛，作家對蛋蛋的譴責比對周克嚴厲得多；同樣是兩代人的誤解，作家為老一代人的辯解也比為青年人的熱烈得多。其實青年人的成長有自己的規律和模式，他們本身就是一個存在，無須別人來理解和認可。「你不可改變我」，青年作家自有自己的旗幟和口號。從這個意義上看，烏托邦語言作為一種意識形態，在王蒙對它施行戲弄與謀殺以前，它對它的使用者依然是一付堅不可摧的枷鎖。

我常常想，如果王蒙沿著《布禮》、《蝴蝶》、《湖光》這一路寫下去，儘管文本也含有譏諷、反省和兼收並蓄的開放性，但他一定會成為當代最優秀的廟堂詩人，就如五十年代的郭小川，這與王蒙後來在政治上的地位也相適應。但從他發表《活動變人形》以後，我發現我原先關於王蒙的理解是不對的，王蒙說到底還是知識分子的廣場上的成員（不過也是取了低調的態度），他沒有像他的伙伴那樣採取高調的社會批判態度，就是因為他有他獨特的使用武器。這武器就是他對烏托邦語言的戲弄和謀殺。使我想到這個策略的是他在文革後復出不久寫的一篇小說《表姐》，這個人物的原型在以後的《活動變人形》裡靜珍身上多少還有影子，是研究王蒙創作不可忽視的角色。現在我們不談這個人物的豐富性格，只說在她那無事生非嘮嘮叨叨中，曾極為尖銳地留下了作家對一九七九年知識分子受挫的反應，儘管那時的風波還沒有構成對知識分子思想解放運動的直接威脅，但敏感的王蒙已經用反話正說的方法在作品裡為它立此存照了。再接著是《說客盈門》，又是一部尖銳觸及時弊的作品，但仍然是反話正說的手法，這裡我們似乎能夠找到王蒙小說的語言特點：多聲部的說話藝術。王蒙有辦法使社會上的各種觀點轉化為各種語言，在他的作品中同時播出。大多數藝術家的作品是藝術家自己的敘事和獨白，而王蒙則將敘事與獨白混同為一，沒有作家的敘事，只有人物的獨白，每個人物都在作品裡滔滔不絕地獨白，誰也壓不倒誰的聲音。在《表姐》和《說客盈門》這兩篇最初的作品裡已經表現出作家對那種超越社會生存的語言力量感到恐懼，但這裡還有作家自己的聲音，有一種壓倒人物獨白的聲音（儘管這種聲音很軟弱，而且沒有個性，如丁一在小說結尾時的話，充滿了烏托邦語言的誇張效果)。漸漸的，王蒙對這種多聲部語言成為主宰社會的力量表示出明顯的擔憂，有三部小說：《莫須有事件》、《風息浪止》、《冬天的話題》，都是描寫了無事生非的社會風波，但在這些事件裡，多聲部的語言起了至關重要的作用。而且令人深思的是，王大壯、陳志強這樣的騙子，余秋萍、栗歷厲以及圍繞了一場莫須有爭論的參與者，所有的聲音都不是個性化的語言，而是讓我們似曾相識，又彷彿蟄伏於我們的意識深處時刻會脫口而出的一些詞組排列。不用懷疑，這些烏合之眾滿口傾吐的語言，儘管天花亂墜，豐富無比，其骨子裡依然是一種烏托邦語言的畸形化和粗鄙化。烏托邦時代已經成了歷史，它的精神寄生體語言也流落販夫走卒之間變質走調，成為騙子行騙、無賴搗亂、長舌小人興風作浪的工具，但唯靠了這種交際工具，騙子無賴才能與官場發生聯繫，王大壯與邵廳長一流、陳志強與地委書記蘇正之一流都能發生精神上的溝通。在《冬天的話題》裡，一個話題：洗澡的最佳時間應該在晚上還是早上？逐漸引出了老一代與青年一代的衝突，再而引出了民族文化與西方文化的衝突……有關領導也為此傳達了文件講話，其內容卻是：

> 對於一些發表錯誤意見的同志還是要團結，要注意政策界限。他們還是好同志，他們還是愛國的。他們畢竟還是回來了嘛。不回來也可以是愛國的嘛。許多外籍華人還不是我們的朋友？要允許人家的思想有一個轉變過程。要善於等待。一個月認識不了可以等兩個月。

一年認識不了可以等兩年嘛！無產階級為什麼要怕資產階級呢？東方為什麼要怕西方呢？社會主義為什麼要怕資本主義呢？我看不要緊張嘛。我們的力量是強大的嘛。政權、軍隊都在我們手裡嘛。既要弄清思想，又要團結同志嘛。連蔣經國我們也要團結嘛。我們歡迎他回來走一走，看一看，看完再回臺灣也可以嘛。當然，這不是偶然的。我們越是實行開放政策，就越要界限分明，加強……。[9]

你看，我居然有這個好心情來抄這麼一大段言不及義的領導講話，我真是很佩服王蒙，能把什麼腳癬、什麼洗澡、什麼喝粥，都扯上了烏托邦的皮，使它意識形態化。就如那段領導講話，講得沸反盈天卻與洗澡時間的爭論毫無關係，如果一定要追究其中的聯繫，只能從語言的邏輯上去推理。王蒙這篇小說就是一個語言的邏輯推理過程，所有的人物、情節、結構，都是圍繞著這個邏輯過程而展開。也許是王蒙把對烏托邦語言的反諷對象轉向了社會下層的人物和事情，對它的批判就比較少顧忌，我們終於看清楚了王蒙對烏托邦語言的批判，不是通過語言的內容而是通過語言本身以及它在社會上產生的壞作用表現出來。在一些篇幅更短的寓言體小說裡，王蒙更是不加掩飾地表現出對夸夸其談的厭惡（最典型的是《來勁》和《話，話，話》，你把這種語言現象稱作是「迷狂語言中存在的丟失」，很有意思。我想王蒙可能也意識到了這類烏托邦語言對生存的威脅，由此產生了厭惡）。

然而，烏托邦語言的粗鄙化和畸形化雖然能與烏托邦語言發生呼應和溝通，但畢竟不是烏托邦精神自身的寄生體。要達到對它的最高寄生體的批判，王蒙必須逼近烏托邦語言的本身，揭穿這種時代符咒的本質。這對於一個曾經有過短暫的烏托邦經歷並一向賴以自詡的王蒙來說，儘管他一直有意無意地朝著這個方向在努力，但要他真正做出這個選擇，仍然需要有精神上的準備。於是，就有了長篇小說《活動變人形》。我很喜歡這部作品，因為它第一次而且至今為止還是唯一的一部擺脫《青春萬歲》以來的精神自傳因素，把精神的歷程上溯到父親甚至曾祖父的一輩；而且也是王蒙唯一抽去了時代的政治背景（故事的主要場景發生在淪陷時期的北平，但除了偶然提到王輯唐的名字外，人物基本上是游離了政治背景），把人物放到文化層面上加以審視的作品。王蒙自己也說過，這部小說他寫得最痛苦[10]。我想是因為他完全離開了自己一向駕輕就熟的題材和敘事方法。我懷疑倪家的歷史多少有點作家的家族史回憶，至少靜珍這個人物有王蒙的長輩的某種影子[11]。但我不太明白你和不少研究者為什麼要強調它的「審父」情結，我覺得這個命題在中國並沒有產生切實的影響，即使在當代作家的一些自傳體作品裡寫到了父親們的醜陋，恐怕也很難上升到這一層意義上去理解。這部小說的原名是《報應》，後來改成《活動變人形》，這兩個名字都洩露了王蒙假托文化歷史而追求的當代意義。如果我們把「季節系列」看作是王蒙未來創作道路的里程碑作品，是一部對中國革命歷史整體性的藝術展現，那麼，《活動變人形》則是這一幕歷史長劇的序幕，它幾乎預言了中國人在未來道路上的宿命。毫無疑問，這部小說寫到了知識分子倪吾誠到解放區去參加「革命」，並且充滿激情地分析了這一行為的動機：

> 生活已經腐爛到了這種程度，痛苦到了這種程度，完全不同的人，就是那些食利者剝削者的殘渣餘孽，那些不甘心一切照舊、坐待滅亡的生活在歷史的夾縫裡的畸零人，也真心企盼著暴風雨，祝願著斷層地震，天塌地陷，火山崩發，江水倒流。這個世界非翻它一個滾不行了，多數人已經意識到了這一點。[12]

用這段分析來解釋倪吾誠「革命」的原因是比較有普遍意義的，但問題是，倪吾誠是否「革命」對倪的失敗的一生來說並沒有占太重要的地位，倪吾誠根本就沒有成為一個革命者；而且這部小說反覆展示、書中人物苦苦掙扎而不得解脫的，也不是探尋中國革命的原因（即舊社會的腐敗和革命的報應主題）。關於什麼是報應，報應什麼，我想應該引進「活動變人形」的概念加以參照。活動變人形是個日本玩具，「它像一本書，全是畫，頭、上身、下身三部分，都可以獨立翻動，這樣，排列組合，可以組成無數個不同的人形圖案」[13]。然而在另一處，作家通過小說裡一個人物之口說：每個人都由三部分組成的：他的心靈，他的欲望和願望，他的幻想、理想、追求、希望，這些是他的頭；他的知識，他的本領，他的資本，他的成就，他的行為、行動、做人行事，這些都是他的身；他的環境，他的地位，他站在什麼樣的一塊地面上，這些是他的腿。這三者如能和諧、能大致調和，或者能彼此相容，那人就能活[14]。——請注意，雖然作家把這兩段話分在兩個人的嘴裡說出，但意思是相關的，「活動變人形」就是三者不和諧、不調和，甚至不相容的象徵。近代中國知識分子在整整一百年裡始終掙扎在這三者分離的痛苦之中：自國門被西風歐雨撞開以後，知識分子是最先睜開了認識世界的雙眼，他們遠渡重洋，學習西方文明，高唱民主自由，希望中國盡快擺脫封建愚昧的狀況，與世界文明接軌。但是願望是一回事，能否實現，又如何實現是另外一回事。中國的知識分子一向是在舊的傳統價值標準中安身立命，他們在修身養性和經國濟世之間自有一套圓通的途徑，可是當舊傳統被革命的風暴摧毀，新的價值系統又沒有建立起來的時候，知識分子真正地感到了惶恐。不是他們沒有學到新的知識本領，而是這個社會環境沒有為這新的知識本領提供一個穩定的價值標準，尤其是在人文學科方面。這就造成了中國知識分子的雙重困境：一方面是知識分子救世乏術，一方面是中國土地上封建愚昧的陰魂徘徊依舊；西方文明一進入中國這只大醬缸就走了樣變了味，然而垂死的中國封建傳統接觸西方文明中腐爛的東西，更迅速地腐爛起來。心比天高，命比紙薄。近百年來知識分子的痛苦、彷徨、騷動、掙扎，莫不與此有關。魯迅當年滿腔熱情地高喊：新的應該歡天喜地的向前走去，這便是壯；舊的也應該歡天喜地的向前走去，這便是死[15]。事實證明這種進化論的理想用在人類社會進步上實在是幼稚又幼稚。但否定了進化的思想，結果是產生出革命的思想，知識分子只能以褊急的態度來改造環境和批判舊的文化傳統，進而就是走上了學習蘇俄、暴力革命的道路。倪吾誠和洋人史福崗有一段對話，史講了巴甫洛夫拿狗做試驗的故事：試驗者拿一塊肉吊在狗的面前，指示狗撲過去，就在狗接近肉的一剎那突然把肉一撤，使狗吃不著肉，這樣的試驗進行了若干次以後，那狗就瘋了。倪聽完了故事後，陰沉沉地說：我這就是這樣的一隻狗。在另一處他以關閉在所羅門的瓶子裡的魔鬼自居，自稱當一千次的失敗以後，他再也不會信託人間的任何東西了。他只會報復。我想小說的報應思想應該在這裡。倪吾誠的家庭歷史不是巴金筆下的封建地主家庭高家，也不是曹禺戲劇中的罪孽深重的周家，這個家庭從一開始就洋溢了接受西方思想後的新因素：倪家曾祖因參與了維新政變而自縊身亡。他的後人身上也隱隱約約地保存了「一種靈氣、一種熱情、一種躁動、一種痛苦。那是一種誘惑、一種折磨、一種毀滅一切也毀滅自身的毒火。」倪吾誠的一個長輩發了瘋，另一個成了大煙鬼。愚昧的中國人寧可讓親人太平死在煙榻上，也不願看到他們走上新生的道路。倪吾誠應該說是一個背叛了舊傳統，接受了新文明的中國新一代知識分子，是一個聽過胡適、魯迅的課，懂得西方文明常識，對孩子充滿愛心而對舊的生活方式充滿怨恨的知識分子。這樣的知識分子本來是應該充滿希望的，可是社會、家庭、事業，給了他什麼？一次次的希望和追求，可是一次次的在接近希望的時候被命運碰得粉碎，這對一個敏感的知識分子來說意味著什麼？不是連一條狗都會發瘋嗎？瞧，我又激動起來了，我分明在這裡感受到了強烈的當代性，「活動變人形」的意象在今天不同樣有著現實的意義嗎？我想，只有充分理解了「五四」一代知識分子遭遇的絕望，才能理解倪吾誠式的革命，這才有了後來的一些鬧劇。小說對倪吾誠在五十年代以後的表現只是略略交待，但這裡大有深意，倪對於革命中的暴力行為有著天生的理解和同情，甚至不惜以自己侮辱自己的態度來迎合暴力，「一種毀滅一切也毀滅自身的毒氣」終於在倪家第三代身上以報應的形式爆發出來了。表面上看，這部小說並沒有寫到烏托邦時代，小說裡的人物儘管也患有快速說話「語言熱症」，畢竟與「少共」們的烏托邦語言有別；但是如果要對號入座的話，倪藻的形象多少有點像王蒙小說裡的傳統自傳角色，如果把倪家父子放在一塊加以考察的話，不難看出王蒙在尋求烏托邦時代的經驗教訓時，終於把探索的觸角伸向了知識分子自己的歷史，說得直白一些，這部小說不但揭露了中國傳統文化的可怕，也反省了「五四」以來的知識分子的激進傳統與後來的烏托邦之所以流行中國的精神聯繫。一面兩刃，我以為即使在今天彌漫京華的所謂國學熱以及對「五四」知識分子傳統的反省中，也不曾有幾人能達到小說家王蒙在一九八六年思考這個問題的深度。

現在我終於梳理清楚了，從文革時期造反派與「少共」們的語言的合一，到改革時期社會騙子們與領導幹部的語言的相通，再進而是倪吾誠所象徵的各個歷史期間文化境遇在當代的延續，王蒙的反諷正在一步步地接近著偉大的烏托邦本體。《戀愛的季節》也許是未來這座歷史巨像的一個基座，現在要全面地評價它確實還為時過早，而且就我與你的這個討論而言，它也超出了張未民兄的任務範圍，我想還是放到以後有機會再說。不過我有點看好這個作品，首先是它所使用的烏托邦語言對《青春萬歲》來說是一種否定式的辯證重複，作家對這種語言的模擬充滿了誇張和諷刺，從而達到對這種語言所負載的烏托邦精神的徹底告別。其次是對所謂「少共」式人物的刻畫，雖然作家多少對他們還有點留戀的感情，但畢竟失去了以前作品裡彌漫的那種自我炫耀的激情，作家的眼光漸漸地冷峻起來，對這種激情背後的虛偽性和功利心的解剖，我認為是這部小說最成功的地方。不知怎的我有種預感，王蒙的「季節系列」會是一部當代文學史上的重要作品，也許是我們現在真正到了告別烏托邦的時機了，我們應該有一部這樣的文學作品，就像在騎士文學的終結時代有塞萬提斯創造出偉大的反騎士小說《唐·吉訶德》一樣，我們應該有這樣一部通過對烏托邦語言及其精神的模擬而達到反諷的反烏托邦小說。我不知道這對王蒙來說，是否是一種奢望。

瞧，你的一篇文章竟引出了我這些奇怪思路，寫到這兒，我突然覺得有點胡說八道，研究王蒙的專家風起雲湧，早已有厚厚的專著和長長的論文在世，許多話（包括好話壞話）早被說盡，要想不嚼別人嚼過的饅頭，大約也只能像你我那樣甘心胡說八道了。不過有一點我本該談而現在顯然已經無法多談的內容，那就是王蒙在《在伊犁》和《雜色》中表現出來的另外一種追求，即在廟堂與廣場的夾縫間，還有一種來自民間和自然的文化語言對他的影響。我很同意你說他是伊犁河畔行吟詩人的說法。其實我本來想好好談談《雜色》的，如果現在有人要我提供一個當代文學的精選本，每個作家只能選其一篇代表作的話，關於王蒙，我會毫不猶豫地選《雜色》。可現在再要說這組作品，又會扯出一大篇來，還是以後再找機會聊吧。最後我還得謝謝你給了我這樣胡說八道的思路。

陳思和

一九九四年二月於黑水齋

*原載長春《文藝爭鳴》一九九三年第三期。

*郜元寶，復旦大學中文系副教授、文學評論家，著有《拯救大地》等論著。

---

❶ 王蒙在《小說長短篇》一文中對長篇小說有很莊嚴的評價，有「長篇小說是我的主人」「我是長篇小說的使者」「寫完一部長篇小說就告別一次，就圓了一次夢，但也像送走了一位親人，從此再難相遇」等說法（見《文匯報》一九九四年一月二十三日）。

❷ 參見郜元寶《戲弄與謀殺：追憶烏托邦的一種語言策略——詭說王蒙》，載《作家》一九九四年第二期。

❸ 巴金老人在《隨想錄》裡提出文革中喝了「迷魂湯」的問題，在我的理解，這種「迷魂湯」就是烏托邦語言的魅力。

❹ 參見曉立、王蒙《關於創作的通信》，收《王蒙專集》，貴州人民出版社一九八四年版，第三三一頁。

❺ 引自《傾聽著生活的聲音》，收《漫話小說創作》，上海文藝出版社一九八三年版，第四頁。

❻ 參見《如歌的行板》、《戀愛的季節》等作品中的有關描寫。

❼ 引自《深的湖》，花城出版社一九八二年版，第九九頁。

❽ 參見拙作《中國新文學發展中的懺悔意識》，載《上海文學》一九八六年第二期。

❾ 引自《堅硬的稀粥》，長江文藝出版社一九九二年版，第七十三頁。

❿ 引自《寫在〈王蒙文集〉各卷的前面》，載《文匯讀書周報》一九九四年一月八日。

⓫ 王蒙在《王蒙小說報告文學選》的自序裡曾說：「我的第一個文學教師是我的姨母。一九六七年她來到新疆伊犁我當時的家，幾天之後因為腦溢血發作而長眠在那裡。」很顯然，靜珍的某些行狀裡有著這位姨母的影子。

⓬ 引自《活動變人形》，人民文學出版社一九八七年版，第三三二頁。

⓭ 同⓬，一一七頁。

⓮ 同⓬，二八九頁。

⓯ 引自《魯迅全集》第一卷，人民文學出版社一九八二年版，第三三八頁。

歷史與現實的二元對話

周介人先生：

今天讀到《鍾山》編輯部給您的信，方知這個球本該是由您來接的，可您輕輕一腳，把它傳到了我的手中，讓我稀裡糊塗地接了下來。然而，接下來是一回事，做下去並且要做得好又是另一回事。對於莫言，我想說的話已經都說過了，再重複也沒有意思，這才感到為難。如果一定要講幾句，那只好從這部新作《玫瑰玫瑰香氣撲鼻》談一點想法。

說句實話，在我看來，這部作品並非莫言的佳作。但它仍然對我有吸引力，引起了我在某些問題上的聯想。從我開始接觸莫言的小說起，就一直在想一個問題：莫言對當代小說藝術的獨特貢獻究竟在哪裡？是敘述的故事？是敘述的方式？或是有其他什麼新招？我同王曉明也聊過，他認為這主要來自莫言在語言運用上的特色。後來他把這個想法寫進文章裡，還客氣地說「這位朋友」（即是我）和他取得了一致的看法[1]。我已經想不起當時是否「一致」過，只覺得曉明說得有點道理，發明權在他，不敢掠美。至於我，這個問題仍然沒有想透，所以在《聲色犬馬》那篇文章裡，我只是從文化的角度談了對莫言幾部作品的感受，卻小心翼翼地避開了這個時時糾纏著我，使我百思不解的疑難。

奇怪的是，在我讀了他的《紅蝗》以及這部《玫瑰》，腦子裡原先彌漫著的騰騰霧氣裡忽而射進一道異妙的光線，似乎能夠迷迷糊糊地感覺到霧中一些物件的輪廓，雖一時還分辨不出鼻子眼睛，但有了輪廓的影子，總比一團沉甸甸的濃霧值得樂觀些。

早在讀莫言的《紅高粱》時，我就想到了五十年代寫《苦菜花》、《迎春花》的作家馮德英。在戰爭小說的審美把握上，我以為馮德英是那個時代最優秀的一位作家。他第一個力圖擺脫戰爭題材的政治模式，渲染出活人的生命在戰火中騰躍、掙扎和呻吟。馮德英從來不諱言戰爭的殘酷性，也不諱言人性中黑暗與光明怎樣在戰爭環境裡發生激烈的衝突。莫言小說中許多富有刺激性的場面，都使我聯想起這位作家在五十年代貧瘠的土壤上精心培育起來的「兩朵花」。莫言在戰爭小說的審美上，只是繼續了馮德英的道路，而這種探索是正視戰爭的真實性的必然結果。

暴力與性，在今天的理論界仍然是諱莫如深的禁區，但馮德英早在實踐中探索了它們的文學審美意義。當他把兩者置於戰爭的背景下，一切都變得順理成章：戰爭的殘酷性決定了暴力的存在意義，而性，當人的生命時時處於毀滅的陰影之下，就特別渴望著它能迸發熱力與激情，就如同夏季的黃昏一群群瞬刻即逝的小飛蟲在營營地交配，繁殖一樣，這一刻是在生與死的撞擊中延續著生命的種子，「花開了，花落了」這個過程是最美麗最激動人心的。性的純粹形式唯有在短促的生命中才會因恐懼而獲得存在，從而洗去了蒙在其外表的一切世俗的虛偽外衣和功利主義垢痕。因此，也唯有在這個背景下，莫言小說中寫得稍稍有些過份的暴力與性的場面才具有淨化的質地，才顯得那麼自然而不污卑。戰爭是生命的毀滅也是生命的讚歌。相比之下，那些把戰爭寫得像客廳裡下棋那樣乾乾淨淨的作品，我以為，恰恰是忽略了戰爭的美學意義。

也許您不一定同意我的分析，您會就此向我提出質問：如果莫言小說在故事的構思方面以及對戰爭題材的審美探索方面都不是首創的，那為什麼《紅高粱》等作品的發表會引起這麼大的轟動？為什麼能夠給人一種強烈的新鮮感？如果我偷懶，我就會用一種誰都推翻不了的結論來作答案：因為馮德英生不逢時，而莫言恰好產生在當前有利於個性發展的時期。這是不會錯的，挺符合歷史唯物主義。但是我不，我情願相信，莫言的成功不僅僅是一種客觀上的機緣，莫言應該有他於文學史的獨特貢獻，而我們也只能以這種打上了個人印記的獨特貢獻為標準，才能衡量他在當代文學中的地位如何。

關於這一點，我們面前的《玫瑰》表現得更為清楚些。這部作品敘述的故事和故事的敘述都比較簡單——有時唯靠這種簡單化的形態，才能夠把我們引入一些深奧複雜的現象之中。故事本身沒有什麼大的新意，它只是重複了以前無數人寫過的關於農民復仇的傳說。語言也沒有什麼特別生動的地方，而且不少地方都存在著明顯的弱點。但它以簡單樸素的形式向你暴露了一個奧秘：

莫言小說創作的一種基本思維形態。與「紅高粱家族」一樣，這部作品所寫的「食草家族」，都是歷史上的一段遺跡。「紅高粱家族」的活動背景限定在抗日戰爭，「食草家族」所處的時代卻變得模模糊糊，《紅蝗》以五十年一輪的蝗災來推算，應是發生在抗戰前夕，而《玫瑰》以小老舅舅的年齡推算，大約也應是那個時期。這兩部作品中的「我」在小說中的身份是相同的。由於作品敘述的是歷史故事，「我」同時兼了兩個身份：故事的採訪者（聽眾）兼小說的敘述者（作者）是一個與「食草家族」有著密切的血緣關係，此時又是接受了「外來文化」而返鄉重新審視本土文化的「陌生人」。故事的中心是「我」，而不是玫瑰、小老舅舅、黃鬍子與副官。這些故事中人物之間的糾葛，只是應和著「我」患著重病，坐在太陽底下迷迷糊糊地做著一場又一場的白日夢。這就使這部作品的敘事視角或成為一種二元對話：一面是我的依依稀稀的白日夢，一面是應和著夢的小老舅舅的嘮嘮叨叨的憶舊，而白日夢是作品的基點，從它出發，構成了對那段歷史的一種特殊的解釋。

我不能說小說中的幾個夢境已經寫得很完美了，但看得出作家是努力地把它寫得像「夢」。其夢的中心，都是一個女性——也就是故事中的玫瑰。儘管在故事裡，這個人物露面得很遲，——而且是很美的女性，作家正是通過美的夢境來與醜的現實作對照。進而論之，夢是現在時的夢，而它所囊括的內涵卻是一種歷史與現在的揉合，任何夢境都擺脫不了現在時的制約，彷彿是飛奔的馬蹄總是踩在泥土裡一樣，以這種夢境為作品的敘述基點，由此獲得了作品敘事的一種特殊的時態：沒有純粹的過去時，歷史成為**現在完成**時的表述，它總是與「現在」緊緊地聯繫在一起。這不單單表現為作品在敘述歷史故事時今人的插話，不時地把你的思緒拉回現實，更主要的是一種當代人的強烈情緒支配著、貫通著整個作品，使你感受到歷史不再是一個曾經發生的故事的再現，而是今人眼中的一場夢，一些疑點百出，真假難辨，只剩下蛛絲馬跡的記憶片斷。「食草家族」究竟是什麼東西？人和馬的關係又是怎樣？還有《紅蝗》中的手腳生蹼的男女，獨眼的鍋匠與未出生的「我」一起戰鬥等等，都給你造成一個似是而非，撲朔迷離的感受。

這裡，莫言與馮德英的差異就出現了。儘管馮德英在把握戰爭題材的審美轉化上開風氣之先，但馮德英所持的歷史觀，仍然是一元的進化觀：歷史即是過去。他的作品只是告訴讀者過去曾經有過那麼幾個人，發生過那麼幾件事。作者是隱身博士，隱而不見，方顯得神通廣大，無所不知。這種傳統的敘事方式看上去是在客觀地如實地敘述歷史故事，但由於它的全知全能和教育目的，無意間透露出歷史的虛假性。如果你一旦認識到這一點，你就可能對這一切都不信任。說到底，歷史出現在文學作品中，總是以今人的虛構形態出現的，而傳統的敘事形式總是努力要使你相信，它是真實的，客觀的。這種歷史題材創作的內在矛盾性，現在已充分暴露出其不可救藥與病狀來。文學的敘事形式不是孤立的，它總是與敘事性質結合為一體，最恰當地表現出後者。既然歷史的不確定性是如此清晰地擺明在我們的面前，我們又何必去自我欺騙，相信或者使人相信你所敘述的故事是「真實」的呢？莫言把這種讀者的心理帶進了文學作品中，他筆下的「我」，部分地代表著讀者，部分地代表著敘事者。「我」對歷史的探究，恍惚，疑難，猜想，以及用他的筆表現出敘事者的那些似是而非的憶舊，再配之白日夢幻的敘述基點，使小說在形式審美上產生了一種新奇的魅力，你反倒會感覺到他筆下的「歷史」，更像歷史。

莫言的歷史題材創作，無不採用了這種二元對話的方式。他的每一部作品都不能少了這個「我」的角色（有時儘管不出場，但常常出現「我爺爺」「我父親」等口氣，意義還是存在著）。少了這個「我」，莫言的魅力就短了一截。他唯借助這個「我」的思緒、夢幻、神遊、插話，才使歷史藉著今人的回憶斷斷續續地顯現出來。這是今人與歷史的對話，讓人們在今人的思緒中感受到歷史的存在，同樣也從歷史的反思中意識到今人的存在。這種特殊的時態使莫言的小說形式發生了一系列的變化：首先，傳統的時空觀被打破了。莫言把傳統的時空順序割得支離破碎，使之失去了循漸的進化規則。如在《玫瑰》中，兩條線索並列著：「我」的白日夢和小老舅舅的敘述。夢是超時空的，虛幻的，破碎的，然而它時時揭示出歷史故事的實質。這與其說是夢者受了故事的暗示，莫如說是夢者對歷史真實的一種感悟和一種昇華。小說中作者曾彷彿是出自無意地透露：「我」的母親早已把食草家族的歷史告訴了「我」，也就是說，夢者是早已知道了敘述者要講的故事。他之所以想重新聽一遍出自不同敘述者之口的重複故事，只是為了證實現代人對這段歷史所產生的某種體驗。「我」的不斷插話，諸如反覆地問敘述者是否想騎那匹紅馬等問題，都與提問者在夢幻中騎馬的情緒相吻。因此，如果我們不理解這一點，把敘述者與夢者看作是互不相干的，或者夢者僅僅是敘述者的反饋，那你就會覺得夢境部分不但是累贅，而且破壞了傳統的小說敘述方法。反之，你把夢境當作小說的全部敘述基點（這在《紅蝗》中也一樣，否則就難以理解開頭部分的神秘女郎的描寫），把歷史故事的敘述看作是夢境的注釋，那就會覺得這種超時空的敘述方式正體現著一個現代人的歷史觀念與審美觀念，你會感到它的親切和情感的溝通。當然，莫言的夢境寫得不夠好，那只是技能問題，而不是他的思維缺陷。其次，二元對話的形式帶來了厚今薄古的歷史態度。在莫言的歷史小說裡，歷史不再是作為神聖的牌位或祖訓來指示現在，今人也無須對其誠惶誠恐，接受其傳統教育。反之，由於有了「現在時」的存在，讀者時時可以借助「我」的視角，與「我」一起站在今天時代的高度重新審視歷史，分析歷史，甚至嘲諷歷史。無論是「紅高粱家族」中的余占鰲、戴鳳蓮，還是「食草家族」中的四老爺、玫瑰，都被他們的孫子輩剝得赤條條地置放在解剖臺上。在《紅高粱》裡祖先們尚有一種英雄好漢的悲壯遺風，而在「食草家族」中，不堪的劣根性則更加引人注目。莫言已經自覺地退出了把寫歷史題材看作是進行傳統教育的教師地位，因而他也就卸去一肩重任，更加輕鬆瀟灑，又略帶一點調侃地反思和剖析歷史題材，能夠與現代讀者取得融融的感情交流。

現在，還是換了一個題目，繼續談下去吧。

這回想談談作品中馬的意象。有的同志提示說，Ma—馬—媽同音，這種同音借喻得之於容格的《現代靈魂的自我拯救》一書的論述。其實，馬媽同音假借八成是莫言自己想出來的，容格先生雖然對東方學說有興趣，但還不至於內行到用中國語言來思維的程度。這兩個名詞在歐洲語言中是否屬於同一詞根，我不得而知，但容格在該書中論及馬的夢象時，意思很清楚，是把馬暗示為一種潛在的性—生命體的徵象。這種徵象是中外相通的。馬的騰越飛奔，昂首怒嘶的形象及其被人坐騎時對人某些器官產生的生理作用，都使人把它與潛心理中的性欲—生命體視同。這在去年上海人藝上演的謝弗名劇《馬》中表現得最清楚不過，主人公騎馬飛奔的象徵，決不是什麼戀母情結，也不是把馬視作某個女性，不是的，那個孩子是把馬視作神和祖先（這裡又涉及到用遺傳來暗示生命體的問題，就扯遠了），是性的昇華——生命的自我實現的象徵。謝弗也好，容格也好，對馬的理解都不超出這個範疇。在中國古老哲學中，「馬」的意象也是這樣。《易》中有「牝馬地類，行地無疆」的說法，《說卦傳》稱「乾為馬」，馬代表天，為陽性。陰性的馬須特稱「牝馬」，「馬牝雖屬地類，但也能行程萬里與乾天之牝馬相配合，須從之而運動」❷。可見，馬是指陽性的，故有「天馬」之稱。中國民間傳說中「蠶馬」的故事，也是將馬作為男性的徵象。我在《聲色犬馬》那篇文章中以這種觀點分析過莫言的《三匹馬》❸，在這裡只想補充一點，我認為容格在《現代靈魂的自我拯救》中論及少女關於母親與馬的夢象，其喻意甚明，母親與馬是同一象徵的不同側面，前者主陰性，後者主陽性，合體為生命形態的完整表象。如果因為同音而把馬與戀母情結相聯繫起來，實質上是降低了馬的象徵含義，也降低了小說的品格。

應該說明一下，我這麼解釋馬的象徵意義，並不排除在這部作品中莫言借助同音將馬與戀母情結相聯繫的潛在意圖。作品中確實多處流露出這種意圖。但是，這並不證明莫言的機智，正相反，表現了莫言創作心理上不健康的粗鄙習性。在雅文化與俗文化的對立中，我並不鄙視俗文化中許多有生命力的審美因素，但粗鄙不是美，在中國文化中，往往是反映了未經改造的封建農民文化的消極一面，而恰恰是這一點，由農民出身的當代青年作家的創作中，經常會不自覺地流露出來。

這種粗鄙習性在莫言創作中的另一表現，是語言的粗製濫造。王曉明曾經精闢地分析過莫言語言在粗糙結構下的蓬勃生機，這是對的，但必須有個限制，這些運用得有生氣的語言，往往是與莫言作品中最好的意象渾成一體。如紅蘿蔔的意象，紅高粱的意象，三匹馬的意象，等等，語言與語言的載體都是漂亮的。可是一旦作品中缺乏動人的意象，或者，僅僅是作者人為敷衍出來，而不是真正發自心靈深處的藝術想像，他的語言就馬上變得粗糙而沒有光彩。我這裡主要是說這部《玫瑰》，它當然也有中心意象，但這種意象或許是為了敷衍作者的「馬─媽」同音象徵的意圖，並沒有與作家發自心靈深處的創作激情渾成一流，因此用語上的生硬彆扭，矯揉造作之處俯拾可見，特別是大量四字一句的半成語的排比使用，有時真會使人產生誤解：懷疑作家究竟是不是在翻著辭典寫作。學生腔的做作態度與農民的粗鄙心理，可以說是莫言創作中最大的弊病。這一點，在《玫瑰》中同樣表現得十分明顯。

行了，又扯了一大通，也不知道能不能博得您的贊同。倘全無道理，儘管棄之可也。

陳思和

一九八七年十月八日

*原載南京《鍾山》一九八八年第一期。

*周介人，文學評論家，《上海文學》主編。

本文討論的莫言作品，刊於《鍾山》一九八八年第一期。

❶ 參見王曉明《在語言的挑戰面前》，載《當代作家評論》一九八六年第五期。

❷ 參見《周易大傳新注》，齊魯書社一九八六年版第二十三頁。

❸ 參見拙作《聲色犬馬皆有境界》，載《作家》一九八七年第八期。

余華小說與世紀末意識

耀德兄：

大札拜讀，獲知你將在《聯合文學》上策劃「世紀末文學」專輯。「世紀末文學」與文學的「世紀末意識」本不是一回事，自現在起到下個世紀，不過是八九年時間，對這一個階段中文學現象的考察，都可包含在世紀末的時間範疇之內。但文學的「世紀末意識」不盡然是時間的概括，狹義地說，它是指來自十九世紀末端的一種新崛起的文學現象，成為二十世紀現代主義文學的先河之一。它並不限定在時間意義上的世紀末，不過是某類文學思潮的代名而已。承你厚意，還記得若干年前我與幾個年輕朋友舉行過一次關於這個話題的討論，是圍繞了當年王朔與余華的小說展開的。現時過境遷，再要拾起它來總感到意興闌珊。當時的情況是商品意識像八爪魚似的滲透了都市文化生活的各個角落，嚴肅的文學藝術不得不在經濟的重壓與誘惑下，面臨重新分化的危險，這也是社會轉型時期必然會遇到的問題。但在今天，這樣一些問題雖未能給以解決，可文化背景以及由此形成的社會文化心理都已發生改變，即便是王朔與余華的作品，也已不復當年的姿態（王朔最近發表的長篇《我是你爸爸》便是一個證明）。現在再來談幾年前的話題，真有些像談外星人一樣，渺茫得很。為了給你寫這封信，我特意去翻了一下當年的討論記錄，竟生出恍若隔世之感，似乎可以現成套用馬爾克斯在那部名著裡用過的開場白：許多年以後，面對「世紀末」的話題，我慢慢的回憶起那久遠的一個下午，我和幾個朋友一起走進了一個聊天的場所……

究竟什麼才是文學中的世紀末意識？是上一世紀西方作家在傾聽一種文明大廈解體的爆裂聲時發出的恐怖驚呼？是一百年前西方人放棄了對人類終極目標的關懷以後縱欲於聲色的刺激？是像奧斯卡・王爾德那樣大聲疾呼社會是醜惡的唯藝術才有永恒的美？還是像尼采描繪的瘋子提著燈滿街叫喊上帝死了？如果用任何一種西方人的心靈顫慄來衡量中國當代文學，大概都不免會失望。即使在慘禍劫難以後令人齒寒的反省，藝術家的神經也遠未感觸到西方文學中「末日意識」的深度，那半是呻吟半是哭訴的傷痕文學、反思文學、控訴文學以及一九八五年以後奇奇怪怪的現代主義的撒嬌與高蹈構成的五光十色的文學圖景中，唯獨缺了對最後審判的預感——「天使拿著香爐／盛滿了壇上的火倒在地上／遂有雷轟大聲閃電地震／拿著七支號的七位天使就預備要吹」……但是我想指出，當時只有一個天才的心靈敏感地意識到這種恐怖，他屬於冥想型的人物，用平淡的筆調未卜先知地為當代人書寫了一篇篇訃文：《一九八六年》、《河邊的錯誤》、《現實一種》……這個人的名字就叫余華。

但余華的聲音太微弱，太含蓄。他的小說被人理解為精神病患者的囈語，雖感到意外卻也新鮮，而且在一個寬容與大度蔚然成風的時代裡，發現這種新鮮感的人往往自以為比新鮮感本身更顯得重要，於是預感僅僅在歷史的回顧中才顯示它的意義，而更深層的意蘊——人性的殘忍，末日的恐怖，血的顫慄，都被忽略過去。這幅文學圖景中的空缺，很快被另一種更為粗俗的顏料塗抹上去，它或多或少地受到了世俗的鼓勵，成為商品壓榨下嫉世憤俗情緒變相的宣洩口。這就是王朔小說給以我們的啟示。所以若真想了解當代大陸文學的世紀末意識，那就不能不看看這兩人在前幾年的作品。雖然王朔與余華是那樣的不同，但只有穿過面前一片黑色的世俗的墳場以後，才能去捕獲那暗夜中雖然微弱，卻彌足珍貴的螢火之球，從中去窺探那一片神奇光亮中蘊含的末日感。對王朔的小說，我過去談過不少，它表現世紀末意識在下層市民中的粗俗投影，是以一種放縱肉身的形式來掩蓋心靈上的絕望。而余華，卻在為數不多的小說中精致地表現出末日感陰影下人所意識到的恐懼與殘忍。余華是個超驗主義者，他的小說是非通俗的，不可能像王朔那樣在知識分子與市民之間兩頭走紅，但他的小說充滿了先知式的預言和對人生不祥徵兆的感悟。

余華生於一九六〇年，他十八歲那年，還是「文革」的陰影開始退出中國大地，歷史出現新的轉機之時，但余華的心靈裡卻經歷了一場噩夢，前十年的可怕夢魘突然重重壓碎了他尚且稚嫩的理性。他的小說正是從這時開始寫起：《十八歲出門遠行》的主人公剛剛過了十八歲的生日，「我就背起了那個漂亮的紅背包，父親在我腦後拍了一下，就像在馬屁股上拍了一下。於是我歡快地衝出了家門……」這是十八歲的「我」走上了世界的第一步，可是等在他前頭的是什麼呢？是人類可恥的欺詐和暴行。整個過程就像發生在夢境裡一樣，充滿了怪誕與不可思議。余華故意讓讀者不要相信這個故事的真實性，他竭力地略去細節真實，要讀者從抽象意義上去領悟它，而不是把它當作一段人生的經驗。欺詐與暴力，以後幾乎成了余華小說的主題。欺詐包含各種各樣的陰謀，暴力包含了各種各樣的殘忍，人性惡的兩大構成在他的小說裡刻劃得淋漓盡致。余華的小說在前幾年的評論界引起過各種解釋，據說在海外也出過他的書。不知海外的理論界作如何評論。我想解讀余華的小說應該注意到這一點，他是個非經驗性的作家。他並非故意用歪曲手法來展示現實，而是真誠地如實地用語言表達出他的內心感覺。在他眼中，通常的現實世界可能是不真實的，欺詐和暴力也不是這個世界的本質，而是他對這個世界所感受的真實。正如《十八歲出門遠行》中表達的那樣。

這不能不使他對生命充滿恐懼，對生命在人生中的展示充滿恐懼。很難斷定這種恐懼來自於前十年的「文革」，許多在「文革」中倍受酷刑的人事實上並沒有像余華那樣寫出人類對酷刑和殘忍的迷戀，我總懷疑余華是在個人的發現上感受到了人性惡無處不在的可怕性，一個人只有對自身感到恐懼才會進而面對人類感到恐懼，才會顯示出如此濃厚的無能為力狀。《四月三日事件》可以說是《十八歲出門遠行》的延伸，主人公也剛剛過了十八歲，他清晰地意識到一個純情的無知的「他」正在一步一步地離他而去，他開始對外部世界充滿恐懼。有人說這是一部精神病患者的心理記錄，小說重複了《狂人日記》式的主題和手法，但即使是如此，余華對《狂人日記》的修正在於他不再像當年的啟蒙主義者那樣清晰地喊出「吃人」的控訴。「四月三日事年」是個莫須有的事件，連主人公自己也一直沒有找到答案，他只是為自己的命運在擔憂，為周圍人構成的巨大陰謀而驚恐萬狀。

這種恐懼在《一九八六年》、《河邊的錯誤》和《現實一種》裡，都寄寓在殘忍本性的象徵上。有的評論家因為余華用極其平淡的語調來敘述人性的殘酷而感到迷惑不解，甚至以為他已經擺脫了恐懼。其實這種創作現象來源於大陸一九八七年後文學創作中的兩種思潮的極致，一是自然主義思潮，我在《當代創作中的生存意識》（見《新地》一九九一年第四期）一文中曾詳細分析過大陸新寫實主義創作思潮與自然主義的關係，那種強調人的生存本能，用冷漠的態度去處理人物的性欲與生存方式，把寫小說當作對人物活體解剖科學實驗的創作思潮，正是自然主義的復活；而余華的小說，是自然主義思潮的一個精致的表現。二是形式主義思潮，這是大陸前幾年新潮小說的最主要特徵。余華的小說一向具有強烈的形式感，為追求語言的純淨與形式的完美，他故意淡化內容的煽情色彩。這兩種思潮的極致反映，使余華的小說既不同新寫實小說也不同一般的新潮小說，形成一個獨立的審美實體，它是通過敘事的形式感來表達對人及人性的恐懼。

余華關於酷刑和殘忍的描寫沒有絲毫的欣賞意味，只是用一種從容的節奏來正面敘述，沒有誇張，沒有渲染，更沒有挑逗——這是他與莫言在小說中渲染地描寫殘酷場面根本相區別的地方。

余華彷彿窺探到了人的殘酷本能，他無可奈何地描寫它，似乎是為了真實地傳達出先知式的預言：人的末日如何來臨。《一九八六年》，是他初次展覽式地描寫人間的各種酷刑，他打通了一九六六年與一九八六年兩個時間的分隔，寫一個迫害致瘋者對中國古代酷刑的種種實施，並用感應的方法寫出這殘酷時代留在人們心中無法抹去的傷痕。這部作品還多少帶有魯迅式的警世意味，譬如寫到一群市民麻木圍觀瘋子的自戕。但在更深入的層面上，他酷刑的本質，它是人的獸性遺傳的奢侈品。瘋子幻覺中對外人施以種種刑罰和在現實裡對自己身體的殘害，本質上並沒有什麼兩樣，小說中「文革」只是一個虛擬的背景，它的出現反而使小說帶上許多理念的色彩，結構也顯得呆板。《河邊的錯誤》沒有出現具體的時代背景，故事寫一個瘋子以殘酷為遊戲而現世社會（包括法律）對這種人的本能衝動無能為力，最後只能以非法的謀殺來結束這場遊戲。這個故事前半部分一直以推理的筆調來敘述這個案子的偵破，直到警官開槍打死「瘋子」，小說才出現了奇蹟般的轉機：執法者為了躲避法律的懲罰，又不得不裝成瘋子，這樣小說又回到了故事的起點：瘋子殺人是無罪並視為正常的。但執法者既然用瘋子的名義去殺瘋子，那就失去了謀殺的正常理由。在這裡法律變得無能為力而且荒唐，瘋子的循環殺人成為人間社會的一個象徵。《河邊的錯誤》的精彩處還在於對瘋子嗜殺本能的描寫，它完全抽去了凶殺案的殘酷性與功利性，甚至也不是從病理上去剖析瘋子殺人的動機，凶殺成了遊戲，是瘋子在謀取快感時的一種本能的、藝術的衝動。在這裡余華已經點出了殘酷與獸性之間的關係。《現實一種》是余華的代表作之一，它最能表達余華關於殘酷與生命的觀念。這篇小說使故事背景完全虛擬化，酷刑與殘殺的遊戲態度不但成為支配當事者的行為快感，甚至也成為支配寫作者的寫作快感。小說寫了一個輪迴殺戮的故事，僅僅從這個結構裡也可以顯示出余華對人的殘酷本能的非凡想像力。但它完全拒絕從道德層面上去探討人類暴行的動機和原因，把醫生肢解屍體與兄弟間殘殺同置一個平面上加以展覽，就像《河邊的錯誤》把警官殘殺瘋子與瘋子殘殺居民同置一個平面一樣。余華甚至摒棄了人道主義或者啟蒙主義的悲天憫人，他描述人與人之間的殘殺奇觀，就像醫生在寫病人的病理報告。這是一種典型的自然主義態度，它使我又一次想起左拉的《人獸》（在《現實一種》的結尾處，死者睪丸的移植使他生命繼續繁殖的奇想，也含有明顯的自然主義特徵）。正是這種對人性殘忍的不動聲色的揭示，使人們很快從煽情效應中清醒過來恢復了理性的震驚：人既然墮落到這一步，還不大難臨頭麼？天作孽，獨可違，自作孽，不可逭。余華愈是用無動於衷的筆調寫出人的凶殘，愈使人感到自身的不可救藥。從《一九八六年》到《現實一種》，余華如同一個神秘主義預言家，一步比一步更抽象和更本質地向人們指出——

你、們、在、劫、難、逃。

余華的末日意識不但建築在人的獸性本能之上，還建築於對冥冥之中命運的懼畏。《往事如煙》是余華繼《現實一種》後的又一力作。這部作品也同樣渲染了人的自戕，但更推出了人的行為背後的命運力量，整整一條街上的人幾乎個個命若游絲，無論怎樣拉鋸、挽救，最終都難逃命運的偉力。小說中司機與灰衣女人的關係即是如此：算命先生囑咐司機開車要避灰衣女人，司機偏在山道上遇到她，為避禍他故意壓了那女人的灰衣，女人當晚不明不白地死去，司機偏又參加了灰衣女人的兒子的婚禮，有所感悟而自殺。那個灰衣女人究竟是不是真實的生命，小說未能作出交待，但人生處處是凶兆，只是時分不到人的經驗感覺不出。余華相信命運對人的支配是存在的，就像他相信藥片會自動從密封的瓶子裡跳出來一樣，世界的神秘僅在於人的經驗的局限。如此而已。

作為一個批評家，我不想探討藝術家余華是否荒誕，我只關心他的預言發生時的心境是否真實，神秘主義與江湖騙術的差別只在這麼一點上。余華小說作為一個整體籠罩著無以排遣的恐懼與憂慮，作者幾乎完全迴避了世俗流行的話題，只是用一雙未卜先知的眼光陰沉沉地打量著這個世界。從對殘酷本性的挖掘到對宿命的探究，他所揭示的末日感完全不同於西方世紀末文學的狂熱與絕望，而是充溢了東方智慧式的靜穆內省。這或許在你看來，還不夠世紀末的品格，但在這裡，我只能舉出余華來證明，當代中國大陸文壇上也曾有過你所想關心的話題，只是它以它自身的獨特方式存在過。

……一切都潰散了／再也保不住中心／世界上到處彌漫著混亂／血色迷糊的潮流奔騰洶湧

……葉芝的名詩典型地表達出世紀末意識在最初時期的魅力，這種魅力也一度影響了中國的五四新文學。當時的知識分子在傳統文化的大崩壞中，或者大驚詫，或者大沉痛，或者大解放、大喜不悅。由於失掉了傳統的價值標準，知識分子一方面義無反顧地面對現實的廢墟，一方面又不能轉向橫向的西方與未來的中國。有一種知識分子憑依著熱情和理想確信未來將比過去更優異，堅定地投身於未來的建設，以未來「應該怎樣生活」的標準來改造現時社會，在中國文學史上，為人生、為人民，干預現實等現實戰鬥精神正反映了這種審美的理想；還有一種知識分子則相反，他們從以往的崩潰中看到了理想與熱情的虛妄，他們憑真實的感覺來體驗生活，但無法預測未來將會出現一個怎樣的文化環境，他們看到過去的毀壞，並為此感到高興，他們只是抓住現時的一切意義：個性的伸張，感官的享受，對人的各種物欲的追求，等等。在文學上反映出唯美主義，為藝術而藝術，抒寫性靈，甚至歌頌肉欲，如郁達夫的小說，邵洵美、于賡虞的詩，周作人的小品等等，都屬此類——這一類創作，或多或少都與上一世紀的「世紀末」文化有點關聯。從文學史的發展來看，新文學的現實戰鬥精神與世紀末傾向的頹廢文學在一個時期內並行不悖，各行其是，它們在拋棄傳統、批判社會現狀這一點上是一致的。但是一旦涉及對未來的看法，它們的分歧才會變得對立，前一類作家們不斷熱情地吹起一個又一個理想的五彩泡沫，而後一類作家則頹傷地用感覺的針一個一個地把它刺破。但這種消極行為有時使人更為清醒，也是一個事實。

既然這種文學意識在五四新文學的發展中找得到源流，那麼，它的再現就不會是偶然的。九十年代的批評家大可不必去重蹈二十年代一些拉普派徒孫們早已被實踐所證實了的錯誤。

瞧，你要我談談大陸文學中世紀末意識，我卻囉哩囉嗦地給你說了一大通余華，還想從文學

史上的存在為他們作辯護，也足見迂腐得可以，讓你見笑了。即頌

編安

弟 思和

一九九一年六月

*原載長春《作家》（月刊）一九九二年第五期。

*這封信是九〇年六月寫的。臺灣詩人林燿德來信，要我談談大陸文學的「世紀末」意識。對「世紀末」可以有不同的解釋，但我當時覺得無從談起，只好言不及義地給他介紹了一些關於王朔與余華的創作情況。信寄出後也沒有下文了。近日整理舊信札，發現了這封信的底稿，讀了一遍似還有些意思，便作了一些局部的修改，刪去了關於王朔的部分（那部分的觀點已經寫進了《黑色的頹廢》一文），保留了對余華的介紹。雖屬介紹性文章，仍包含了我自己對余華前期小說的一些真誠的體驗。須說明的是，信中說的只是我在九〇年的想法，今年年初讀了余華新發表的長篇《呼喊與細雨》後，有些想法改變了，這將以後再找機會來說。

還原民間

——談張煒《九月寓言》

李先鋒兄：

今年滬上特別的熱，為了躲開暑氣，我先後去了廬山和北京。可是躲了炎熱卻躲不了你的盛情，就在兩次旅行之間收到了你的第二次催稿。說實話，我那時還沒有開始讀《九月寓言》，只是聽了幾位愛好文學、眼光又比較挑剔的朋友對它的讚揚。這回是帶了那一期《收穫》登上北行列車，在穿越齊魯、華北平原之際我第一次讀完了它，窗外茫茫霧氣，挾著清香撲鼻而來，似與內心中的茫然連成一片，我感到了茫然。

張煒終也不是寫《古船》的張煒了。幾年前我曾在一篇通信裡談過《古船》，它無疑是當代長篇小說中的傑作，但若以更高的境界苛評，我認為張煒寫《古船》寫得太用心思，似恨不得將幾年來讀書思考的結果都傾注到小說構思中去，大有「精銳傾盡」之感。《古船》對中國歷史文化的鑽研與總結是相當深刻的，但一部藝術作品立意太深刻太顯露，使人在承受了沉重的理性負荷以後，反倒無暇去體會那語詞氣韻的生動了……我記憶中突然冒出對《古船》的如許評價完全是有感而生，因為在《九月寓言》裡，張煒脫胎換骨似的變了個樣，他繪出了一幅別開生面的藝術風情：一樣的寫小村歷史，一樣的寫封建意識對人性的壓抑，甚至也一樣的寫農村的民不聊生，可是《九月寓言》讓人有說不出的輕鬆與暢通感，再也沒有了通常讀長篇時伴有的心靈上不勝沉重之壓力，再也沒有了對歷史與現狀無以擺脫的殫精畢力之糾纏，只覺得遙遠處傳來一支無詞的山歌，悅耳好聽，卻道不出所以然來。

在北京，我一直斷斷續續地翻閱著這部作品，努力從團團霧氣中分辨出這個小村的輪廓。回到上海後，我再一次細細地讀了，並將《古船》作了對照。這時候我才徹底認清了自己預設的閱讀情緒的錯誤。若以傳統經驗論，長篇小說總以內容的厚重取勝，評論者旨在開掘小說通過形象說出了些什麼。讀《古船》即是很典型的一例。但在《九月寓言》裡，一切意蘊盡在敘事話語之中，毋須再去尋找微言大義。「九月寓言」，只不過是講一則則發生在九月田野裡的故事，這裡所謂的「寓言」，恐也不是通常百科全書中所解釋的「以簡單短小的形式講一個有教誨意義的故事」，或可以反過來理解，它只是將繁複的世界和玄奧的意義還原為一個簡單的形式，使其民間藝術化。再說得白些，是將通常被認為是真理的東西虛擬化了。這就是「寓言」的功效，至於它有沒有教誨之意還在其次，至少在這部小說裡是很微不足道的。

小村歷史本身就是一則寓言。作者將敘述時間的起點置於十幾年後的某一天，村姑肥與丈夫挺芳重返小村遺址，面對著一片燃燒的荒草和遊蕩的鼴鼠，面對著小村遺留下的廢棄碾盤（肥曾經在碾盤上第一次接受小村青年龍眼的強暴），肥成了小村故事的唯一見證，其他一切都消逝殆盡。第一章裡，作家似採用了肥與挺芳的視角來回憶往事，但自第二章始，作家成為一個獨立的敘事者，正式插入故事場景，由回憶帶來的真實感逐漸為寓言的虛擬化所取代。小說的結尾處，作家不再回復到敘述的起點，而是結束於小村故事的終點：在一場地下煤礦塌方，也就是肥背叛小村祖訓，與工區青年挺芳私奔的時刻，一個神話般的奇景突然出現：

> 無邊的綠蔓呼呼燃燒起來，大地成了一片火海，一匹健壯的寶駒甩動鬃毛，聲聲嘶鳴，抱起長腿在火海裡奔馳。它的毛色與大火的顏色一樣，與早晨的太陽也一樣。
>
> 「天哩，一個……精靈！」

無法判斷這個結尾的真相是什麼，因為小村故事至此完全被寓言化了，由傳說始，由寓言終，當事人的回憶在纏綿語句中變得又細膩又動聽，彷彿是老年人說古，往昔今日未來成混沌一片，時間在其中失去了作用。

既然小村歷史被濃縮成一則碩大的寓言，時間就不再起作用，人們不會去追究一則寓言的時間背景。這並不是說，小村故事缺乏時間概念，而是作家故意淡化了這一敘事的重要因素。我在列車上初讀這部小說時，曾粗粗劃過小村歷史的時間表，儘管作家閃爍其辭，畢竟從人物的綽號（如「紅小兵」），或從個別村社活動（如「憶苦」），以及一些社會職業（如「赤腳醫生」），大致可猜測其背景當在「文革」後期，即七十年代中葉，小說中有兩個時間是比較明確的，一是作家的敘述時間起點，即肥與挺芳重返小村遺址，開始推出「十幾年前」的回憶。另一個是肥回憶小村故事的敘事時間起點：那一年九月的一個晚上。「那一年」紅小兵是六十歲，他女兒赶鸚是十九歲，村姑肥為逃避「赤腳醫生」的糾纏，開始加入村裡少男少女的遊蕩隊伍，開始了每夜在田野裡奔跑的遊戲。假如我們以作家創作這部小說的時間為小說敘述時間的起點，即八十年代末葉，那麼，由此推出的「十幾年前」的敘述時間起點，當是七十年代前半葉，與小說提供的「赤腳醫生」「紅小兵」等詞語概念相吻，小說中的「那一年」（敘事時間起點）一旦確定，就可以推出一系列的故事時間：小村被發現地下礦，並開始受到工區「工人揀鷄兒」的侵擾，大約也是七十年代初或更早一些的時間；而慶余流浪到小村，被金祥接納，並生下年九，應是五十年代末的事情；而慶余烙煎餅，金祥千里買鏊子（一種平底鍋兒）的故事，似發生在六十年代初；而獨眼義士與大腳肥肩這段長達三十年的恩怨，可以追溯到四十年代；而露筋和閃婆的野合則要更加早些，大約是三十年代初的時候，而小村歷史的結束，地下煤礦塌方，龍眼壓死，肥出逃的時間，也就是七十年代中葉。這個時間表相當有意思，它透露了小村的故事時間大致是三十年代到七十年代末，正與《古船》的故事時間重合。但是我們把洼狸鎮歷史與小村歷史略作一比，就不難找出張煒在這部小說敘事中的新的嘗試。

《古船》與《九月寓言》的根本差別是在歷史與寓言的差異上。故事是由時間構成的，而時間又具體體現在歷史事件的排列中，所以一部「史詩」性的長篇作品，不能不將故事發展印證歷史事件，在印證中獲得自身的存在。在這一點上，《古船》是典範之作。《古船》的人物命運，家族命運，以至洼狸鎮的命運，無不一一與重大的歷史事件相合，曲折地反映了四十多年的中國政治的發展軌跡。張煒在小說中顯示了非凡的把握中國社會歷史的能力，並能融滙貫通，但就小說而言，人物與情節畢竟成了歷史的注腳。也許正因為小說被籠上了這個巨大的轡勒，才使他寫得那麼的沉重。而在《九月寓言》，其妙處奇處就在歷史被隱沒在雲裡霧裡，似有似無，人物與故事擺脫了歷史事件的束縛而呈現出空前的自由。由於敘事中抽去了作為時間參照的歷史事件背景，所以前面列出的故事時間表變得毫無意義。用小說中一句現成的話來說明，那就是「那時候的事情就像在眼前一樣。」幾十年前的事，十幾年前的事，與敘事時間的現在時態，完全可以在同一敘事空間中展現。召之即來，揮之則去。這種自由的敘事時間甚至也不同於以往小說中所謂的意識流和時間倒錯，譬如《布禮》和《蝴蝶》敘事時間自然也是顛三倒四的，但故事年代的先後依然很清楚，不過是交錯著寫而已，《九月寓言》則表明了作家不但在創作中不存在一個清晰的時間意識（即現在、過去、未來之間的明確關係），而且在敘事過程中，有意地抹煞時間的差異。隨手可以舉一個現成的例子，第二章寫慶余在草垛裡遭金友強暴，讓少白頭龍眼無意中撞見。按書中提供的時間來看，大約為五十年代末的事情，而少白頭龍眼直到七十年代還追求肥，並在碾盤上對她施暴的時候，才「十七、八歲」。時間上顯然為不可能。因而只能說這部小說敘事上採用了寓言的某些特徵；不是時間倒錯，而是走向無時性。

我以為無時性不僅僅是指一些在敘事上能夠完全不依從其故事順序的孤立事件，它還應包括一些故意擺脫了歷史參照系的事件，諸如「寓言」中經常引用的「很久以前」「從前……」「古時候……」等等不確定的時間概念，或者儘管有「在春秋時代……」，但其故事本身內容與這個時代特徵游離開去，互不相關。這一特徵在《九月寓言》裡表現得相當明顯。如果我們根據前面所列的時間表去細細分析，不難看出，時代對故事依然投入了某種陰影，或者說，作家在寫故事時也或多或少攝下了時代的痕跡。小說第六章「首領之家」，集中寫村長賴牙一家的故事，本可以像《古船》中的四爺爺，成為某種統治者淫威的象徵，再加之第五章寫劉干掙覬覦賴牙的地位而發動「政變」，若放在七十年代初的中國政治社會背景下去理解，可以找出許多微言大義。但作家顯然是有意迴避了這類影射，他在賴牙與大腳肥肩的家庭生活中，插入了兩個故事，一個是大腳肥肩虐待兒媳的慘劇，另一個是獨眼義士三十年尋妻的纏綿佳話，這兩個故事自然也著眼描寫大腳肥肩的狠毒、刁辣、薄情以及可怕的心理變態，但更主要的作用是把一個本來含有政治歷史內蘊的家庭故事消解在民間傳奇之中。甚至連劉干掙「起事」失敗，屠宰手方起自裁的描寫，也含有了幾分民間喜謔的成份。我讀到這些章節時，自然聯想起前不久剛讀過的劉震雲的《故鄉天下黃花》，書中也多次寫到了村政權的爭鬥，若對照兩者不同的敘事方式，也許對《九月寓言》會有更清晰的理解。再者，小說第二章寫慶余烙煎餅的故事，也暗示了六十年代初「自然災害」在農村造成的可怕後果（不知你是否注意到，小說在「憶苦」一個場面裡也隱約提到此事），但這個故事的現實主義悲劇很快又被金祥千里買鏊子的傳奇所沖淡，後一個傳奇可說是無時性的，插入其中的作用，只是淡化了故事本身的歷史背景。從這裡我們都能體會到，不是小說沒有故事時間，而是作家採用了寓言的寫法，一次又一次地在故事時間中插入無時間性的敘事，把故事從歷史背景的陰影下扯拉開去，扯拉得遠遠的，於是小村歷史游離開人們通常認為的中國歷史軌跡，展示出無拘無束的自身魅力。

依傳統的現實主義眼光，長篇小說的魅力在於深刻地展示了社會歷史的某種本質，這已為以往文學史上大多數作品所證明。但人們很少注意與這一定論相關的另一問題，即對社會歷史本質的共識，或者說，衡量藝術反映社會歷史真實性與深刻性的某種尺度，都不能不受到國家意識形態的影響。前幾年流行的尋根文學，正是為了擺脫這種巨大影響，而不得不借助神話和荒誕，企圖以非現實形態來矯正、淡化以至擺脫這意識形態化了的現實主義。《九月寓言》的成功在於它以寓言的虛擬形態來取代非現實形態，從敘事意義上說它依然是現實主義的。由於擺脫了時間對故事的約束，也就是擺脫了作為時間物化的歷史事件對故事的轡勒，因此它的魅力只能來自故事本身。我們不妨分析一下，構成《九月寓言》的故事系列，大致由三個部分：一是傳說中的小村故事，一是現實中的小村故事，一是民間口頭創作。第一部分帶有濃厚的民間傳奇色彩，如露筋與閃婆野合的故事，金祥千里買鏊子的故事等等，第三部分主要是通過人物之口轉述出來的歷史故事，明顯經過了敘述者主觀的誇張與變形，成為口頭創作文本，諸如金祥憶苦，獨眼義士三十年尋妻傳奇等等。這兩部分故事大都流傳在小村人的口頭傳播之中，不可考實。若孤立的看，一個個故事是民間文學的典型材料，它們中有些故事與國家意識形態毫無關係，也有一些故事雖出於意識形態的需要（如憶苦），但已經經過了敘述者的藝術加工，使之民間化了。只有在第二部分即描寫現實中的小村故事裡，我們才能看到中國七十年代農村的許多真相，但由於它是以寓言的形態出現，小村故事終於淡化了國家權威的痕跡，成為一個自在、完整的民間社會。

我覺得小說關於小村來歷的傳說很有意思：相傳小村人的祖先是一種魚，叫鯅鮁，這是海裡的一種毒魚，誰都不敢去碰它。其實，「鯅鮁」只是「停吧」之音的誤傳，小村的歷史起源於流浪人，他們從四面八方逃難到平原上，感到了疲憊不堪，於是一迭聲地喊：停吧、停吧，就這麼安下小村來。所以小村社會形成於某種無政府狀態，儘管經過了幾代人的傳種接代，繁衍香火，小村人的文化心理上依然嚮往著無拘無束的田野流浪生活。且不說所有來自民間的傳說都與流浪有關，即便在小村人的生活中，一種沒有目的的奔跑意象，總是漾溢著青春蓬勃的生命力。然而一旦「奔跑」意象轉化為「停吧」（鯅鮁）的意象，便是善良漸退，邪惡滋生，獸欲開始取代人性力量，於是有了男人摧殘婆娘，惡婆虐殺媳婦，也有了男人間的自相殘害。小村的歷史就是一個寓言，有人性與獸性的搏鬥，有善良與邪惡的衝突，也有保守與愚昧對人的生存進程的阻礙，一切衝突都可歸結為「奔跑」與「停吧」的意象。小村最終在工業開發的炮聲中崩潰、瓦解、消失，正如一個人物嘆息：世事變了，小村又一次面臨絕境，又該像老一輩人那樣開始一場遷徙了。「鯰鮁」時代行將結束，小村人將在災難中重歸大地母親，在流動中重新激起蓬勃的生命力。結尾時的寶駒騰飛，或可以說是小村寓言的最高意象。

在《九月寓言》裡，小村的社會並不是一個正常的國家權威統治下的社會形態，儘管它也留下一些時代的痕跡。假如我們用分析正常國家制度下的社會形態的方法去分析小村，就會覺得這樣做太無趣了，小村故事反映了一個典型的民間社會形態，它的文化始終處於主流文化之外，這就是當地人把「工人階級」稱作「工人揀鷄兒」的文化心理。小村並不是一個通常所說的「封閉」社會，但它是一個自在自為的社會，它的文化形態是由主流文化之外的民間文化、傳統以及口頭創作所構成的。除了六十年代自然災害給它帶來過一些影響外，國家幾十年來的政策與它的存在並沒有多少直接干係。對這樣一種處於國家權威之外的社會生活範疇，我想借用一個現成概念，或可叫作中國式的民間社會。

我所謂的民間社會，僅僅是指在國家權威之外的一種社會形態，它具有一種一般國家權威控制之外的自由的生活形態。這種自由意味著它在文化上不受主流文化、尤其不受國家意識形態的控制。在中國廣袤的大地上，成群的少男少女在星光下奔跑，他們歡騰、喧鬧、尋歡作樂，無拘無束，這也是一種文化，是屬於年輕人的文化，任何道德倫理都束縛不了他們。我想，小村擁有的民間社會的自由感，正是來源於這樣一種文化。面對這樣一種自由自在、不受任何權威束縛的文化形態，作家的心態會不自由無礙嗎？作家的情緒會不熱情奔放嗎？請問一下張煒吧，我想他創作小村故事時心情一定要比寫洼狸鎮故事輕鬆得多，歡欣得多。小說的敘事語言漾溢著強烈的抒情性，許多片斷細細念了，就好像是在念一首首悅耳的詩歌。我甚至想說，《九月寓言》同樣稱得上是史詩，不過與傳統的「史詩」不同，它唱出了一首瑰麗無比的土地的歌，民間的歌。

我前些天為《文匯報》寫了一篇論述新歷史小說的短文，我發現這一類歷史小說的成功秘密，也在於作家們開拓了民間社會的新領域。由於作家所寫的是國家意識形態所不及的社會領域，無論是來自民間的文化，還是作家們進入這一領域的創作心態，都有一股強烈的自由感撲面而來，讀莫言的《紅高粱演義》，讀蘇童的《米》，甚至讀王朔關於黑道社會的小說，我們不正是從這裡獲得了一種前所未有的滿足感麼？張煒的《九月寓言》又一次為我們提供了關於民間社會的經典性作品。我想，這個題目將會越來越引起創作界與理論界的注意。

關於《九月寓言》的感受還有不少，一時也寫不完，你催稿時間又急，容不了我仔細消化，只能先寫出一些主要的想法，以後再作進一步探討吧。　　即頌

夏安

陳思和

一九九二年八月二十日

*原載《文學評論家》（雙月刊）一九九二年第五期。

*李先鋒，文學評論家，山東《文學評論家》雜誌主編。

良知催逼下的聲音
——關於張煒的兩部長篇小說

一、《柏慧》（北京十月文藝出版社一九九四年出版）

與許多當代作家不一樣，張煒是個擅長於用長篇小說來表達其思想觀念和美學情感的作家，他創作的最主要的長篇作品如《古船》、《九月寓言》、《柏慧》等，幾乎是每發表一部都引起了文壇上的震動，儘管其「震動」的方位並不一樣：就在《九月寓言》以其特有的磅礴大氣獲得批評界高度讚揚之後，《柏慧》則以對社會邪惡的激烈批評而為人所驚訝：《九月寓言》中那個遮蔽於茫茫大地用悲憫的眼神超越人間苦難的隱身哲學家不見了，取而代之是從恬靜美麗的葡萄園裡挺身而出與邪惡宣戰的精神界戰士。也許有人會為之替張煒感到惋惜，因為這個世界上能像張煒那樣腳踏民間大地元氣充沛地超越現實功利的作家畢竟不多，但在我想來，這種對自我形象的重塑可能更符合張煒性格的本相，張煒此舉可能正是為了糾正批評界從《九月寓言》中產生的關於他的形象的誤導：他們或多或少把張煒描繪成一個陰柔純美型的作家。當然，在當代文學領域充滿媚俗功利的市儈氣中，能達到這樣的境界已經相當高遠，但在作為知識分子的張煒看來，人的高貴氣質並不表現在梅妻鶴子式的隱逸之中，高貴與高雅並非同一個詞，真正高貴的人，是腳踏在苦難大地上，對貧賤的人懷有深切同情，並能夠真誠幫助他們與邪惡作鬥爭的人。作家張煒就是這樣的人。儘管這種高貴行徑在舉世滔滔中很不合時宜，很可能被些聰明人譏諷為向風車開戰的唐・吉訶德，但張煒願意作這樣的人。

《柏慧》是一部急就篇，是在張煒完成了《九月寓言》以後，接著創作一部更大規模的長篇史詩《家族》的過程中臨時插入的一項寫作，也可以說是他下一部《家族》創作的副產品。這也足見這部作品對張煒的重要性：如果不是內心深處有一種更大的渴望對他的催逼，他是不可能為此中止那部準備更充分的小說計劃來寫它。張煒曾坦率地說過：《柏慧》是「人在良知的催逼下，應該給時代留下的聲音」。這種聲音，在我看來是當代知識分子最為寶貴的東西，正如三十年代有人批評魯迅為什麼不多寫幾部《阿Q正傳》反而將生命耗費在一些無謂的糾紛中時，魯迅曾坦然地說：他那些觸及時弊的雜文的確令人討厭，但因此也更見其要緊，因為「中國的大眾的靈魂」，現在正反映在他的雜文裡。為此，他把自己的筆稱為「金不換」。現在來說這些掌故可能會使許多年輕人或並不年輕卻想學得年輕一些的人感到討厭，已經有不少文章在暗示現在張煒、張承志式的直面社會正是三十年代魯迅風的「謬種流傳」，正要把這筆難解的賬算到魯迅的頭上，但我還是想套用魯迅的話說，現在有人見魯迅風的討厭，「也更見其要緊」。我們不能捕風捉影地把文學作品裡攻擊醜惡事物與現實生活中的人事糾葛混作一談，因為文學史上的偉大優秀作品，從但丁《神曲》到托爾斯泰《復活》；從羅曼・羅蘭《約翰・克利斯朵夫》到陀斯妥耶夫斯基《地下室手記》；從曹雪芹《紅樓夢》到吳敬梓《儒林外史》，都不可能完全避免從現實環境中攫取某種生活原料以及對現世邪惡的攻擊，如果為了強調藝術上的純美境界而指責小說不該參與現實的批評，那樣的純美藝術恕我直言，不過是為了掩蓋不敢直面社會邪惡的內心怯懦而找的藉口。我認為在判斷小說該不該攻擊邪惡時，唯一的依據應該是看其攻擊的內容有沒有普遍意義，「砭錮弊常取類型」與個人意氣用事與揭人隱私，畢竟是有明顯區別的。《柏慧》中所揭露的柏老、瓷眼之流的邪惡，正是本世紀來中國知識分子史上可恥的一頁，像口吃老教授的悲慘故事和敘事者的兩位導師的不幸遭遇，是任何一個有良知的知識分子都有責任牢牢銘記的歷史，如果今天我們對這樣的歷史已經不堪心理上的承受，那末若干年後，就像現在歐洲日本有人會天真地以為奧斯維辛集中營和南京大屠殺都是猶太人和中國人編造出來的神話一樣，青少年一代會淹沒在所謂的後工業的流行文化裡變成心靈的白痴。

所以我不認為張煒從《九月寓言》到《柏慧》是一種人格境界上的退步，張煒正是為了表現他的現實戰鬥精神的完整人格才有了《柏慧》這一本書。同樣是表達對苦難和人類罪孽的看法，《九月寓言》表現的是藏污納垢的民間世界的大氣心態；而《柏慧》則回到了《古船》式的現實戰鬥的知識分子廣場世界。但知識分子的廣場意識與民間立場之間並不呈現高低主從的關係，因為苦難和罪孽在現實世界中都不是抽象的，《九月寓言》所面對的是自然形態的人類所面對的苦難，指極端貧困的生活和相應的愚昧野蠻的文化心理，這似乎是大自然在賦予人類本然的生命形態時與生俱存的，作家用從容超然的審美態度去表現正是其深得自然生命真諦的無窮奧妙（這種審美態度也使我想起當年張承志的《黑駿馬》）；而《柏慧》所面對的則是人世間的苦難與罪孽，是人類邪惡力量對善良美好向上的戕害。《柏慧》的作家明明白白地告訴人們，人類有分類而居的，分「向上的」和「向下的」的兩類，這就有點接近羅曼・羅蘭在第一次世界大戰期間的著名論斷。這當然是作家用藝術的分類方式對世界的描繪，不能簡單地移用到現實世界分析上去，作家用「血緣」與「家族」兩個概念本來都是藝術上的象徵語言，與過去文學作品簡單化地宣傳階級鬥爭來為現實政治鬥爭服務並不是一回事。作家不過是據此表達了一種與邪惡不相妥協的戰鬥態度。自然的苦難與人為的苦難不能同等視之，在《九月寓言》與《柏慧》之間，只是應了中國傳統文化經典裡的一句名言：天作孽，猶可違；自作孽，不可逭。我想，這「不可逭」，也就是指不可迴避。

《柏慧》不是如《九月寓言》那樣純粹的長篇小說，其形態更接近於長篇思想隨筆，其三篇長信的容量和內涵都不是很勻稱，在我讀來，其實僅僅第一篇致柏慧的信也就夠了，這一篇寫得最飽滿，不但關於葡萄園生活的描寫和徐芾東渡的民間歌謠的開掘都再現了作家以前有關作品中的高遠意境，而且關於柏老和口吃老教授的故事、關於敘事者的家族及其父親的故事，都已經達到了讓人靈魂感到震動的思想藝術魅力。而後兩篇信在藝術結構上未免有些蛇足之嫌，第二篇致老胡師的信主要是重複並延伸前篇中柏老與口吃老教授故事的主題，引進了某研究所及「瓷眼」的邪惡故事，使歷史的悲劇延伸到現實，第三篇致柏慧信展開了關於在商品經濟衝擊下如何維繫人格、良知、理想等話題的討論，同時又展開了對現代城市經濟生活方式的批評，這兩部分內容相對來說薄弱一些，尤其我感到第三篇信的敘事很彆扭，因為這篇信的內容是圍繞了敘事者與其妻子一家的矛盾而展開的，本來它的敘述對象應該是梅子，向妻子解釋感情糾葛的敘述方式會更自然些（就像第一篇致柏慧信），可現在卻是向一個舊時戀人敘述自己與妻子的矛盾衝突，敘事者的許多真實感情就很難出得來，這就使他對都市生活方式和雜誌社經營方式的批評顯得比較粗疏。這些藝術表現上的不足使這部作品不能達到像《九月寓言》似的完美是事實，但像《九月寓言》這樣的二十世紀中國文學殿後之作，本來也是不可取代的，即使是作家本人也未必能輕而易舉地超越它，若以這個標準來衡量《柏慧》的失敗，也多少是一種苛求。

二、《家族》（上海文藝出版社一九九五年出版）

在談這部小說之前，我首先想到的是法國作家羅曼・羅蘭在一九二五年為《約翰・克利斯多夫》的第一個中譯本所寫的題詞，這篇被稱作《約翰・克利斯多夫致中國兄弟們的宣言》的短文當時刊登在中國文壇最有影響的刊物《小說月報》上，譯者是個浪漫蒂克的留法學生，譯文的準確性很可能不及後來的大翻譯家傅雷，但他所譯出的大致意思是不會錯的：

> 我不認識歐洲和亞洲。我只知世間有兩民族——一個上升，一個下降。
>
> 一方面是忍耐、熱烈、恆久、勇毅地趨向光明的人們，——一切光明：學問、美、人類底愛、公共的進化。
>
> 一方面是壓迫的勢力：黑暗、蒙昧、懶惰、迷信和野蠻。
>
> 我是順附第一派的。無論他們生長在什麼地方，都是我的盟友、兄弟。我的家鄉是自由的人類。偉大的民族是他的部屬。眾人的寶庫乃是太陽之神。

我沒有學過法語，但我一直覺得這譯文中的「民族」一詞譯得有些彆扭，至少是不夠確切，我懷疑這「民族」一詞應該含有「人類」的意思，也就是說，世界上存在了兩類「人」，一類是向上的，一類是向下的。這當然純粹是指人的精神領域而言。但再往深裡想想也覺得不妥，因為「人」畢竟是個高貴的詞，把它簡單地分作兩類或者幾類，並宣布人類中有一類或幾類是「向下」的，難免會生出些法西斯的誤會，這是我所不願取的。所以，直到這些天讀了張煒的兩個長篇《柏慧》和《家族》後，這個困惑才得到了解決：作家張煒使用了一個比較準確的詞：家族。雖然作為藝術敘事的手法，作家也使用了「血緣」的概念來解釋人類的各種「家族」的區別，但我想，讀者會明白，這裡所描寫的「家族」顯然不是過去的「階級」的含義，而是用血緣的遺傳說，來暗示人類的另一種遺傳——精神氣質和倫理道德上的遺傳現象，通俗地說，是人類精神文化方面的遺傳。

「人」是一個完整的概念，任何人或者任何民族都沒有權力宣布另一個人或者另一個民族是低劣污穢的。但是，人類歷史的進化法則告訴我們，人是由動物進化過來的，人在改造惡劣的生存環境的同時，還始終伴隨著與自身血緣裡與生俱來的邪惡獸性作鬥爭。這種鬥爭是無窮無盡，極其艱難痛苦的，人性常常會在與獸性的鬥爭中慘遭失敗，從精神的意思說，人在每時每刻都會遭遇這種心靈深處的光明黑暗大搏鬥，其驚心動魄的過程所能最終導致的結果，也正是羅曼・羅蘭在那篇致中國人的宣言中所說的：人世間當分作「向上的」和「向下的」兩族。也許在今天，我們誰也沒有勇氣說，希特勒的納粹黨徒是屬於「人類」的一部分，可偏偏是猶太人的大藝術家斯皮爾伯格在所導演的《辛德勒的名單》中強調，德國人包括納粹黨徒也是有人性的，只是在一個邪惡的時代裡人性被獸性戰勝了。當然，暫時征服了人性的獸性會借助時代的邪惡慢慢地蔓延，使獸性與獸性聚集在一起，形成了社會上的邪惡力量，它們與人性向上的力量相對立——這就是「類」，也是張煒所說的「家族」。

如果用庸俗社會學的眼光來解釋「家族」，就導致政治上劃分革命與反革命的標準。就如《家族》中的一個人物殷弓所說的：「革命——它對於一個人來說，或者是一開始就會，或者是一輩子也不會！」為什麼，有些人天生是「革命者」，有些人一輩子也不會成為這樣的「革命者」？文化很低的權力爭奪者殷弓是回答不上來的，他只能推導到「血緣」這一神秘力量。但奇怪的是，小說偏偏寫這個天生的革命者殷弓在革命最危急的時期總是不放棄做對敵人陣營的分化瓦解工作，建立最廣泛的統一戰線來孤立敵人。既然他根本不相信有些人是可以轉變為革命的，那又為何不斷地把他們團結過來，而且也確有許多善良的人被這種表面的誠意所感動而真誠地把殷弓之流視為引渡光明的燈塔？現代歷史的悲劇大約正是起源於此。我們從小說裡看到，殷弓在革命中使用的許多統一戰線的手段，都是師法《水滸》裡宋公明爭取英雄好漢入伙的方法，但水泊梁山的英雄們遵守了一個中國民間所共同遵守的倫理法則：義氣，這是維繫梁山烏托邦社會的民間道德標準。殷弓恰恰沒有這種道德標準，他所做的一切不過是為了達到一個革命的具體目的而利用他人的手段，他把別人對他的信任、愛戴、幫助甚至奉獻，都視為天經地義的，只是為了證明他的痞子手段的高明，他骨子裡不但不相信這些對他投諸好意的人，而且隨時都準備把這些人的命也一起革掉。這就有些殘忍。我們在小說裡看到的革命隊伍中的成員：許予明、李大俠等等，他們在參加革命以後仍然或多或少地遵循了民間的原始正義，如情和義，這或許是缺點，但他們對革命的忠誠是不可懷疑的，結果呢，他們都成了殷弓式的革命手段的犧牲品。利用民間的道德觀念去爭取民間力量，但最終又利用他們的信任粗暴地破壞和踐踏民間道德，並且從肉體上消滅他們，雖然可以用革命的名義去做這一切，也雖然可以推諉到時代的殘酷性，但依然是反映了人性中背信篡義的黯淡一面。

殷弓的庸俗社會學觀點和標準還不足以說明人世間為什麼會有各種各樣的家族衝突，因為照羅曼．羅蘭的理解，這些衝突歸結起來只是兩類：向上的和向下的。這是指精神領域而言的。即便如此，維繫這家族的「血緣」又是從何處而來？我覺得張煒的思考正是沿著羅曼．羅蘭又進了一步，他把人類遺產的繼承分作兩種：一種是物質財富的遺產繼承，它的內容是圍繞了財產以及與此相關的權力的爭奪和再分配（注：這裡所說的物質遺產的再分配，不是指法律意義上的繼承法），幾千年來，人類社會就是在這樣一種以掠奪財富為目的的原始衝動下改朝換代和改天換地，它在創造燦爛人類物質文明的同時，也為人性大道中所隱含的蠢蠢欲動的獸性遺傳提供了周期性的發洩渠道，歷史上人們為爭奪財富而起的大屠殺就成了「向下」一族的徽標；另一種是精神財富的遺產繼承，它包括建立人類理想境界、美學規範、理性精神等等，其核心是維護人格的自由，保持人性的純潔，捍衛人的權力和尊嚴，這正是「向上」一族的徽標。在人類歷史上權力的統治者和爭奪者往往屬於前一種遺產的繼承者，而知識分子則屬於後一種遺產的繼承者。知識分子的本意，就是要對他所在的社會提供一種良知的參照，但這種「良知」從何而來？是靠知識傳授和教育手段讓人一步步去掉心靈的遮蔽，逼近自己的本性。它為人們提供的是關於如何生活才更符合人性的思考，而不是幫助人們如何獲得更多的財富，這一點，恰恰是財富追逐者所不能理解的。如殷弓輩，從他的狹隘的功利觀念來看，知識分子是一種神秘不可知的動物，他雖然身經百戰，但在文化精神的遺產面前卻永遠無法長驅直入。其實人間財富的統治者都對知識分子懷著莫名的恐懼，因為他們明明白白地知道，世界上有一種財富是他們所不能擁有的，那就是精神財富。他們可以強迫或者利用知識分子來為他們服務，但他們永遠不能取代知識分子的自由思想和獨立精神。這種恐懼的結果造成了本能的對知識分子的迫害欲望。「向上的」一族與「向下的」一族就是這樣開起戰來。

《家族》所展示的，就是這樣一部「家族」與「家族」的戰爭，而不是階級與階級、或者政黨與政黨的戰爭。人類將在這樣的戰爭中重新組合隊伍。在物質層面上這樣的戰爭總是以「向下的」一族的勝利為告終，歷史上摧殘文化迫害知識分子的悲劇一再重複上演，如作家張煒憤怒指出的：上帝在製造迫害事件方面的想像力也是貧乏的。然而在精神的層面上呢？當慘絕人寰的大屠殺或大迫害過去後，那些製造暴行的人總是被歷史釘在人類的恥辱柱上，毫無例外。歷史上有許多古老民族被征服、被消滅，但這些民族所擁有的優秀思想、文化、宗教，卻能夠彌散在全世界，反過來征服和改造著那些以野蠻武力取勝的民族。所以，在人類精神界的戰爭中，「向上的」一族則是不可戰勝的。《家族》所展示的，正是這樣一部交織著兩種戰爭結果的現代啟示錄，以及知識分子在這多層次的複雜戰爭中所經歷的選擇、失敗、毀滅和再生。

這裡包含了本世紀以來知識分子在社會轉型中的價值取向的變化。歷史上的寧周義和曲予儘管所選擇的政治力量相對立，但他們在價值取向的選擇上是一致的，都未曾擺脫傳統文人的廟堂意識，都是把個人在世上安身立命與經國濟世的政治道路聯繫在一起。儘管他們都酷愛自由意志，不喜歡被外在的政治力量所駕馭，但他們的濟世行為最終卻仍然是「為王前驅」，自覺地投靠到具體的政治力量中去，並為之獻出了生命。小說一開始寫了寧家先人騎一匹紅馬遠走他鄉，四處漂流而終於不知所終，這是一個很有意味的象徵，但在這整整一個世紀裡，知識分子面對廟堂既毀，大道如隱，那匹紅馬究竟走出了什麼新路呢？在傳統社會裡，道統高於政統，知識分子有可能通過廟堂有所作為，實現自己的價值理想；而在本世紀的現代社會轉型中，政治與道術退回到同一個起跑線上探索救國之道，在爭奪人類遺產中的物質財富方面，知識分子並不比政治家高明多少，只能充當一盤棋中的卒子，這早有先賢的自知之明。小說裡寧曲兩家主人的悲劇，正是由此而來。相比之下，寧周義不過是夢想做現代曾國藩，而曲予倒是放棄了一次重新確定現代知識分子價值取向的機會。作為一個醫生，他為生養於斯的小城所做出的貢獻，不僅僅是回春醫術，更重要的是他以現代科學的引進改造了小城的文化素質，他作為一個知識分子，不是以其政治地位而是以其科學技能獲得在小城人民心目中舉足輕重的地位，終於成為雙方政治力量爭取的對象。曲予的醫生身份和醫生地位，都意味著現代知識分子的價值取向有可能獲得轉變，但很可惜，當歷史沿著傳統的慣性繼續演繹下去時，曲予最終也不得不放棄他的醫生崗位，轉入廟堂權力的爭奪戰，並獻出了生命。這樣的貢獻對歷史的改朝換代自有其價值，但從人類精神遺產的繼承和延續上說，卻是一次值得深思的偏離。小說上部通過寧周兩家的歷史故事所展示的，正是知識分子廟堂意識在現代政治生活中的虛幻因果，所以小說下部一開始寫的寧珂冤案，似乎已經沒什麼新意。像寧珂這樣的冤案在現代歷史上並不是特例，光說上海，就有潘漢年楊帆一案所株連的許多忠誠的知識分子。如果說寧曲兩家主人的遭遇展示的是知識分子廟堂意識在時空中的誤區，那麼寧珂冤案則是對廟堂意識的現代悲劇下了一個斬釘截鐵的結論。一場歷史悲劇的帷幕正式降落下來了。

在小說進入了現實部分後，真正的悲劇主人已經不是寧珂，有關他的冤案不過是承上啟下的一環：由寧珂的悲劇引申出寧家新一代，也就是小說的敘事者。這是新一代知識分子的故事，除了在血脈上銜接了寧曲兩家的香火外，其作為知識分子在現代社會所承擔的責任和所認同的價值取向，都有著明顯的區別。小說中有關現實部分的敘述寫得氣韻貫通，其中主要人物陶明、朱亞和敘事者之間，作家用了一個新的關係詞：導師。這顯然是一個新的家族組合：知識分子的幾代人互相聯繫的既非血緣，也非財產，而是一種若即若離的精神聯繫。從小說所展開的故事來看，這幾代知識分子的命運仍然很是悲慘，但不是寧曲兩家命運的重複，在歷史上，知識分子工作與政治力量互為利用難分涇渭，而在現實部分，陶明教授和朱亞教授的工作與以「瓷眼」為代表的權力爭奪者是涇渭分明的，互不相干。「陶朱」（我不知道這兩個姓氏的合體詞是否暗示了歷史上知識分子逃離權力之爭的故事）所從事的是科學研究，具有自身的崗位責任，他們之所以受到「瓷眼」的迫害，並不是他們與瓷眼之流爭奪權力，而在於他們堅守自己的神聖職責。小說著重描寫了朱亞教授為了保護平原不受破壞、堅持科學家的良知所作的努力，直至獻出自己的生命；而敘事者「我」自覺追隨導師的遺訓，奮起反對盲目開發，這都是在自己的工作崗位上履行知識分子的使命。他們不屑與食肉者爭奪殘羹剩飯，也不必離開自己的崗位去「憂國憂民」，因為他們自身擁有知識財富和價值內涵，他們在自己的工作崗位上同樣能夠堅持人文精神的戰鬥傳統，所以毋須藉廟堂之途來證明自己。在朱亞和「我」的兩代知識分子的精神傳統之前，還有一個陶明教授，雖然作家在描寫陶明教授的悲慘遭遇時過多地渲染他在勞改農場裡的苦難，多少淡化了知識分子精神生命的強度，但從朱亞自覺追隨陶明教授的行為裡，甚至在《柏慧》中寫到朱亞一直偷偷地整理導師的遺著、發揚光大導師的學術思想裡，都可以看成是知識分子薪盡火傳、生生不息的精神接力運動。人類精神遺產的傳承沒有法律和規章的約束，一切都是心靈與心靈的碰撞和吸引，維繫這種關係當然主要是靠知識傳授和教育手段，但因果之間仍然充滿緣分與機遇，或者說，你首先要成為一個戰士，精神導師才會在冥冥中跨越時空出現在你的眼前，指引你去履行使命，以至獻身。朱亞的工作既屬自然科學領域，又體現了人文精神的戰鬥性，他上承下啟，鞠躬盡瘁，表現出一個「向上的」家族的應有形象。作為他們的對立面「瓷眼」，不如他的精神前輩殷弓那樣深刻，這可能是作家過多地描寫他個人品質敗壞的緣故，使人物有些臉譜化，其實這個人在精神上應該與殷弓為同一家族，他從事迫害知識分子的工作不是出於維護個人利益的需要，根本上仍然是殷弓的理論，即無法理解知識分子承傳精神遺產工作的特點，就本能地把知識分子視為「非我族類」，千方百計欲除之而後快。這樣的戰爭比之寧曲兩家的屈死鬼以及寧珂冤案，似乎更加驚心動魄。

不用說，作家張煒對於中國知識分子在歷史與現實所遭遇到的一切，都感到憤怒。他所虛擬的兩大家族說就像當年羅曼・羅蘭把人類劃分為「向上的」民族和「向下的」民族一樣，都不過是一種文學修辭上的比喻，並不是人類社會學意義上的科學報告，也不是政治學意義上階級劃分。他不過用文學形象展示出兩類人的精神傳統：一類人永遠是不倦地追求真理、探索真理、追求人性的自由發展，他們不斷經歷著實驗、失敗、再實驗的精神歷程，普羅米修斯式的英雄是他們心中的偶像；另一類人卻永遠不知道、也不關心真理是在實踐中發展的，他們只注重現實的功利事業、追逐財富與支配財富的權力、整日以玩弄權術、勾心鬥角、結黨營私為榮耀的事業，他們的心中沒有偶像（或者故意利用某些偶像來欺騙民眾），只是一片黑暗中幾隻老鼠在蠢蠢而動。現實生活中的普羅米修斯往往不是被綁在高加索山上讓雄鷹撕啄，而是讓老鼠啃咬，這樣的人間悲劇我想是沒有時空範圍的約束，在任何時代高標蒼穹、特立獨行的人都會有所體會和感受。張煒不過是身處當下這個社會轉型時期的種種污穢環境裡，他的家族比喻和批判對象才有了具體的所指，但如果我們局限在作品中的具體所指中理解作家，那就無法真正領會當代知識分子思想批判的邏輯高度和現實意義。

《家族》是一部戰鬥性很強的書，雖然它依然是用優美的文筆來敘述一個歷史與現實交叉的家族故事，但我更看重的是故事發展的敘事激情而不是故事本身。在近幾年，像這樣的家族故事並不少見，如李銳的《舊址》、陳忠實的《白鹿原》等等，但張煒在這部小說中尖銳提出的知識分子立場及其精神傳統，是相當獨特的。如果說，張承志的《心靈史》是一部宗教「家族」的故事，其悲劇主人公一代代都由「前定」所決定，有教義的精神召喚；那麼在張煒的筆下，主人公們所面臨的現實戰鬥精神及其精神導師的代代接力，都被籠罩著失敗主義的宿命感。它無法救世，只能守望、撤退，和無可奈何的詛咒，這種情緒從故事的敘事縫隙裡不斷洩露出來，也許正是這種情緒的蔓延才使張煒不得不在創作過程中停下《家族》而去創作《柏慧》，《柏慧》是宣洩憤怒的書，它以《家族》的故事為背景，大段大段地發表對歷史與現狀的否定性批評，如作家自己所說的：《家族》是歷史與現實的岩壁，而《柏慧》則是它的回聲。這兩部書最好是放在一起讀，《柏慧》不但補充了《家族》故事的一些結局性的細節（如寧珂一家後來蒙受的悲慘遭遇等），而且準確表達出作家在敘述《家族》時難以抑止的悲憤情緒。《柏慧》是在良知催逼下的聲音，而《家族》則是發出這聲音的源泉，是支撐這些聲音的基礎；也惟在作家將心中的憤怒傾訴盡了以後，《家族》才得以保持藝術上的優雅和完美。

有了《柏慧》的聲音和《家族》自身所提出的知識分子精神接力問題，張煒才有可能超越一般家族故事，使這部小說成為當代呼喚人文精神的重要著作。現在關於人文精神的尋思已經被人誤解或者曲解，好事者又把當下知識分子對現實的批判概括為「道德理想主義」，隱隱約約地把這場來自知識界對自身的反省運動影射成法國大革命式的危險事件，已經有不少批評者在談到所謂道德理想主義時用了「血腥味」「專制性」之類的形容詞，在這樣的文化背景下，《家族》的問世有可能會澄清一些問題。事實上，「道德理想主義」是一個很含糊的稱謂，拒絕寬容也好，批判現實也好，都不能作抽象的理解。在《家族》裡，張煒描述了兩種「道德理想主義」，有一種是殷弓式的「道德理想」，殷弓種種邪惡的政治行為與他個人品行無關，他所堅持並為之奮鬥的也是一種神聖「理想」，他掛在嘴上的是口口聲聲為了大眾的根本利益，他堅信世界正處於剝削階級的罪惡中迅速墮落，唯有他和他所隸屬的政黨才是清潔的，能夠承擔起救民於水火之中的責任，所以別的階級與個人都必須為他讓路，並為他作出犧牲。——這就是當代許多人憂心忡忡批評張煒的拒絕寬容說可能導致的「後果」，可是對這種「後果」作出全面揭露與批判的，並正式列為「不寬容」對象的，正是張煒本人。很顯然，張煒在小說裡即便提倡了所謂的道德理想主義，也是就知識分子的人格精神和批判職能而言，並不是殷弓式的專制立場，這兩種道德理想主義中間橫亘著一個不能含糊的中介：就是權力。殷弓之流是人類財富的搶奪者與承受者，他所作所為都得到權力的保護，因此對於權力追逐者來說，所謂道德理想主義一旦進入了權力的層面，就可能產生極其虛偽的後果；但在知識分子履行社會批判使命時所探討的道德理想，也就是張煒在文學作品裡一再為之呼籲的道德，並無這樣的危險後果，因為當下知識分子所尋思、所呼籲的人文精神和道德理想，都無非是一種對知識分子在社會轉型期自我立場的肯定和堅持，就政治權力中心而言，知識分子越來越遠離廟堂、走向「邊緣」，他們所提出的人文精神，只是知識分子個人操守的逼問，顯然與權力風馬牛不相及。這對敏感的殷弓之流來說，他們出於本能對此警惕以至惱怒都是可以理解的；但奇怪的是如今對人文精神實行圍剿的，恰恰是一些很聰明的知識分子，我不明白他們是真不知道還是假裝不知道兩者的區別，所謂「知識分子也會製造文化專制主義」的說法，只能起到掩蓋權力者利用道德理想的虛偽性和維護廟堂文化中心的作用。張承志、張煒所提出的道德理想及其對現實的批判，都有偏激的地方，這正是當代多元文化和個人民主立場的證明。所謂不偏不倚全面公允，只能是一種官方政策性的立場而非個人性的立場。社會生活的民主性標誌不是看擁護者有多少而是看批判者能擁有多大的自由度，檢驗政策層面上的「寬容」與否，就是包括了對不寬容者的寬容；檢驗文化格局是否實現了真正的「多元化」，就是看其包括了多少偏激的「一元」，如果連一點偏激的批評都須迎頭痛擊，那麼，雖然冠之「寬容」「多元」的維護者，其實仍然是「寬容」的一元化政策。知識分子背離廟堂已經是不爭的事實，如果我們的思路依然停留在五、六十年代的環境裡，還以為知識分子是權力中心的喉舌，一批判就是姚文元時代的金棍子重來，那就混淆了目前文化陣營的真相，也模糊了知識分子在當代社會轉型中的立場、崗位和責任。

與這些問題相關的最後一點是知識分子的立場轉移，即在知識分子離開廟堂後的工作崗位將建築在哪裡。既然這部小說探討了知識分子在當下的精神立場，就不可能迴避這一點。張承志的人文理想自有其宗教的背景，這且不去說它，張煒也有其所守待的精神家園，那就是一種以自然哲學為理想的民間世界。《家族》以「寧周義—曲予—寧珂」建立起一條經線，以「陶明—朱亞—我」建立起一條緯線，由此架構起一個坐標，昭示二十世紀中國知識分子價值取向的變化軌跡：由側身廟堂轉向立足崗位。在這個轉變軌跡之旁，還有一個巨大的背景，即民間。我在本文一開始就舉了殷弓其人利用民間道德觀念來爭取民間力量，最終又踐踏了民間原始正義的理想道德的行為，用以說明殷弓之流所代表的主流話語是同時容納不了知識分子話語與民間話語的，反觀之，以寧珂為中介的知識分子在道德理想上與民間的道德感情更為接近一些。寧珂曲予可以成為許予明、李大俠相知的朋友，而與殷弓之流總是相隔著一條鴻溝。這種民間世界在小說裡始終是以「大地」為抒情對象的象徵出現，而且寧曲兩家在歷史的爭鬥中兩敗俱傷以後，不得不走向荒原的結局，和作為寧家新一代的「我」繼承了精神導師的遺訓，退出城市、歸隱田園的結局，都或多或少暗示了這一歸宿。知識分子的崗位不應該建立在廟堂之側，只有與樸素、深沉、浩瀚的民間生活方式聯繫在一起，才會使道德理想變得純粹起來，不沾上一點權力的虛偽和殘暴，由此而發的文化批評與社會批評，才能體現出強烈的個人性質和知識分子立場。《家族》和《柏慧》的敘事者是個隱居在民間的葡萄園主，儘管他身上含有強大的知識分子背景，但他完全改變了他的前輩們所走的道路，這是值得研究當代文化者所重視的。

*本文第一部分原載上海《文匯報》一九九五年七月十六日，第二部分原載瀋陽《當代作家評論》一九九五年第五期。

奧斯維辛之後的詩

——看《辛德勒的名單》有感

偶然地看到過一句名言：奧斯維辛之後，再有詩，就是野蠻的。我不知道這裡的「野蠻」所指什麼？但我想，奧斯維辛之後的人性之光如能穿透文學，詩的力量也不會消失。今年作為二戰勝利五十年的世界性紀念，反法西斯的話題又被炒得沸沸揚揚，但無論如何，都沒有像電影《辛德勒的名單》那樣深深地感動我。雖然這部影片在幾年前就榮獲奧斯卡大獎而激動了全世界的良心，但不知為什麼，在處處講究與世界接軌的上海，我是直到前些日子才有機會看到。記得當日的影城正放映兩部電影，前一部是《辛德勒的名單》，當我看完後，我便走出了影城，再無心情接著看另一部好萊塢片子。就像被一場大病擊中後的身體，需要有一個慢慢抗衡和調養的時間才可能恢復過來，而這調養期間我不願意再讓傷風感冒之類的小病小痛來騷擾自己；在當日，我甚至不想去擠那充滿汗臭的交通車，只願意一個人沿著大街靜靜地走一走，讓那被世界的惡俗空氣薰得幾近麻木的心靈慢慢復活，去感受去體驗那人性力量和藝術力量交織起來的重重一「擊」。為此，我特地去書攤買下這部同名的長篇小說譯本，細讀之後，我發現小說不過是一部類似報告文學的記錄，藝術上的感染力遠不及電影，從關於辛德勒的真實事件到據此編成的紀實小說再到大導演斯皮爾伯格改編的電影，我清楚地感受到人性的力量和藝術的力量是怎樣達到了「詩」的境界。

奧斯卡‧辛德勒是個什麼樣的德國人？一個在惡魔導演的戰爭中由上帝派到塵世來的聖徒，由於他一個人的存在而為在種族大屠殺中扮演了可恥角色的德國民族贖了罪孽？還是一個利用法西斯戰爭和對猶太民族慘無人道的屠殺而發大財的精明商人，只是像古代奴隸主保護自己的私有財產那樣保護了奴隸的生命安全？接下去一個困擾我的問題是，在反法西斯的創作題材中產生過多少可歌可泣的英雄民族故事，而為什麼獨獨關於這個德國資本家在發戰爭財的卑瑣生涯中人性逐漸覺醒的故事會那麼震撼人心？據說中國許多很優秀的導演看了這部影片後，都有信心拍好我們自己的「辛德勒」的故事，於是南京大屠殺的題材頓時成了搶手貨。因為還沒有拍出來，暫時無法驗證這些創作是否真會達到這樣驚心動魄的藝術效果，但如果要從「中國的《辛德勒的名單》」的自信上說，我至少在傳媒渲染的有關導演們的自我介紹中，似乎還沒有看到對這部電影藝術魅力所在的真正感悟。

關於奧斯維辛集中營的故事我們並不陌生，但這部影片所要告訴我們的，似乎還不僅僅是控訴法西斯的殘酷和揭示某種歷史事件的真相，它使我真正感到震撼的，是關於猶太民族在大限來臨時刻顯示出來的無與倫比的力量。這個人類歷史上最為不幸的民族幾乎是上帝為了證明人類的罪惡而生成的，然而在這萬般苦難、無家可歸的一千八百年歷史中，猶太民族不但為人類文化創造了極其燦爛的成就，而且創造了一個民族以文化立國的奇蹟。它以血淋淋的歷史向世界證明：一個民族的興亡，並不取決於國家疆土的大小；也不取決於種族體質的強弱，民族的生命力取決於它的文化，即有沒有一種使民族長期在苦難威脅下而精神立於不敗的凝聚力。這樣的力量在人類歷史上還曾經顯示過多次，比如古羅馬時代的基督教徒，我曾經讀過顯克微支的《你往何處去》，久久不能忘記基督徒在面對虎狼殘害、面對家破人亡時表現出來的無畏的奉獻精神，久久不能忘記作者在寫完這場慘絕人寰的大屠殺以後堅定地宣告：終於，暴君尼祿像旋風、雷電……瘟疫一般過去了，同時聖徒彼得的墳頂從梵蒂岡的山峰直到現在還統治著這個世界。顯克微支是波蘭人，也是誕生在一個歷盡苦難、曾經國土淪亡的英雄民族之中。——我這麼例舉人類的苦難史和英雄史，只是想說明我在看《辛德勒的名單》所受的感動，並非局限於猶太民族的不幸遭遇，而是純粹對人類歷史而言。在這個意義上看這部作品，在我是猶如重讀一遍《你往何處去》時的感動：這就是弱者不可摧殘的力量：從表面上看，克拉科夫的猶太人在大屠殺面前完全束手無策，把自己的悲慘命運交到了魔鬼的手中，任其興高采烈地屠宰；但是，也許正是因為他們完全不能掌握自己的命運，才使他們在盡可能地保護自己生命的偉大鬥爭中表現出置生死於度外的自信和幽默。我想看過這部影片的人不會忘記這樣一些鏡頭：納粹為了查一個偷鷄者而濫殺無辜，並還要繼續追逼下去時，一個小男孩渾身顫抖地走出隊伍，直嚇得低聲嚅泣，可是當著司令官的面卻從容地指著躺在地上的犧牲者屍體說：就是他……即使在這樣恐怖的鏡頭面前，觀眾仍然會發出鬆了口氣的一笑。因為它不僅是在渲染恐怖和罪惡，還在絕滅人性的大屠殺中表達出人性的智慧和力量。

很顯然，影片所渲染的人性力量是與猶太民族特有的文化分不開的，一個經歷了太多悲慘事件的民族會生出特殊的對待死亡的哲學，由於肉體太容易被消滅，他們就陶醉在精神的大境界中。為了達到這個效果，影片故意沒有表現原小說裡關於猶太地下反抗組織的活動，甚至刪去了地下組織爭取奧斯卡・辛德勒的場面。導演還有意修改了小說中的一個重要情節：關於勒瓦托夫，在小說裡只是一個年輕英俊的牧師，由於出眾的儀表和不凡的風度而招惹了納粹的憤怒，在一次屠殺中，僅僅因為偶然性的原因——手槍出了故障才讓他倖存下來。但在影片中，勒瓦托夫成了一個代表著宗教神秘力量的長老，成為囚徒中的精神領袖，他的倖存成為一種奇蹟，暗示了冥冥中「神」的顯現，它似乎告訴人們，猶太民族的物質、肉體被消滅是容易的，但它的文化及其核心力量宗教卻不會被消滅，任何野蠻的屠殺都戰勝不了它。這種精神的力量還多次表現在這樣一些難忘的鏡頭中：在垂死者彈奏的莫扎特音樂陪襯下大屠殺的槍聲一下一下地響著；一個小女孩在血腥屠殺的槍林彈雨中從容走出死亡線，以及「辛德勒女人」們從奧斯維辛集中營生還歸來的場面。如果說，這個世界上真的有「神」的話，那麼，神不會出現在勝利者征服者驕奢的狂歡之中，只能屬於經受了大苦大難的奴隸、窮人和弱者。《史記》的作者曾說過：人窮則返本，故勞苦倦極未嘗不呼天也。一個民族也只有在這樣國土淪喪、家園被逐、時時面臨絕滅亡種的悲慘境地，它所發出的「呼天」才會感動神，它們中間才有可能顯現神的奇蹟：只有這時候，在他們之中才會有一股真正生命之氣冉冉升起。（順便說一句，這種宗教文化的境界對中國電影製作者來說似乎很難理解，他們總要著力表現中國人反法西斯戰鬥的英勇場面，喜歡塑造威猛無比、殺人無數的偉丈夫，甚至有一個電影竟繪聲繪色地表現大批軍犬如何圍著在河裡洗澡的日本人嚙咬，在這種幾似兒戲地追求英雄氣的創作心態中，很難表現真正能撼動人心的力量——這也是我對所謂中國的《辛德勒的名單》能否產生的懷疑。）

確認了這部影片所展示的藝術世界的真正力量所在，我們才有可能來討論奧斯卡・辛德勒其人其行的意義。在這部神蹟無所不在的影片裡，辛德勒不是「神」，他只是對神的存在的一個證明。信奉一神教的猶太民族從沒有把俗人奉為救世主的習慣，所以在原小說裡，作者處處暗示了猶太人在困境中對辛德勒的爭取和困境過後對辛德勒的支持，並且在不少場面裡表達了對這位奇特的德國人的嘲諷和抱怨。也許如把這些搬上銀幕會顯得猶太人過分的忘恩負義，導演割捨了這些場面。但從影片中看，辛德勒在利用猶太人的危急之際趁火打劫大發其財的過程中，也正是在猶太民族的偉大文化精神的感召下人性一點點復甦的過程。影片一開始出現的辛德勒，不過是一個花花公子式的精明商人，可是當他過於精明地利用猶太人的財力人力為自己聚集財富時，比他更精明的猶太老會計斯特恩使他逐漸認識到他這麼做的意義遠遠超過了一般的聚集財富行為，而最終把一個資本家掠奪財富的行徑納入到人道的軌道。影片為了表達這一效果，加強了原小說裡關於斯特恩的故事，如獨臂老人的故事，如火車站上的奇蹟，以至在影片的後半部分，他幾乎成了使辛德勒通向神的引渡人。影片並沒有渲染淺薄的人道主義，從辛德勒和阿蒙的對比看，人性雖然人人皆有，但並非人人都能用人性來戰勝自身的獸性。辛德勒也企圖喚醒阿蒙內心深處的人性，他儘管失敗了，但阿蒙的心靈深處曾有一瞬間被喚醒的寬恕之心，同樣證明了人性所在的力量。正因為辛德勒一開始是並不自覺地做了一樁有利於危難中的猶太人的事，才使他後來的轉變充滿人性的力量，他在結局時的懺悔才顯得真情實感。假如反過來描寫，辛德勒一開始的身份就是猶太反抗組織派遣的人員或者是個自覺的人道主義者，他的行動也就變成一場有計劃的援救行為，那他的事蹟也可能會很感人，但從人性的不可戰勝性和猶太文化的偉大感召力而言，是不可能達到現在的深度。

儘管作為好萊塢影片《辛德勒的名單》不可避免地沾染了一些好萊塢式的缺陷，如在「辛德勒的女人」們身陷奧斯維辛集中營的時間被明顯縮短，其身受的折磨也被刪減，使喜劇效果不恰當地突然出現；結尾時的傷感情調也多少減弱了影片的高雅格調。但它作為當代世界反法西斯的藝術作品無疑擁有不可取代的經典性，它使人們看到了被屠殺者身上擁有的不可戰勝性：在一個極其優秀的文化懷抱裡，即便是負面的動機也可能會在其行為中產生出積極的正面效應，從而使動機本身也逐漸具有一種高尚的性質。我想我在這裡不必說猶太民族是如何在現實家園失落後唯靠建立精神家園使其在世界上仍立於不敗之地，也不必說猶太民族對其子弟的宗教文化的教育取得了如何輝煌的成就，只希望當代中國人從這部被全世界公認的優秀影片中感悟到：在人類的凶殘和貪婪以外，一個民族是靠什麼力量才能真正做到不被滅亡。

一九九五年六月二十七日於黑水齋

＊原載《文匯電影時報》一九九五年七月二十二日。

（附錄）

民間的天地與文學的流變

張新穎

一九九四年年初，兩家頗具影響的文學（理論）刊物同時在第一期推出陳思和的長篇論文，即《上海文學》上的《民間的浮沉——從抗戰到文革文學史的一個嘗試性解釋》和《文藝爭鳴》上的《民間的還原——文革後文學史某種走向的解釋》，兩篇文章首尾相接，一氣貫通，梳理出從抗戰到當前文學發展中的「民間」脈絡。兩篇文章一出，彷彿一下子打開了一個以往一直被遮蔽在黑暗中的文化空間，為真正突破以往文學史的寫作模式打開了一個缺口，同時，它所包含的啟發性意義也無法被僅僅局限於對中國新文學史的重新認識，它還自然地具備了文化史和思想史的豐厚意義。

我們自然而然地會想起八十年代中後期「二十世紀中國文學」和「重寫文學史」概念的提出。特別是這兩篇文章的作者又是一九八八年「重寫文學史」「運動」的主要當事人和《上海文論》

歷時一年半的以此命名的專欄主持人之一。從一種普通的心理來說，許多人對「重寫文學史」的「實際成果」已經有些急不可待，陳思和的這兩篇文章雖然並不就是他寫的文學史雛形，也並不代表他寫作文學史的整體思路，但它所激起的反響仍然非同一般則幾乎是可以預料的。

六月一日，由當年「重寫文學史」專欄的另一位主持人王曉明主持，在華東師範大學舉行了一次關於陳思和「民間理論」的「民間」學術討論會。參加者以華東師大文、史、哲系的博士、碩士研究生為主體，還有陳子善、夏中義、蔡翔、郜元寶、楊揚等，共近三十人。這次研討會簡樸、嚴肅、真誠，入會者經過認真的準備，發言時不乏咄咄逼人之勢，對話中飽含唇槍舌戰的緊張和酣暢。

陳思和提出的「民間」概念，與當代西方學者常用的「民間社會」和「公眾空間」沒有瓜葛，它僅僅是指當代文學史上已經出現、並且就其本身的方式得以生存、發展以及孕育了某種文學史前景的現實文化空間。民間文化形態是指在國家權力中心控制範圍的邊緣區域形成的文化空間。陳思和從描述文學史的角度出發，把「民間」這樣一個多維度多層次的概念限定在「來自中國民間生活世界的主體農民所固有的文化傳統」這一範圍內。它具備了這樣幾個特點：一、它是在國家權力控制相對薄弱的領域產生的，保存了相對自由活潑的形式，能夠比較真實地傳達出民間生活世界的面貌和下層人民的情緒；雖然在政治話語面前民間總是以弱勢的形態出現，總是在一定限度內接納、體現權力意志，但它畢竟有自己的獨立歷史和傳統。二、自由自在是它最基本的審美風格。這是任何道德說教都無法規範，任何政治條律都無法約束，甚至連文明、進步、美這樣一些抽象概念也無法涵蓋的自由自在。在生命力普遍受到壓抑的文明社會裡，這種境界的最高表現形態，只能是審美的，所以民間往往是文學藝術產生的源泉。三、它既然擁有民間宗教、哲學、文學藝術的傳統背景，也就構成了獨特的藏污納垢的形態，因而要對它作一個簡單的價值判斷是很困難的。

在《民間的浮沉》一文中，陳思和論述了「民間在當代文學史上的地位」、「民間文化形態與政治意識形態之間的關係鈎沉」、「當代文學創作中的民間隱形結構」等幾個問題。陳思和指出，本世紀以來，學術文化分裂為三：國家權力支持的政治意識形態，知識分子為主體的西方外來文化形態和保存在中國民間社會的民間文化形態。這三大領域包含的文化內容隨著文化格局的分化和組合而不斷變動。辛亥革命到抗戰，中國文化的三大領域基本處於割裂的狀態下，主要的衝突在國家意識形態和五四以來的知識分子新傳統之間展開，而民間生活世界與民間文化傳統的作用顯然被忽視了。抗戰爆發，中國的社會結構發生變動，民間社會逐漸被注意，它與國家的政治意識形態和知識分子的新文化傳統鼎足而立的局面形成。

本世紀中下葉以來，由於文化的「三分天下」不能圓通和農民對知識分子傳統的拒絕，國家意識形態不能不倚重民間文化來溝通信息，這就引出了一組矛盾：政治意識形態對民間文化滲透和改造以及引起的一系列衝突。這種衝突幾乎是與延安時代對王實味等人（代表知識分子文化傳統）的清算同時進行的。既然政治意識形態需要讓民間文化承擔起嚴肅而重大的政治宣傳使命，那就不可能允許民間自在的文化形態放任。陳思和把這種衝突劃分成三個階段，第一階段是延安時代對舊秧歌劇和舊戲曲的改造；第二階段是「趙樹理道路」時期，一直延續到文革前夕；衝突的第三階段是文革時代的樣板戲和民間文化回歸大地。從五四以來的文化「三分天下」到文革時代政治意識形態定於一尊，民間文化被置之死地而後生，以地下活動而存在，以後又成為新時期文學的兩個源頭之一。

饒有趣味的是陳思和對當代文學創作中民間隱形結構的洞察和揭示。他觀察到這樣一種現象：政治意識形態對民間文化形態進行改造和利用的結果，僅僅在文本的顯形結構中（即故事內容）獲得了勝利，但在隱形結構（即藝術審美精神）上依然服從了民間意識的擺佈。比如《沙家濱》，其角色的模式原型是一個一女三男的民間結構形式，只是以往的江湖人物被按上了各自不同的政治符號。而在從滬劇《蘆蕩火種》到京劇「樣板戲」《沙家濱》的不斷改編過程中，政治話語也在不斷強化；但是即使到最後，仍然不能改掉阿慶嫂與三個男人之間的固定關係，因為沒有阿慶嫂所代表的民間符號，就沒有《沙家濱》本身，即使「三突出」理論甚囂塵上，《沙家濱》真正的主角也只能是這個江湖女人。在《紅燈記》裡，可以看到「道魔鬥法」的民間隱形結構起作用。這樣的隱形結構在五十年代以來比較優秀的文學作品中都存在著，成為主流意識形態以外的另一套話語系統。陳思和還相當仔細地分析了民間隱形結構的破碎形態在五六十年代戰爭題材小說中的表現，又以趙樹理等為例，進一步揭示出，民間隱形結構還能夠在主流意識形態排斥它、否定它的時候，以自我否定的形態出現在文藝作品中，施展自身的魅力。

《民間的還原》試圖對文革後的文學史的某種走向作出新的解釋。文章指出，民間形態是新時期文學最初形成的兩個源頭之一，但是直到八十年代末，民間才作為一種自覺狀態加盟文學史，在此之前只能以隱形結構出現在知識分子和公開的主流話語裡。為什麼會是這樣呢？在新時期文學的前幾年中，知識分子的精英意識獨占鰲頭。民間話語和知識分子話語從世紀之初就處於對立之中，一般說來，凡知識分子話語受到阻礙，民間就開始活躍，一旦知識分子形成了自己的話語空間，民間文化形態則重歸大地深處，隱沒在昏昏默默之中。

在這篇文章之前，陳思和在一九九三年十一月《上海文化》創刊號上發表《知識分子轉型期的三種價值取向》長文，提出「廟堂」、「廣場」、「崗位」三種意識，也是三種安身立命之所。當知識分子在本世紀被拋出了傳統仕途以後，一直在尋找一個可以取代廟堂的場所，他們營造了一個符合他們理想的廣場，以啟蒙者的身份面對大眾，而大眾則以激情慫恿啟蒙者。文革後的最初幾年與五四時代相近之處，就是都有一個專制頹然倒塌後的政治文化空白，知識分子成功地占有了這空白，在上層的同情和大眾的激情雙重作用下爭取自己的話語空間，於是一個新的廣場就從廟堂與民間的夾縫中誕生了。直到八十年代末，知識分子的精英意識受挫，廣場轟然倒塌，民間才得以還原文學。陳思和認為，民間在當代是一種創作的元素，一種當代知識分子的新的價值定位和價值取向。這種跡象在尋根文學中已經初露端倪，一九八九年以後的新寫實小說裡逐漸形成，代表作如方方的《風景》等；稍後的新歷史小說，電影《霸王別姬》等都有民間話語和民間文化意識的體現。而真正的大勇者是直面當代人生，用民間取向來解釋當今的人生問題，從張承志的《心靈史》、張煒的《九月寓言》這樣一些用非現實語境來抒發當代情懷的作品中能夠感受到這種大氣。這裡似乎可以特別提及一下陳思和對《廢都》的看法：這部小說之所以引起知識分子的反感，大部分原因不在寫男女之欲失度，而在於賈平凹所用的語言違反了新文學傳統能夠容忍的審美原則；但我們似乎沒有想過，《廢都》的非新傳統語言並非得之異人傳授，而正是他從文化尋根時商州系列小說開始一步步演變而來。賈平凹起先也是感受到現代白話語匯不足以表現他所寄託的美感，才退向傳統，那時候他這麼做在批評界得到的好評如潮，直到他一步邁出了新傳統的界限。陳思和說，「依我的想法，賈平凹既然走出了界，倒不妨走下去試試，也未必不能成其方圓。」《廢都》雖有一股濁氣，但它對政治話語和知識分子人文主義的反諷，對人生困擾之絕望及其表達方式，都顯然得之於民間的信息，有強大的生命力。《心靈史》、《九月寓言》、《廢都》雖然各取宗教（天）、自然（地）、世俗（人）為具體的價值取向，但是同樣體現了與政治標準和知識分子人文標準相區別的另一種價值標準。

與陳思和的「民間」理論相呼應，郜元寶在一九九四年第一期《上海文化》上著文，談「世紀末中國文學人文傳統的失落和重造」，取題《意識形態·新民間·先鋒取向》，分析固守意識形態中心、返歸民間、先鋒取向三種文學創作情形，認為新人文精神之確立，有賴於此三種取向的融合。郜元寶指出，文學向民間的移動並不是一種純粹的「後新時期現象」，而是整個中國新文學歷史的某種內在潛勢和要求在後新時期特殊的文化政治形勢下瓜熟蒂落式的表面化呈現。如果說五六十年代馮德英等作家作品的民間性通過文本無意識對貌似一元化的流行意識形態話語構成了某種微妙的反襯和映現關係，那麼，新時期一些頗獲好評的農民作家或農村題材作家如古華、高曉聲、何士光、周克芹、王兆軍，旨在把握新的政治形勢下農民心理和人格上的微妙變化。新一輩民間作家走出了這種寫作慣性，根本上觸動了深藏於鄉野的民間文化，使之和主流文化直接遭遇，並以主體的地位而非從屬和受塑的角色在敘事文本中趨於到場，最引人注目的作家如張煒、張承志、陳忠實等。郜元寶還談到了現代經濟和文化催生的同樣疏離政治意識形態的現代市民社會，和從精英位置上走下來的知識分子薈集之地所形成的另一種都市民間。

六月一日華東師大的討論會上，王曉明的開場白簡捷明瞭，他說，這實質是一個理論作品研討會，但它不同於創作作品研討會，因為創作作品是已經完成了的，而一個新理論的提出還有一個不斷完善、發展的過程。王曉明又說，提出這個理論的當事人大老遠跑來，不是來聽讚揚的，希望發言者能直率地提出自己的疑問。

質疑主要來自兩個方面：一、在知識分子邊緣化的現實文化情境中，民間理論的提出是否含有「打擊」精英文化的意思？是否暗合某種社會潮流，有媚俗之嫌？二、民間概念應該屬於文化史的範圍，以它來解釋文學史，必須有一種過渡到文學的中介，否則其結果還是「文學」史嗎？

陳思和坦誠地談到自己近幾年對知識分子精英意識的反省，對中國新文學的整體認識。對知識分子廣場式價值取向的虛幻性的反省實質上帶有很大的自省成分，反觀中國知識分子走過的道路，並予以清醒的理性判斷，不能簡單地認為是「打擊」知識分子，反倒有可能促使知識分子歸其本位，盡其所能，更有效擔當起文化承傳和文化建設的責任。梳理文學史中民間文化形態的浮沉升潛、退隱還原，本身即不是一個單純的「文學」工作，再說，一個世紀以來的中國文學，如果以「單純」的「文學」眼光來看，恐怕很難看出個究竟來。三言兩語難以說清陳思和的見解和思路，索性再列出與此相關的陳思和早兩年的兩篇論文題目，以便於有心人獲得比較全面的了解：一篇為《「五四」與當代——對一種學術萎縮現象的斷想》，一篇為《啟蒙與純美——中國新文學的兩種文學觀》，都收入編年體論文集《筆走龍蛇》（臺北業強出版社一九九一年版）。

民間的天地進入文學創作的視野，參與文學史的流變，到世紀末又開始獲得理論性的新解釋，僅僅是這樣的事實和現象已經足以讓有心人思量再三了；更何況，世紀之交有關於此的創作和理論上的新景觀正在不斷展開的過程中。

一九九四年六月十四日

＊原載廣州《羊城晚報》一九九四年八月十二日。

一個當代知識者的文化承擔

張新穎

一九八七年初秋，我和一個同班同學各自騎了一輛破自行車，從復旦東部宿舍穿過半個校園，到南區一個叫博士沙龍或類似名字的地方。校園中央食堂前的海報上，指示這裡有個書展。找到一看，不過是學生宿舍底樓的一間屋子，只在中間放一張大桌子，桌子上攤著一些新出的書，品種當然不會太多，也沒有幾個人光顧。

在無數次買書的經驗中，我清晰地記住了這一次。站在那張桌子前，有一種奇異的感覺，這種感覺攪得我不能平靜仔細地看清到底有些什麼書。這種感覺用質樸的語言表達出來，也許就是：有那麼一些書，我不需要；但有一本書，此時，我特別需要。

我自以為與陳思和老師的緣分就是從這本書開始的。

這本《中國新文學整體觀》帶給一個大二學生的閱讀激動是很難描述的。

大學四年，陳思和老師沒給我們班上過課。我一個人跑到高年級或低年級的班裡，坐在課堂最後排的角落，遠遠地感受著從一個具體的人身上散發出來的知與思的力量。我從來沒有向他請教過什麼，羞怯的性格使我直到兩年後才和他面對面地說話。

兩年後我跟賈植芳先生和陳思和老師讀比較文學，這才真正開始了師生間的交往。但第一次接觸，卻加重了我原本就有的敬畏之心。一九八九年五月的一天，賈先生和陳老師對我進行口試。我沒想到陳思和老師的提問是一步緊逼一步往深裡去的，好像不把我逼進死角，不肯再換一個問題。比如關於魯迅，一連串的問題到最後只能使我胡言亂語。

但在這以後的日子，卻使我充分感覺到陳思和老師是那種即之也溫的典型。一九九〇年夏天，在貴陽召開中國比較文學學會第三屆年會，我和陳思和老師住同一個房間。晚上聊天，結束不久，他很快就能入眠，而我卻要輾轉反側好一段時間，第二天早晨照例爬不起來，不去吃早飯。醒來時正好看見他吃完飯回房間，手上拿著帶給我的早點。

貴陽會議期間，每到吃飯，我們總喜歡湊到賈先生在的那一桌，人都是熟悉的人，有謝天振老師、陳思和老師等等，再就是我們幾個年紀輕的，輕鬆、熱鬧，無拘無束，不像一般學人之間，吃飯還牽掛學術。一天中午，我們那一桌喝酒喝得興起，把供應的喝了個淨光。恰好前一天有人託我把兩瓶酒帶回上海，陳思和老師就讓我回房間拿一瓶來，先借用一下，回去後由他來補。我拿來，沒過多久就又喝光了。他叫我再拿一瓶，我卻沒有服從。

陳思和老師那時酒量很大。我有一個觀察，有時中午他在賈先生家喝了一點酒，下午去上課，往往臉有些紅，講起話來卻愈加神采飛揚，自由揮灑，聽的人也如飲佳釀，如沐春風。

遺憾的是現在陳思和老師不喝酒了。

在我的體會裡，陳思和老師即之也溫的溫，主要根源於一顆溫厚包容之心。別人不說，像我們這些學生，每個人性格上的弱點和缺失，他心裡都很明瞭，但他並不輕言相責，而往往是通過循循善誘的、可接受的方式，讓我們自己意識到，讓我們自己產生出自覺心，慢慢地加以克服。在對待與他人的關係上，他有標準，但沒有「潔癖」。

有許多人為各種事找他，也有許多人不為什麼事而找他，只是想和他坐在一起談談，有目的的討論和沒有約束的閒聊。從我個人的感受來說，這樣的時候會帶來極大的愉快，我仔細想過，這種愉快的根源是一種提升感。這種提升感是超越任何具體知識的。我時常想，我師從賈植芳先生和陳思和老師讀研究生實在是一種很大的幸運，從他們那裡，我獲得的，根本上是人生境界和學術境界的提升。雖然我現在不是學問中人，好像不應該談到學術境界什麼的，但我實在想說，沒有境界的學術，是一件很讓自己、也讓別人難受的事。

但一說到學術，就容易產生歧義。在我的理解裡，陳思和老師顯然不是一個「純粹」的學者，如果「純粹」意味著把一個人的精神力量從學術中排除出去的話。十餘年來，他研究二十世紀中國文學，提出「中國新文學發展中的現代主義」、「現實戰鬥精神」、「當代文學中的現代戰鬥意識」、「當代文學觀念中的戰爭文化心理」等等一系列命題和思路，一直到最近對民間文化與中國現當代文化、文學的關係重新進行發掘和梳理，都充分顯示出一個從事學術工作的知識者的豐沛的精神力量。從「單純」的學術層面來講，由這一系列不斷提出的命題所構成的「中國新文學整體觀」的重大意義和價值，已多為新文學研究界所感知和認識，這一點不需要我在這裡複述；但這一系列命題之所以能夠產生巨大的衝力和深刻的影響，除了理念上的涵容，在平靜敘述的文字背後，在嚴格的學術規範之中，實蘊含著知識者個人的文化情懷和現實關切。這一點較少為人道及，實質上它是與學術合二而一、無此便無彼的事情。陳思和老師論述近百年以來中國知識分子在社會變遷中的位置和文化價值立場，取廟堂、廣場、崗位為描述基點，倡言在當下的現實中堅守崗位意識，這與他的學術研究本是一以貫之的，但多少令我驚訝的是，我隱約感到這種思想遭到兩個相反方向的誤解。我很遺憾地想，這其實主要是對知識者個人的一種精神力量的誤解。社會學大師馬克斯·韋伯曾著《科學作為一種志業》的名文，百口傳誦，有人問他從事學術的目的，他回答道：「我想知道我能承受得了多少。」我泛泛地稱陳思和老師的學術研究貫注了一種精神力量，沒有能力對這種精神力量進行具體的分析，但我分明感受到，韋伯所說的承受能力就應該是包含其中的。

個人研究以文字為媒介，因為印刷業，知之者眾；陳思和老師的職業在教育，直接形式是口傳，那就只有身受者得益了。對教育，他的熱愛是難以言說的。他講中國現代文學史，已經有許多年了，但每次上課前必備課，常常是上午的課，早晨四點多鐘即起，找參考書，寫內容提綱。我最初聽到四點鐘就要起床，非常吃驚，知識分子能熬夜基本算是通例，但熬了夜還能早起的，就沒聽說有幾個了，我自己就是喜歡熬夜卻特別害怕早起的一個。每次必備課，每課必與以前不同，所以這同樣一個名字的課業，卻有不少學生聽了不止一次。有的人本科時就修過這一課程，到讀研究生時還插到本科生的班裡去聽，其思想與智慧的魅力可見，同時也由此可見陳思和老師不斷自我提升的品格。陳思和老師早在一九八五年五月即在《復旦學報》發表《中國新文學研究的整體觀》，提出消除現當代文學之間人為的界限，把五四以來的新文學視為一個整體進行重新認識，我想，這一學術主張實與他從事的新文學教學有莫大關係，在不斷重新修整的備課與重寫文學史的理論見解之間，亦有莫大關係。我不妨這樣說一句沒輕沒重的話：影響深遠的「重寫文學史」討論，就他個人的思想來講，並不始自一九八八年下半年《上海文論》「重寫文學史」專欄的開出，實際是從陳思和老師重寫他的備課筆記就開始了的。

陳思和老師對他周圍的學生傾心傾力的關懷往往使身受者無以言謝。而看著自己所關心的青年人一步步的成長，他當然心感欣慰。他營造了一種很令外人羨慕的師生關係，在其中投射了具有提升偉力的精神能量。精神能量的循環流通在當代人間恐怕不是那麼易得的，也正因此更加凸現了身受者的幸福感。

作為一個知識者，安身立命於學術和教育，並由此與現實社會構成一種有意義的關係，這未嘗不是一件困難的事。但許多事也正是因為困難重重而愈見其意義。由此我不禁想提及一下陳思和老師在學術研究和教育事業之外的另一種文化實踐，即對出版的參與。近幾年，他與幾位朋友為臺灣和上海的幾家出版社策劃了幾套影響至深的叢書，像《中國文化名人傳記叢書》、《「火鳳凰」新批評文叢》、《「火鳳凰」文庫》，以及一套未見標明策劃者的《世紀回眸·人物系列》等，都是以一種實實在在的形式，把知識分子的精神和學術見解社會化。且不說立意高拔超俗，單是態度之嚴肅、工作之認真，實在也該使某些身居出版界的從業人員汗顏。要說因難，做這樣的事倒真是有幾乎克服不完的困難，有形的、無形的，一大堆。陳思和老師對此的體會卻似乎很簡單：做了也就做了。

陳思和老師作巴金傳，以《人格的發展》為書名；我以為「人格的發展」也分明可見於他自己作為一個當代知識分子已經走過和還要走下去的道路。在他個人正在行進之時，我在周遭嘈雜不已的情境之中，在個人心浮意躁的狀態之下，匆匆記下一鱗半爪，不但遠不足以表達陳思和老師本人，而且也不能表達我對他的理解。這是連我自己也難受的事。一九八七年的初秋早就如逝水一般，我卻希望還能再有那樣雍容、單純、與自己的本性相合相融的環境和心境，好使我能夠把從陳思和老師那裡感受到的，從從容容地說出來。

一九九五年六月十五日

＊原載《歧路荒草》（張新穎著），上海人民出版社一九九六年版。

滄海叢刊書目（二）

國學類

先秦諸子繫年	錢　　穆　著
朱子學提綱	錢　　穆　著
莊子纂箋	錢　　穆　著
論語新解	錢　　穆　著
周官之成書及其反映的文化與時代新考	金春峰　著
尚書學述（上）、（下）	李振興　著
周易縱橫談	黃慶萱　著
考證與反思 ——從《周官》到魯迅	陳勝長　著

哲學類

哲學十大問題	鄔昆如　著
哲學淺論	張　　康　譯
哲學智慧的尋求	何秀煌　著
哲學的智慧與歷史的聰明	何秀煌　著
文化、哲學與方法	何秀煌　著
人性記號與文明 ——語言．邏輯與記號世界	何秀煌　著
邏輯與設基法	劉福增　著
知識．邏輯．科學哲學	林正弘　著
現代藝術哲學	孫　　旗　譯
現代美學及其他	趙天儀　著
中國現代化的哲學省思 ——「傳統」與「現代」理性結合	成中英　著
不以規矩不能成方圓	劉君燦　著
恕道與大同	張起鈞　著
現代存在思想家	項退結　著
中國思想通俗講話	錢　　穆　著
中國哲學史話	吳怡、張起鈞　著
中國百位哲學家	黎建球　著
中國人的路	項退結　著

中國哲學之路	項 退 結 著
中國人性論	臺大哲學系主編
中國管理哲學	曾 仕 強 著
孔子學說探微	林 義 正 著
心學的現代詮釋	姜 允 明 著
中庸誠的哲學	吳 怡 著
中庸形上思想	高 柏 園 著
儒學的常與變	蔡 仁 厚 著
智慧的老子	張 起 鈞 著
老子的哲學	王 邦 雄 著
當代西方哲學與方法論	臺大哲學系主編
人性尊嚴的存在背景	項 退 結編著
理解的命運	殷 鼎 著
馬克斯・謝勒三論	阿弗德・休慈原著、江日新 譯
懷海德哲學	楊 士 毅 著
海德格與胡塞爾現象學	張 燦 輝 著
洛克悟性哲學	蔡 信 安 著
伽利略・波柏・科學說明	林 正 弘 著
儒家與現代中國	韋 政 通 著
思想的貧困	韋 政 通 著
近代思想史散論	龔 鵬 程 著
魏晉清談	唐 翼 明 著
中國哲學的生命和方法	吳 怡 著
孟學的現代意義	王 支 洪 著
孟學思想史論（卷一）	黃 俊 傑 著
莊老通辨	錢 穆 著
墨家哲學	蔡 仁 厚 著
柏拉圖三論	程 石 泉 著
倫理學釋論	陳 特 著
儒道論述	吳 光 著
新一元論	呂 佛 庭 著

宗教類

佛教思想發展史論	楊 惠 南 著
佛教思想的傳承與發展——印順導師九秩華誕祝壽文集	釋 恆 清主編

佛經成立史	水野弘元著、劉欣如譯
圓滿生命的實現（布施波羅密）	陳柏達 著
薝蔔林・外集	陳慧劍 著
維摩詰經今譯	陳慧劍譯註
龍樹與中觀哲學	楊惠南 著
公案禪語	吳怡 著
禪學講話	芝峰法師 譯
禪骨詩心集	巴壺天 著
中國禪宗史	關世謙 著
魏晉南北朝時期的道教	湯一介 著
佛學論著	周中一 著
當代佛教思想展望	楊惠南 著
臺灣佛教文化的新動向	江燦騰 著
釋迦牟尼與原始佛教	于凌波 著
唯識學綱要	于凌波 著
從印度佛教到中國佛教	冉雲華 著
中印佛學泛論——傅偉勳六十大壽祝壽論文	藍吉富主編
禪史與禪思	楊惠南 著

社會科學類

中華文化十二講	錢穆 著
民族與文化	錢穆 著
楚文化研究	文崇一 著
中國古文化	文崇一 著
社會、文化和知識分子	葉啟政 著
儒學傳統與文化創新	黃俊傑 著
歷史轉捩點上的反思	韋政通 著
中國人的價值觀	文崇一 著
奉天承運——古代中國的「國家」概念及其正當性基礎	王健文 著
紅樓夢與中國舊家庭	薩孟武 著
社會學與中國研究	蔡文輝 著
比較社會學	蔡文輝 著
我國社會的變遷與發展	朱岑樓主編
三十年來我國人文社會科學之回顧與展望	賴澤涵 編

社會學的滋味	蕭新煌 著
臺灣的國家與社會	徐正光、蕭新煌主編
臺灣的社區權力結構	文崇一 著
臺灣居民的休閒生活	文崇一 著
臺灣的工業化與社會變遷	文崇一 著
臺灣社會的變遷與秩序（政治篇）（社會文化篇）	文崇一 著
鄉村發展的理論與實際	蔡宏進 著
臺灣的社會發展	席汝楫 著
透視大陸	政治大學新聞研究所主編
寬容之路——政黨政治論集	謝延庚 著
憲法論衡	荊知仁 著
周禮的政治思想	周世輔、周文湘 著
儒家政論衍義	薩孟武 著
制度化的社會邏輯	葉啟政 著
臺灣社會的人文迷思	葉啟政 著
臺灣與美國的社會問題	蔡文輝、蕭新煌主編
自由憲政與民主轉型	周陽山 著
蘇東巨變與兩岸互動	周陽山 著
教育叢談	上官業佑 著
不疑不懼	王洪鈞 著
戰後臺灣的教育與思想	黃俊傑 著
太極拳的科學觀	馬承九編著
兩極化與分寸感——近代中國精英思潮的病態心理分析	劉笑敢 著
唐人書法與文化	王元軍 著
C 理論——易經管理哲學	成中英 著

史地類

國史新論	錢穆 著
秦漢史	錢穆 著
秦漢史論稿	邢義田 著
宋史論集	陳學霖 著
宋代科舉	賈志揚 著
中國人的故事	夏雨人 著
明朝酒文化	王春瑜 著

劉伯溫與哪吒城 ——北京建城的傳說	陳學霖 著
歷史圈外	朱　桂 著
歷史的兩個境界	杜維運 著
近代中國變局下的上海	陳三井 著
當代佛門人物	陳慧劍編著
弘一大師傳	陳慧劍 著
杜魚庵學佛荒史	陳慧劍 著
蘇曼殊大師新傳	劉心皇 著
近代中國人物漫譚	王覺源 著
近代中國人物漫譚續集	王覺源 著
魯迅這個人	劉心皇 著
沈從文傳	凌　宇 著
三十年代作家論	姜　穆 著
三十年代作家論續集	姜　穆 著
當代臺灣作家論	何　欣 著
史學圈裏四十年	李雲漢 著
師友風義	鄭彥棻 著
見賢集	鄭彥棻 著
思齊集	鄭彥棻 著
懷聖集	鄭彥棻 著
憶夢錄	呂佛庭 著
古傑英風 ——歷史傳記文學集	萬登學 著
走向世界的挫折 ——郭嵩燾與道咸同光時代	汪榮祖 著
周世輔回憶錄	周世輔 著
三生有幸	吳相湘 著
孤兒心影錄	張國柱 著
我這半生	毛振翔 著
我是依然苦鬥人	毛振翔 著
八十憶雙親、師友雜憶（合刊）	錢　穆 著
烏啼鳳鳴有餘聲	陶百川 著

語文類

標點符號研究	楊　遠 著

訓詁通論	吳孟復 著
入聲字箋論	陳慧劍 著
翻譯偶語	黃文範 著
翻譯新語	黃文範 著
翻譯散論	張振玉 著
中文排列方式析論	司琦 著
杜詩品評	楊慧傑 著
詩中的李白	楊慧傑 著
寒山子研究	陳慧劍 著
司空圖新論	王潤華 著
詩情與幽境——唐代文人的園林生活	侯迺慧 著
歐陽修詩本義研究	裴普賢 著
品詩吟詩	邱燮友 著
談詩錄	方祖燊 著
情趣詩話	楊光治 著
歌鼓湘靈——楚詩詞藝術欣賞	李元洛 著
中國文學鑑賞舉隅	黃慶萱、許家鶯 著
中國文學縱橫論	黃維樑 著
漢賦史論	簡宗梧 著
古典今論	唐翼明 著
亭林詩考索	潘重規 著
浮士德研究	李辰冬 譯
十八世紀英國文學——諷刺詩與小說	宋美瑾 著
蘇忍尼辛選集	劉安雲 譯
文學欣賞的靈魂	劉述先 著
小說創作論	羅盤 著
小說結構	方祖燊 著
借鏡與類比	何冠驥 著
情愛與文學	周伯乃 著
鏡花水月	陳國球 著
文學因緣	鄭樹森 著
解構批評論集	廖炳惠 著
細讀現代小說	張素貞 著

續讀現代小說	張素貞 著
現代詩學	蕭蕭 著
詩美學	李元洛 著
詩人之燈——詩的欣賞與評論	羅青 著
詩學析論	張春榮 著
修辭散步	張春榮 著
修辭行旅	張春榮 著
橫看成嶺側成峰	文曉村 著
大陸文藝新探	周玉山 著
大陸文藝論衡	周玉山 著
大陸當代文學掃描	葉穉英 著
走出傷痕——大陸新時期小說探論	張子樟 著
大陸新時期小說論	張放 著
大陸新時期文學（1977～1989）——理論與批評	唐翼明 著
兒童文學	葉詠琍 著
兒童成長與文學	葉詠琍 著
累廬聲氣集	姜超嶽 著
林下生涯	姜超嶽 著
青　春	葉蟬貞 著
牧場的情思	張媛媛 著
萍踪憶語	賴景瑚 著
現實的探索	陳銘磻 編
一縷新綠	柴扉 著
金排附	鍾延豪 著
放　鷹	吳錦發 著
黃巢殺人八百萬	宋澤萊 著
泥土的香味	彭瑞金 著
燈下燈	蕭蕭 著
陽關千唱	陳煌 著
種　籽	向陽 著
無緣廟	陳艷秋 著
鄉　事	林清玄 著
余忠雄的春天	鍾鐵民 著

吳煦斌小說集	吳 煦 斌 著
卡薩爾斯之琴	葉 石 濤 著
青囊夜燈	許 振 江 著
我永遠年輕	唐 文 標 著
思想起	陌 上 塵 著
心酸記	李　 喬 著
孤獨園	林 蒼 鬱 著
離　訣	林 蒼 鬱 著
托塔少年	林 文 欽 編
北美情逅	卜 貴 美 著
日本歷史之旅	李 希 聖 著
孤寂中的迴響	洛　 夫 著
火天使	趙 衛 民 著
無塵的鏡子	張　 默 著
關心茶 ——中國哲學的心	吳　 怡 著
放眼天下	陳 新 雄 著
生活健康	卜 鍾 元 著
文化的春天	王 保 雲 著
思光詩選	勞 思 光 著
靜思手札	黑　 野 著
狡兔歲月	黃 和 英 著
老樹春深更著花	畢　 璞 著
列寧格勒十日記	潘 重 規 著
文學與歷史 ——胡秋原選集第一卷	胡 秋 原 著
晚學齋文集	黃 錦 鋐 著
天山明月集	童　 山 著
古代文學精華	郭　 丹 著
山水的約定	葉 維 廉 著
明天的太陽	許 文 廷 著
在天願作比翼鳥 ——歷代文人愛情詩詞曲三百首	李 元 洛輯注
千葉紅芙蓉 ——歷代民間愛情詩詞曲三百首	李 元 洛輯注
鳴酬叢談	李 飛 鵬編纂